DU MÊME AUTEUR

Aux Éditions Gallimard

LA GLOIRE DE L'EMPIRE.

AU PLAISIR DE DIEU.

AU REVOIR ET MERCI.

LE VAGABOND QUI PASSE SOUS UNE OMBRELLE TROUÉE.

DIEU, SA VIE, SON ŒUVRE.

DISCOURS DE RÉCEPTION À L'ACADÉMIE FRANÇAISE DE MARGUERITE YOURCENAR ET RÉPONSE DE JEAN D'ORMESSON

DISCOURS DE RÉCEPTION À L'ACADÉMIE FRANÇAISE DE MICHEL MOHRT ET RÉPONSE DE JEAN D'ORMESSON.

ALBUM CHATEAUBRIAND *(Iconographie commentée).*

GARÇON DE QUOI ÉCRIRE *(Entretiens avec François Sureau).*

HISTOIRE DU JUIF ERRANT.

LA DOUANE DE MER.

Dans la collection Folio

UN AMOUR POUR RIEN, n° *1034.*

DU CÔTÉ DE CHEZ JEAN, n° *1065.*

AU PLAISIR DE DIEU, n° *1243.*

LE VAGABOND QUI PASSE SOUS UNE OMBRELLE TROUÉE, n° *1319.*

DIEU, SA VIE, SON ŒUVRE, n° *1735.*

HISTOIRE DU JUIF ERRANT, n° *2436.*

LA GLOIRE DE L'EMPIRE, n° *2618.*

Aux Éditions Julliard

L'AMOUR EST UN PLAISIR.

LES ILLUSIONS DE LA MER.

Suite de la bibliographie en fin de volume.

PRESQUE RIEN
SUR
PRESQUE TOUT

JEAN D'ORMESSON
de l'Académie française

Presque rien sur presque tout

roman

LE GRAND LIVRE DU MOIS

Big Bang Story.

ou

Une brève histoire du tout

Avant le tout, il n'y avait rien. Après le tout, qu'y aura-t-il ?

Je n'écris pas pour les pierres, pour les anges, pour les ruisseaux, pour les lézards. Je n'écris que pour les hommes. L'homme est la mesure de tout parce qu'il n'y a rien que par lui, à travers lui et pour lui. Les hommes ne peuvent jamais voir, entendre, sentir, penser que ce que pensent, sentent, entendent et voient les hommes. Personne ne sort du monde. Personne ne sort des hommes.

Au milieu des choses de la Terre, au plein milieu des étoiles, au milieu du temps aussi, le passé derrière, l'avenir devant, au milieu, juste au milieu, il y a quelque chose de plus étonnant que tout le reste : c'est vous. Je suis au centre du monde. Et vous y êtes aussi. Le monde tourne autour de moi. Et il tourne autour de vous. C'est que vous avez une chance qui n'est pas donnée à tout le monde. Elle n'est pas donnée aux cailloux, aux herbes des champs, aux torrents de montagne, aux jaguars, aux colibris. Vous avez gagné le gros lot. Vous êtes un homme. Et vous pensez.

Que seraient les hommes sans le tout ? Rien du tout. Ils n'existeraient même pas puisqu'ils sont comme une fleur et comme un fruit du tout. Nous sommes un très petit, un minuscule fragment du tout. Mais que serait le tout sans les hommes ?

Personne ne pourrait rien en dire puisqu'il n'y a que les hommes pour en parler. Le tout, sans les hommes, serait absent et mort. Les hommes arrivent très tard dans un monde déjà vieux. Hier soir. Ce matin même. Il y a quelques secondes à peine, au regard de l'univers et de son long passé. Mais ils le bouleversent par leur présence. Les hommes sont dans le monde et ils le transforment. Ils appartiennent au tout et ils lui donnent un sens.

Il y a un roman plus vaste que le roman des hommes : c'est le roman du tout. Du tout d'abord tout seul. Premier tome. Formidable. Formidable, mais inutile. Big bang. Galaxies. Soupe primitive. Diplodocus. Puis des hommes dans le tout. Deuxième tome. Plus beau encore. Et avec un semblant de signification. Sentiments. Passions. Violons sur les toits, violons dans les cœurs. Le ciel descend sur la Terre. Cavalcades et coups d'État. Trahison et grandeur. Systèmes de l'univers. Qui a écrit ce roman ? Qui l'écrit ? On ne sait pas. Peut-être le tout lui-même ? Peut-être les hommes ? Peut-être un Être suprême auquel, faute de mieux, nous donnons le nom de Dieu ? On dirait tantôt que nous sommes écrits d'avance dans le livre et tantôt que c'est nous, jour après jour, qui l'écrivons. On ne sait pas. Mais on peut essayer, vaille que vaille, de feuilleter ce chef-d'œuvre.

Voulez-vous qu'un homme, qui n'est qu'un homme, quelle misère ! mais qui est un homme, quelle gloire ! raconte aux autres hommes, même misère et même gloire, cette grande Big Bang Story, *ce grand roman du tout ? Presque tout. Presque rien. Presque rien sur presque tout.*

L'être

LE TOUT ET LE RIEN

Avant le tout, il n'y avait rien. Il est déjà difficile d'imaginer le tout, avec ses plans successifs et ses replis sans fin, ses escadrons de cuirassiers, ses champs de coquelicots ; se figurer le rien est une tâche impossible. De la pure absence, il n'est permis de rien dire. Quel repos ! Quelles délices ! En chacun d'entre nous, dans le silence des profondeurs, flotte encore quelque chose de la nostalgie du néant. Avant que le commencement se mette à commencer, le rien était le tout. Il n'y avait pas d'espace. Il n'y avait même pas de vide : tout vide exige du plein. Il n'y avait pas de lumière. Il n'y avait rien du tout et moins que rien du tout. Il n'y avait pas de temps. Ce qui interdit – mais comment faire autrement ? – d'employer le mot *avant* qui n'a de sens que dans le temps. Il n'y avait pas d'êtres. Mais il y avait de l'être. Car l'être est ce qui est depuis toujours et pour toujours. Il y avait un être infini et éternel qui se confondait avec le néant, et par conséquent avec le tout.

De cet être hors du temps, hors de l'espace et du temps, les êtres dans le temps n'ont le droit de rien dire. Pour aller vite et pour faire simple, on pourrait l'appeler Dieu. Dans une éternité et un infini qui sont fermés à jamais aux êtres dans le temps, Dieu est le nom le plus commode pour le néant et le tout. Le néant et le tout nous dépassent de si loin qu'on ne peut rien en dire. On ne parle pas de Dieu quand on est emporté dans le temps. On peut parler à Dieu, on ne parle pas de Dieu. On peut l'adorer en silence et le supplier en vain. On ne peut rien dire de lui puisqu'il n'existe pas et qu'il se confond avec un tout qui se confond avec le néant. N'existent que les êtres dans l'espace et le temps. Dieu n'existe pas puisqu'il est éternel.

L'éternité toute seule, dans un néant qui était le tout, aurait pu durer, sinon pour toujours, du moins à jamais. Il n'y a pas d'autre mystère que le mystère des origines. Personne – et pas même moi qui ai l'outrecuidance de vous introduire dans la longue histoire du tout – ne peut savoir pourquoi le temps a surgi de l'éternité ni pourquoi le néant s'est transformé en tout. Dans nos moments d'exaltation ou de découragement, il nous arrive de penser que tout n'est que néant. C'est qu'il reste dans notre tout des traces de ce néant dont il sort. « Dieu a fait le monde de rien, écrit Paul Valéry, mais le rien perce. »

Si plein de bonheurs et de malheurs, de souffrances, d'espérance, notre tout, pourtant, celui où nous vivons tous les jours de notre vie, s'est distingué du néant. À la confusion primitive s'est substituée l'opposition entre le néant et le tout. À quoi appartenons-nous tous, vous et moi, et le Soleil, et la Lune, et les astres dans le ciel, et la Terre et ses habitants, et nos idées et nos passions ? Nous appartenons au tout. Et, dans notre tout au moins, le néant n'est plus rien puisque le néant n'est pas : l'être est ; le néant n'est pas. C'est ce passage de l'être aux êtres et du néant au tout qui constitue l'unique mystère. Pourquoi y a-t-il quelque chose au lieu de rien ?

Il n'est pas permis d'expliquer ce mystère. Nous – vous et moi – qui appartenons à l'espace et au temps, nous n'avons pas le droit de nous échapper de l'espace et du temps. Du néant éternel et de l'être infini, nous ne pouvons rien savoir. Nous ne pouvons qu'imaginer leur statut ineffable. C'est pourquoi ces pages portent le nom de *roman.* Dieu sera ici, en plus grand, quelque chose comme l'Arlésienne qui n'apparaît jamais, comme le seigneur du *Château* de Kafka qui ne cesse de se dérober aux yeux de l'Arpenteur, comme la femme de chambre de la baronne Putbus que le narrateur de la *Recherche* ne parvient pas à rencontrer. Je parlerai de lui, dont il n'est permis de rien dire, comme de l'oncle d'une Amérique au-delà de l'espace et du temps. Dont on est sans nouvelles et dont on attend tout. Et qu'il veuille bien pardonner à son neveu éperdu.

LE COMMENCEMENT

J'ai bien essayé, comme tout le monde, de faire sortir la marquise à n'importe quelle heure du jour ou de la nuit et de raconter l'histoire d'un jeune homme ambitieux ou mystique, d'une orpheline qui se venge, d'un fils de roi abandonné ou d'une personne d'un sexe ou de l'autre emportée par la passion. La plume me tombait des mains. Il me semblait toujours sauter, à bout de souffle, au hasard, dans les wagons vides et pourtant surpeuplés d'un train en marche depuis longtemps. Tout supposait des causes et des effets qui n'en finissaient pas, tout renvoyait à autre chose. Il n'y a pas de roman, j'imagine qu'il n'y a pas de tableau, de sculpture, de tragédie, de film, de symphonie ou de concerto, peut-être pas de théorème, peut-être pas de postulat, il n'y a pas de geste ni de soupir qui ne pointe en secret vers l'absence parmi nous de l'être des origines. Mieux valait tout de suite commencer par le commencement. Le malheur est que le commencement, nous ne sommes capables de rien en dire.

Malgré toutes les menaces de la suite et de la fin, il n'y a pas de plus beau rêve que le rêve du commencement. Le point du jour, le premier amour, le début de l'année, une naissance, les incipit de roman – « Longtemps, je me suis couché de bonne heure... » ou « Le 15 mai 1796, le général Bonaparte fit son entrée à Milan... » ou « La première fois qu'Aurélien vit Bérénice, il la trouva franchement laide... » ou « Je suis né dans un monde qui regardait en arrière... » – sont tout pleins d'espérance, d'enthousiasme et de liberté. Qu'est-ce que je fais ici sinon mettre lentement au jour, dans l'angoisse et la joie, un ouvrage destiné à bouleverser les lecteurs et à vivre à jamais ? Chaque matin, le jour revit. Si le monde n'est fait que de matins, si tout le bonheur du monde est dans les matinées, c'est qu'il y a dans le commencement une promesse d'on ne sait quoi et peut-être de presque tout. Si, en dépit de tant de larmes, le monde est une bénédiction, c'est qu'il recommence à chaque instant. La vie n'est qu'une suite de commencements, indéfinis dans le temps. Et le deuxième, le troisième, le centième recommencement, et le cent millionième, renvoient au premier et au seul commencement : celui où le tout se dégage du néant.

À chaque instant, le souvenir et l'histoire évoquent le commencement. À défaut du commencement du commencement qui reste tapi dans l'ombre, nous ne cessons jamais de partir à la recherche d'un commencement intérimaire d'où dégager la pelote de fil qui mènera jusqu'à nous. Nous avons des parents, des ancêtres, un pays, un passé, des souvenirs, des habitudes. C'est qu'un jeu se déroule dans le temps entre la cause et l'effet – un jeu où la cause n'est qu'un effet et où l'effet devient cause à son tour. Le tout, à l'origine, peut succéder au néant parce que le mécanisme de la cause et de l'effet est injecté dans le temps. Comment s'étonner alors que tout ne s'explique pour nous qu'en remontant la série des effets et des causes jusqu'aux premiers commencements ? La mathématique, l'histoire, l'éducation, le jardinage, l'enquête policière, la rumination amoureuse et tout le reste n'en finissent jamais d'exiger un retour et un recours aux origines. Soigner, surtout – et je vous soigne –, c'est suivre pas à pas la chaîne des effets et des causes jusqu'à la cause première, et presque toujours cachée, du mal. Entre la guérison et les origines existe un lien secret qui jette une brusque lumière sur ce tout où nous vivons. Exister dans le temps, c'est s'interroger sur l'origine.

LA SOLITUDE

Avant, si l'on peut dire, le commencement du temps et le début du début, l'être était seul dans le néant. Il n'y avait rien. Et il y avait pourtant quelque chose dont aucun homme ne peut rien dire parce que les lois qui nous régissent n'existaient pas encore, parce qu'il n'y avait pas d'espace ni de temps, parce qu'il n'y avait ni cause, ni effet, ni nécessité, ni hasard. Il y avait dans le néant quelque chose d'obscur et de pourtant lumineux qui se mêlait à lui et à quoi, faute de mieux, nous donnons le nom d'être. L'être était tout-puissant et il ne faisait rien. Il était tout-puissant mais il ne faisait rien. Tout ce qui allait advenir jusqu'à la fin des temps était déjà en lui : la soupe primitive, les algues vertes et bleues, les diplodocus, les primates, le feu, l'agriculture, les villes et l'écriture, les conquêtes d'Alexandre et les premiers pas d'Armstrong et d'Aldrin sur la Lune. Mais tout était encore caché et sous forme de possible. Tout n'était qu'en puissance. Dieu était tout-puissant et tout était en puissance.

Les lois de l'univers n'étaient pas promulguées. Le temps n'était pas là pour unir ce qu'il distinguerait. Rien ne se déroulait encore dans la coexistence ni dans la succession. Tout était concentré dans l'être qui était seul dans le néant et qui se confondait avec lui.

L'ENNUI

Il est permis de supposer, avec un peu d'exagération romanesque mais c'est notre privilège et notre lot, que l'être s'ennuyait dans le néant. Il n'y avait ni autre, ni amour, ni révolte, ni rien. Personne ne s'opposait à lui et rien ne se distinguait de lui. Peut-être avait-il envie de quelque chose ou de quelqu'un qui s'enhardît à le nier ? Peut-être avait-il envie de quelqu'un à aimer ? Seul à s'aimer, qui s'aimerait ? Qu'est-ce qu'un roi sans sujets ? Est-ce encore un pouvoir qu'un pouvoir sans obstacles ? L'éternité, c'est bien long, surtout vers la fin.

Qu'il y ait une fin du néant et de la pure éternité sans rival et sans contenu, rien de plus évident puisque le tout est sorti du néant, que le temps a jailli hors de l'éternité et que le monde et nous sommes là comme autant de défis au néant et à l'éternité. Il y a quelque chose d'irréversible après la naissance du temps : ce n'est pas seulement le temps lui-même qui est irréversible, c'est le simple fait qu'il y ait et qu'il y ait eu du temps. Le temps met un terme au règne de l'éternité. Comme le tout – qui ne le voit ? – met un terme au néant. Avec l'apparition du temps, l'éternité, le néant et l'être ont changé de nature.

L'être qui s'ennuyait, s'est monté un spectacle. La question est : Pourquoi ? Et la question est : Comment ?

LE POSSIBLE ET LE RÉEL

Si le tout est sorti du néant, c'est qu'il était possible au tout de sortir du néant. On peut poser la question autrement : aurait-il été possible au tout de ne pas sortir du néant et de continuer à jamais à se confondre avec lui ? Notre existence à chacun de nous a quelque chose d'aléatoire et relève du hasard : nous aurions, vous et moi, très bien pu ne pas naître. Il est douteux que le tout relève aussi du hasard. Il semble qu'on puisse soutenir que le possible et le réel sont confondus dans l'être. Le temps et son train seraient alors, depuis toujours, inscrits dans l'éternité. Pour l'esprit le plus obtus, rien de plus évident : le tout est réel dans le temps parce qu'il était possible dans l'éternité. Peut-être faut-il aller plus loin et dire que le tout est réel dans le temps parce qu'il était nécessaire dans l'éternité.

L'AMOUR

Pour nécessaire qu'il soit, le passage du possible au réel réclame pourtant quelque chose qui ressemble à un mystère. Il est permis d'imaginer que ce mystère est un mystère d'amour. Toute naissance vient d'un élan que nous appelons amour. Le tout aussi sort du néant par un accès d'amour, par un excès d'amour. L'être est seul. Il s'ennuie. Il n'en peut plus de s'aimer lui-même. Il aspire à en aimer d'autres et à être aimé par eux. Il fait, par un acte d'amour, surgir le tout du néant et le temps de l'éternité. Si l'être n'aimait pas le tout, le tout serait incapable de se distinguer du rien. C'est une forme d'amour qui tient le monde ensemble et l'arrache au néant.

L'Un, le Bien, le Soleil, Dieu, l'Être suprême, la nécessité, la loi sont des noms successifs donnés par les poètes ou par les philosophes à la source et au garant de l'unité d'un monde qui, par un miracle permanent, ne s'en va pas en morceaux. Il y a un attachement mutuel des parties et du tout qui empêche à chaque instant l'univers d'exploser. L'amour est le ciment des choses. Il fait tourner le Soleil et les autres étoiles. Il empêche le monde de mourir. Il soutient le tout et ne cesse jamais de l'engendrer.

LE MAL

L'histoire du tout est très loin de ressembler à un roman rose. Si un acte d'amour a tiré le tout du néant et créé l'univers, le monde où nous vivons devrait constituer, comme dans les livres d'images de notre enfance, un paradis terrestre. Nous savons tous que c'est le contraire qui est vrai : le monde n'a jamais été et ne sera jamais un rêve de paix et de bonheur. Chacun de nous est né au tout par l'amour sans doute mais aussi dans la souffrance et dans le sang et le quittera dans la souffrance, l'agonie et la mort. C'est que dans le passage du possible au réel s'est glissé quelque chose en même temps que l'amour : c'est le mal. Le mal est le levain du monde et il est lié au temps par des liens mystérieux.

Tout est mystère dans le mal comme tout est mystère dans le temps. Il n'y a pas de mal dans le néant ni dans l'éternité puisqu'il n'y a rien du tout. Même s'il y a déjà de la souffrance pour un lémurien ou pour un cœlacanthe, on est tenté de soutenir qu'il n'y a pas de mal dans la Création avant l'arrivée de l'homme. Par un paradoxe éloquent, c'est la liberté de l'homme qui révèle le mal et le fait triompher. À mesure que le temps passe, et avant peut-être une rédemption finale, le mal prospère parmi nous. On le cherche en vain dans la nature. Il se déploie dans l'histoire. Si grande, si forte, si belle, l'histoire est le royaume du mal.

Et pourtant, dissimulé dans l'univers, triomphant dans l'histoire, longtemps caché par la nature, révélé par la conscience, le mal, qui se développera avec tant d'exubérance sous le règne des hommes, n'est-il pas présent, sous une forme ou sous une autre, dès l'instant où le tout se dégage du néant ? On peut bien faire porter à l'homme et à sa liberté la responsabilité de la faute et du mal, est-ce la faute de l'homme s'il est libre et incliné au mal ? La faute, qui apparaît avec la conscience et la liberté, ne fait que témoigner de la place du mal dans la constitution du tout.

Deux choses sont à l'origine des religions qui jouent un si grand rôle dans notre histoire du tout : la Création et le mal. Les hommes, de tout temps, se sont posé deux questions : Pourquoi y a-t-il quelque chose au lieu de rien ? Et pourquoi y a-t-il du mal, de la souffrance et des larmes ? Les deux questions sont liées l'une à l'autre. Et elles sont liées au temps : dès que le tout se dégage du néant, dès que l'éternité se dégrade en temps, le mal se met à rôder. Puisque la fin de tout et la mort sont entrées dans le jeu.

Au Dieu ou aux dieux responsables de la Création – et des milliers de légendes et de mythes expliquent, vaille que vaille, dans toutes les cultures de la planète, le surgissement du tout – vient s'adjoindre et s'opposer l'esprit de la négation et du mal. Qu'il y ait le Diable auprès de Dieu, ou Satan auprès de Jésus, ou Ahriman auprès d'Ormuzd n'est pas le fruit du hasard ou de l'imagination : le mal est inséparable du tout et de son commencement. Peut-être a-t-il autant de part que l'être à la création de l'univers ? Il n'y aurait, bien sûr, pas de mal s'il n'avait pas de monde ; mais y aurait-il un monde s'il n'y avait pas de mal ?

Des questions insolubles se posent à nous aussitôt. Car ou

bien il y a dans l'être confondu avec le néant autre chose que de l'être, ou bien le mal appartient à l'être. Ou bien l'être n'est plus solitaire, tout-puissant, infini, ou bien, par un aspect au moins, il est mauvais et cruel. Le mystère du mal se confond, d'un côté, avec le mystère de la souffrance, de la mort, de cette fin de toutes choses qui est la marque de notre tout et, de l'autre, avec le mystère des origines. Dans le commencement du tout, le mal joue un rôle aussi grand que l'amour. Au point qu'on peut se demander si, d'une façon ou d'une autre, l'amour et le mal n'ont pas partie liée.

Même s'il peut apparaître légitimement comme un scandale aux yeux des féministes, le mythe de la femme, du serpent et de la pomme dans un des livres sacrés des hommes illustre cette liaison de façon éclatante. Dans un autre livre sacré qui fait suite à celui-là, Dieu, descendu sur la Terre sous la forme de son fils qui prend la figure d'un homme, doit passer par le mal pour répandre l'amour. Il est livré à ses bourreaux par un traître du nom de Judas qui assure dans le mal la mission d'amour du fils de Dieu. Deux créatures permettent au Dieu fait homme sous le nom de Jésus de fonder parmi les hommes sa religion d'amour : Marie, sa mère, dans le bien, en lui donnant la vie ; et Judas, le traître, dans le mal, en lui donnant la mort. Dieu, cloué à la croix, meurt dans la souffrance pour le salut du monde. Il faut passer par le mal pour que l'amour triomphe. La seule justification que les hommes aient pu trouver au mal et à son absurde cruauté est dans le sacrifice et dans l'expiation, qui sont comme les messagers et les anges noirs du bien :

Soyez béni, mon Dieu, qui donnez la souffrance
Comme un divin remède à nos impuretés
Et comme la meilleure et la plus pure essence
Qui prépare les forts aux saintes voluptés !

Les liens de l'amour et de la mort ont été soulignés à l'envi depuis les Grecs jusqu'au Dr Freud : Éros et Thanatos, l'un si jeune et si beau, l'autre repoussant et vieux, sont des frères jumeaux et ennemis. Les hommes s'aiment parce qu'ils sont mortels, et ils font l'amour pour ne pas disparaître tout entiers et pour survivre dans leurs enfants. La mort qui, pour les hommes, constitue le mal suprême est inséparable de l'amour. Inséparable aussi du temps. Le mal est dans le temps parce qu'à la différence de l'éternité le temps, qui jaillit d'un début, se précipite vers une fin : il se rue vers la mort à travers l'usure, la vieillesse et le délabrement. Le mal est là. Il est charrié par le temps au même titre que l'amour.

LE TEMPS

On se demande un peu pourquoi parler d'autre chose. Le temps est le cœur du tout distingué du néant. Se pencher sur le tout, c'est se pencher sur le temps. Le temps est notre patrie, notre bien à tous, notre matière et notre âme. Il est aussi près de nous que l'éternité en est loin. Nous avons du mal à parler de l'éternité parce qu'elle nous est trop étrangère. Nous avons du mal à parler du temps parce qu'il nous est trop familier. Mais de quoi parler d'autre ? Le tout appartient à l'être qui l'a fait surgir du néant. Et il appartient au temps à qui l'être l'a confié.

Le temps pose à peu près autant de problèmes que le tout. Tout ce qu'on peut dire du tout, on peut le dire aussi du temps. La nature, c'est du temps. La physique, c'est du temps. La vie, c'est du temps. L'histoire, c'est du temps. La philosophie, c'est du temps. La littérature, c'est du temps. La peinture, le théâtre, la musique, c'est du temps. L'amour, c'est du temps, et l'argent, c'est du temps : *time is money*. Tâchons, pour ne pas trop nous perdre, de procéder, sinon par ordre – quel ordre ? –, du moins par secteurs et par catégories. Commençons par le commencement. Comment commence le temps ? Et d'abord, est-ce qu'il commence ?

Le temps n'est pas l'éternité. L'éternité est une absence de temps. Le temps est un refus d'éternité. Le temps a commencé. Il finira. Si le temps n'avait pas commencé, s'il ne finissait pas, il serait lui-même l'éternité. Et il serait permis de l'adorer. Mais, loin d'être immobile, infini, éternel, le temps est la mobilité même. Le temps passe son temps à se jeter vers sa fin, et ce n'est pas en vain que les religions et la sagesse populaire parlent de la fin des temps. L'éternité se confondait avec le rien. On dirait qu'une sorte de bulle enveloppe notre tout et le temps. Une bulle immense dans l'infini pour circonscrire l'espace, une bulle immense dans l'éternité pour circonscrire le temps : dans les deux cas, une bulle. Une double bulle, qui n'en fait qu'une : l'espace, dans sa simplicité, peut passer pour quelque chose comme du temps dégradé. Les enfants entrent dans la bulle, par le ventre de leur mère, au moment où ils naissent ; et les morts sortent de la bulle au moment d'expirer. Mourir consiste d'abord à rompre avec le temps.

Un autre tout que le nôtre aurait pu surgir du néant. Pour échapper à sa solitude et à son ennui, pourquoi l'être n'aurait-il pas fait passer du possible à la réalité un univers d'esprits éternels qui l'auraient aimé et qu'il aurait aimés ? Autant que nous sachions, les esprits purs n'existent pas, mais, encouragée par les clercs pour des motifs compliqués et divers, l'imagination populaire leur a longtemps prêté, sous le nom d'anges, une paire de grandes ailes blanches. Toute une hiérarchie d'anges avait été établie par les théologiens du Moyen Âge :

Première hiérarchie	chœur des séraphins
	chœur des chérubins
	chœur des trônes

Deuxième hiérarchie	chœur des dominations chœur des vertus chœur des puissances
Troisième hiérarchie	chœur des principautés chœur des archanges chœur des anges

Cet univers était absurde. Mais était-il plus invraisemblable que celui où nous vivons et qui risquerait d'apparaître à des observateurs étrangers et lointains si compliqué et si fou qu'ils seraient bien en droit de douter de sa réalité ? Quiconque ne vivrait pas dans le temps aurait le plus grand mal, non seulement à imaginer, mais même à concevoir cette évidence si quotidienne pour chacun d'entre nous – et pourtant si étrange : le temps.

Le tout commence avec le temps : il se dégage du néant parce que le temps s'en empare. Tombé de l'éternité, le temps est lié à quelque chose de nouveau que nous appelons la matière. La matière est de l'être menacé par le temps. Il est au moins douteux qu'il y ait du temps sans matière. Il est tout à fait sûr qu'il n'y a pas de matière sans temps.

Des philosophes ont prétendu que ni la matière ni le temps n'avaient de réalité autonome et qu'ils n'existaient, en vérité, que dans l'esprit des hommes : s'il n'y avait pas d'hommes, il n'y aurait pas de temps et il n'y aurait pas de matière. La lecture que nous proposons de l'univers sur le mode de la fable suppose qu'il y a un tout et que les hommes s'y succèdent. Et qu'il y a du temps qui s'écoule dans le tout avant qu'il y ait des hommes pour le penser. Sur cette fable tombent d'accord et saint Thomas d'Aquin et le bistrot du coin.

Sous une forme ou sous une autre – céleste, solide, liquide, gazeuse –, la matière, en tout cas, est le seul moyen de mesurer le temps. Le temps est si fluide, si absent dans sa présence, si intérieur – mais à quoi ? –, si proche de l'inexistence malgré sa domination qu'il est impossible de le saisir sans passer par l'espace où se déploie la matière : il n'y a que le mouvement pour mesurer le temps. Il faut que de la matière bouge, se fasse ou se défasse, se déplace ou s'écoule pour rendre sensible le temps : le Soleil qui parcourt le ciel, son ombre sur le cadran solaire, le sable du sablier ou l'eau de la clepsydre, l'aiguille de la pendule, le sucre qui fond dans le thé. Le temps n'apparaît que dans l'espace et à travers le mouvement. Voilà déjà que les choses deviennent un peu plus claires. C'est-à-dire plus obscures. Le temps à l'état pur peut être vaguement éprouvé par vous, par moi, par chacun d'entre nous, immobile sur sa chaise ou dans le silence de la nuit. Il ne peut être mesuré que par le mouvement d'une matière à l'intérieur de l'espace. Tout est lié à tout à l'intérieur du tout. Mais l'espace est lié si intimement au temps que nous voyons déjà, au loin, sous son grand linceul blanc, le fantôme de l'espace-temps agiter ses chaînes bruyantes et hanter les couloirs de notre vieux château.

LE TEMPS (suite)

« Si tu ne me demandes pas ce qu'est le temps, je sais ce que c'est ; dès que tu me demandes ce qu'est le temps, je ne sais plus ce que c'est. » La formule d'un grand philosophe s'appliquerait très bien au tout, à l'univers, à l'espace ou à l'être. Elle s'applique encore mieux au temps, énigme des énigmes et mystère des mystères.

Puisque le temps est lié à l'espace, nous mesurons d'abord le temps par le mouvement dans l'espace d'un certain nombre d'objets célestes. La Terre tourne autour d'elle-même en un jour. La Lune tourne autour de la Terre en un mois. La Terre tourne autour du Soleil en un an. Les millénaires, les siècles, les semaines, les heures, les minutes, les secondes sont des inventions arbitraires qui peuvent être modifiées en un clin d'œil – et qui l'ont souvent été – par le pouvoir politique. Les jours, les mois, les années sont inscrits dans le tout par le Soleil et la Lune. On peut se demander ce que signifiait le temps lorsque, bien avant l'homme, le Soleil et la Lune n'existaient pas encore. Le temps avant la conscience, est-ce déjà du temps ? Et le temps avant le Soleil et la Lune, avant les années et le jour et la nuit, qu'est-ce que ça pouvait bien être ? Il a fallu du temps au temps pour qu'il devienne le temps. Pour qu'il devienne notre temps, régulier et dompté.

Ce qui se passe au commencement, c'est que quelque chose bouge dans l'immobilité. Quelque chose se met en train. Quelque chose éclate dans l'éternité infinie et indifférenciée du néant. Ce qu'introduit dans le néant et dans l'éternité la première seconde du temps, ou de ce qui sera le temps, le premier centième, ou millième, ou dix millième de seconde, c'est une différence. C'est autre chose que le néant. C'est autre chose que l'éternité. C'est autre chose que l'infini.

Essayons, s'il se peut, de nous mettre un instant hors du temps, si banal, si familier. Le temps, aussitôt, devient quelque chose de stupéfiant. Au point qu'il devient difficile de penser cette catastrophe qui ne cesse de transformer de l'avenir en passé. Il devient difficile de penser ce que peut être autre chose que l'infini. Autre chose que le néant ? Autre chose que l'éternité ? Comment un tel miracle peut-il devenir possible ? Et puis nous nous secouons, nous reprenons nos esprits, et nous comprenons que cette autre chose, si invraisemblable, mais c'est nous, tout simplement. Ce qui est évident, ce qui est facile à imaginer, c'est l'éternité du néant. Ce qui est compliqué jusqu'à l'inimaginable, c'est le tout et le temps. Et c'est nous. Peut-être pourrait-on suggérer, dans un langage encore une fois exagérément poétique et romanesque, qu'un désir d'autre chose et d'amour agite l'éternité. Il suffit à déclencher le plus formidable changement, et le seul, qui ait jamais existé : le tout, le temps, le ciel et la Terre, le monde entier et son train, l'histoire universelle vont succéder au néant.

LE TEMPS (suite)

À peine passe-t-il le bout de son nez, dès son premier pas dans le tout qu'il informe et construit, dès son premier frémissement, le temps sait déjà qu'il est guetté par sa fin. Si le temps ressemble à quelque chose, c'est à une machine infernale. Il y a une rumeur du temps qui est à la fois la musique sublime des sphères et le tic-tac de la bombe. Le temps est une machine infernale déposée dans le tout par un terroriste éternel, plein, comme tout terroriste, d'amour et de cruauté.

On suppose aujourd'hui que l'univers commence, il y a quinze milliards d'années, avec un événement singulier qu'on appelle le big bang. Ce n'est pas beaucoup plus qu'une hypothèse romanesque. Mais elle semble séduire un certain nombre de savants, peu enclins aux rêveries du lyrisme et de la fiction. Portée à des milliards et à des milliards de degrés de chaleur, d'une densité et d'une masse difficiles à imaginer, une pointe d'épingle minuscule explose. Elle n'explose pas dans l'espace ; elle n'explose pas dans le temps : elle constitue, en explosant, et l'espace et le temps.

L'espace et le temps sont des jumeaux. Mais la carrière des deux frères sera bien inégale. L'espace est un garçon solide et simple, tout d'une pièce, sans le moindre détour, à la physionomie ouverte, aux mœurs patriarcales, et à qui vous pouvez et devez faire confiance. Doué pour l'astrophysique, pour la géographie, pour la mathématique et la stratégie, il serait volontiers marin, géomètre ou soldat. Il règne sur un domaine que vous avez le droit de parcourir en tous sens : vous allez, vous venez, vous retournez sur vos pas, vous tirez sur ses terres tous les plans que vous voulez, et vous poussez toujours plus loin, au-delà du fleuve et des collines. Ses propriétés sont très vastes et vous découvrez chaque jour des coins hier encore inconnus. Il est d'humeur égale, sans passions excessives. La vie est commode avec lui. Un peu d'ennui menace, mais les promenades sont si belles ! C'est un homme de plein air, vêtu de cuir et de tweed, toujours prêt à monter à cheval ou à partir en bateau. Il est fidèle et calme, il marche à longues enjambées dans son costume de chasse et le soir, sur la terrasse, le visage cuivré et un verre à la main, il contemple les étoiles en proférant des lieux communs.

Le caractère du temps est autrement difficile. Il est plus pâle que son frère, plus remuant, plus secret, plus difficile à cerner, à juger et à connaître. Plus intelligent aussi. Et moins sûr. C'est un personnage cruel, nerveux, changeant, porté sur le paradoxe, d'une instabilité maladive, toujours prêt à trahir ses amis les plus chers. On dirait qu'il ne dort que d'un œil, qu'il est debout sur une patte, qu'il attend à chaque instant l'occasion de quitter la compagnie et de filer parce qu'il s'ennuie. Faire fond sur lui est une folie où beaucoup se sont laissé prendre.

Cet individu instable, si peu digne de confiance, d'un sexe mal affirmé, adonné à tous les vices et à toutes les drogues, est un charmeur professionnel. Il raconte, le soir, à la chandelle, des histoires merveilleuses où l'amour se mêle à la guerre et qui finissent souvent mal. À la différence de son frère, éclatant de santé, un peu rougeaud, toujours enfant, on dirait que le temps n'a pas d'âge. Il lui arrive, ici ou là, de gambader à la façon d'un jeune homme. Tout à coup, il est très vieux. Mais il est toujours capable de séduire qui il veut. Et il ne se prive pas de ce don. Les dons, d'ailleurs, il les a tous. Il en joue, il en abuse. Il n'en finit jamais d'échafauder des projets et de construire en Espagne des châteaux magnifiques et destinés à périr. Le comble est qu'il lui arrive de prendre vraiment le pouvoir, de faire vraiment fortune et de connaître le vrai amour. Il est si imprévisible qu'il n'est même pas permis de s'en méfier tout à fait.

Il n'est pas bon à aimer. Il a un faible pour la mort, les fins tragiques, les passions qui se défont et les lents écroulements. On se demande parfois s'il n'est pas possédé par le mal. Ce garçon si charmant, qui se confond avec l'enthousiasme et avec l'espérance, a un côté démoniaque. Sur ses terres, si immenses, elles aussi, qu'on n'en voit pas la fin, on ne passe jamais deux fois. Il vous invite une fois, avec beaucoup de charme et d'allégresse. Mais le premier séjour est aussi le dernier. Il ne faut pas, sur son domaine, garder l'espoir de revenir : « Chez moi, déclare-t-il avec une odieuse suffisance, on ne retourne pas en arrière. » Quel contraste avec son frère chez qui vous êtes toujours le bienvenu ! Lui est si intraitable dans ses jeux et dans sa cruauté qu'il vous mettrait à mort plutôt que de vous donner une seconde chance.

On peut le soupçonner d'un pouvoir un peu secret, insidieux, démesuré. Il se vante volontiers, et peut-être n'est-ce pas faux, de dominer tous ceux qui ont le bonheur ou le malheur – comment savoir avec lui ? – de tomber sous sa coupe. On lui attribue des crimes sans nombre. Mais aussi beaucoup de succès. Il est souvent sombre et sinistre et il sait aussi être gai et joyeux. Il regorge d'idées, de recettes, de souvenirs, d'histoires à faire frémir et de contes bleus pour les enfants. Tous ceux qui ont des projets, des entreprises, des espérances, des craintes aussi, viennent le voir pour qu'il les aide. C'est un fabricant de rêves, c'est un donneur de conseils, c'est un prêteur sur gages, c'est un illusionniste et un agitateur. La jeune fiancée qui va se marier, le banquier qui mijote un gros coup, le savant engagé dans une expérience de longue haleine, le bâtisseur ou l'artiste l'invoquent et le vénèrent au moins autant que le craignent et le haïssent la veuve qui pleure son mari ou le condamné à mort qui compte les jours dans sa cellule ou le fugitif sur le point d'être repris. Il est si contradictoire que les uns assurent qu'ils s'ennuient avec lui et qu'il les fait bâiller à s'en décrocher la mâchoire ; et que d'autres le voient au contraire comme un animateur prodigieux, un marchand de farces et attrapes, une lanterne dans la nuit et une lumière d'espérance, un professeur d'énergie, un maître presque en toutes choses. C'est un prophète et un menteur. Personne n'est plus mystérieux que le frère si turbulent de notre si calme espace.

Rien n'est plus énigmatique. Rien n'est plus fascinant. Pourquoi parler d'autre chose, comment parler d'autre chose que de ce temps qui nous emporte, immobile, tumultueux, vers notre mort à tous et qui s'emporte lui-même vers sa fin nécessaire ? Le tout commence avec le temps et s'achèvera avec lui. La brève histoire du tout n'est qu'une brève histoire du temps.

LE TEMPS (suite)

Dans l'éternité infinie, peut-être parce qu'il n'y a rien, tout est donné à la fois. Le commencement du tout – que nous appellerons Création, non pour incliner à l'idée qu'il y a un Créateur, mais pour aller plus vite – consiste à distinguer, à séparer, à diviser, à partager. La Création est une discrimination. D'abord, et avant tout, elle distingue le tout du néant. Et puis, à l'intérieur du tout, elle distingue les choses les unes des autres. Parce qu'elle est tout amour, elle distingue, bien sûr, pour unir. À l'image même du temps qui se confond avec elle, elle sépare pour rassembler. Mais parce qu'elle est tout intelligence et que le mal la travaille, elle déchire en morceaux l'unité primitive et elle oppose ce qui était confondu. On peut soutenir qu'avec le commencement la guerre succède à la paix, le dialogue au monologue, l'opposition à l'unité, le vocabulaire au silence, la distinction à la confusion, l'espace et le temps à l'infini et à l'éternité. La Création consiste à réduire le bien en pièces pour lui permettre, sur tous les fronts de l'espace et du temps, de lutter contre le mal.

La distinction des choses dans l'espace est d'une simplicité émouvante. Au lieu de rester rassemblées et confondues en un magma sans nom, elles sont séparées les unes des autres et elles coexistent dans leur séparation. Il y a, dans l'espace, le

Soleil et la Lune, des atomes et des électrons, le Danemark et le Sri Lanka, le chapeau de mon père et le sac de ma tante sur la table de la cuisine.

Le temps ramasse en lui toute l'infinie complication du commencement du tout. C'est que les êtres s'y succèdent au lieu de s'y juxtaposer. Cette idée de succession, qui est une des clés du tout, est proprement infernale. Il est facile de comprendre que je dors dans une pièce qui est à côté de la cuisine et qui ne se confond pas avec elle. Il est presque impossible de concevoir que du temps succède au temps, que la troisième seconde après le big bang a très vite cessé d'être la deuxième qui n'était déjà plus la première et que le mot temps que je viens d'écrire et que vous venez de lire est déjà loin de moi et déjà loin de vous parce que tout, dans le tout, ne cesse jamais de disparaître.

Il a suffi que l'idée du temps effleure l'éternité pour que le tout commence déjà. Le miracle du temps, c'est que le premier millième de seconde après le big bang comporte déjà, au moins à l'état latent, la totalité du tout jusqu'à sa consommation. Le mot clé du temps n'est pas seulement *succession*, mais aussi *développement*. La grotte d'Altamira, le code d'Hammourabi, l'incendie de la bibliothèque d'Alexandrie, la retraite de Russie, et moi en train d'écrire ce que vous êtes en train de lire sommes déjà contenus, à la façon du chêne qui tout entier sort du gland, dans le premier millième de seconde du big bang.

Cette présence, dès le début, de la totalité du tout, jette un rai d'obscure lumière tant sur le mystère de l'origine que sur le mystère du temps. Rien ne nous étonne moins que la promesse du chêne dans le gland ou la présence future de l'adulte dans le nourrisson qui vient de naître : pourquoi nous étonner de la présence cachée de l'histoire universelle au sein de l'éternité ? Quiconque se résigne au mystère inouï du temps est malvenu à faire la petite bouche devant le pourquoi et le comment du commencement du tout. La simple marche du temps, son fonctionnement quotidien, son règne universel qui nous paraît si évident nous posent autant de problèmes que son surgissement un beau jour et le passage singulier de l'éternité au temps.

La domination du tout par le temps suffit à assurer le caractère métaphysique du monde où nous vivons. Il n'est pas sûr que l'histoire, la science, la religion, la philosophie, ni même les pages que vous lisez, parviennent à nous fournir la clé du mystère que constitue le temps. Mais il est tout à fait sûr que nous sommes enfoncés dans le mystère jusqu'au cou puisque le temps nous emporte.

LE TEMPS (suite)

Peut-être en savons-nous maintenant assez pour essayer de répondre à la double question posée par le commencement du tout : pourquoi et comment ? À la question « Pourquoi y a-t-il quelque chose au lieu de rien ? », la réponse est assez claire : « Pour qu'il y ait quelque chose au lieu de rien. » Pour que l'être ne soit plus seul au milieu du néant, pour qu'il ne s'ennuie plus dans un tout qui se confond avec le rien et pour qu'il y ait des créatures innombrables, mêlées d'amour et de mal, qui permettent, à travers le temps, le jeu subtil et tragique de l'histoire et du pardon, seul capable de donner au tout, et peut-être même à l'être menacé par le néant, un contenu et un sens. À la question « Comment le tout peut-il surgir du néant de l'infini et de l'éternité ? », on répondra que son origine, pour mystérieuse qu'elle soit, ne l'est pas beaucoup plus – et l'est peut-être même moins – que l'alternance régulière du jour et de la nuit, fondée sur un système invraisemblable dont nous connaissons le mécanisme mais dont nous ignorons les fondements, pas beaucoup plus – et peut-être même moins – que les transformations successives du désir en amour, de l'amour en gamètes, des gamètes en fœtus, du fœtus en fonctionnaire ou en aventurier, du fonctionnaire ou de l'aventurier en cadavre et en souvenir.

Il n'est pas interdit, mais il n'est pas suffisant, de soutenir la thèse défendue par un certain nombre de bons esprits : le tout n'est que le fruit du hasard et de la nécessité. Les élèves de terminale savent que le hasard n'est qu'un croisement de nécessités et que la nécessité est un système lié si étroitement à l'espace et au temps qu'expliquer le temps par la nécessité, c'est expliquer le temps par le temps. Ce que nous appelons nécessité dans l'espace et dans le temps – le sucre fond dans le thé, les fruits mûrissent, le soleil se lève, nous mourrons tous, le carré de l'hypoténuse est égal à la somme des carrés des deux autres côtés – renvoie de toute évidence à autre chose, comme le temps lui-même renvoie aussi à autre chose. Le temps est la nécessité même, mais quelle est la nécessité de cette nécessité ? Il est nécessaire que votre corps finisse par s'évanouir, que la Terre tourne autour du Soleil, que les trois angles d'un triangle euclidien soient égaux à deux droits et que la réalité de l'univers puisse être traduite par les nombres en termes mathématiques. Cette nécessité est-elle tombée du ciel ? Si l'on veut dire par là qu'elle arrive comme des cheveux sur la soupe et qu'elle relève du hasard ou de l'arbitraire : bien sûr que non. Mais si l'on veut dire qu'elle suppose une autre réalité, plus profonde et moins changeante que le tout d'apparences et d'illusions où nous vivons : bien sûr que oui. Pour dire la même évidence autrement, ce n'est pas parce qu'il y a de la nécessité qu'il y a de l'espace et du temps, c'est parce qu'il y a de l'espace et du temps qu'il y a de la nécessité. Et avant d'être enracinée dans le tout, la nécessité est enracinée dans l'être comme le temps lui-même est enraciné dans l'éternité.

Par quelque bout qu'on le prenne, et même pour le partisan le plus ardent d'un rationalisme légitime et d'un déterminisme vacillant sous les coups des théories du chaos et de l'incertitude, le temps est un roman formidable. Je ne prétends pas ici qu'il y ait un auteur à ce roman. Mais j'hésite aussi à croire qu'il se soit écrit tout seul. Que ce chef-d'œuvre incomparable soit le fruit du hasard semble difficile à soutenir. On veut bien croire que l'univers, la matière, l'histoire, l'homme lui-même, avec ce qu'ils ont d'improvisé et parfois d'insensé, doivent leur existence au hasard. Que le temps, si parfaitement réglé dans son invraisemblance, ait surgi du hasard est une idée bouffonne. Disons, pour faire bref, qu'il constitue le lien, tout fait de nécessité à l'exclusion de tout hasard, entre le néant et le tout, entre l'être et l'existence, entre l'éternité et une histoire qu'il ne constitue pas seulement, mais qu'il rend possible et qu'il fonde, et puis n'en parlons plus.

Mais parlons-en encore.

LE TEMPS (suite)

Rien ne nous est plus proche ni plus familier que ce temps si plein de mystère. Le temps est le modèle de la lettre volée qui s'étale sur la table et que personne ne peut voir parce qu'elle crève les yeux de tous. C'est parce qu'il est si près de nous que le temps est si loin. C'est parce qu'il est nous-mêmes qu'il nous est étranger. Tout le monde n'est pas allé à Zanzibar ou au Yucatán, tout le monde n'a pas connu la morsure de l'ambition ou de la jalousie, tout le monde n'est pas versé dans le calcul intégral ou dans l'idéalisme transcendantal. Mais tout le monde sait tout du temps – et autant que les plus savants : c'est-à-dire presque rien.

Le temps est composé de trois parties inégales. Deux sont énormes et pour ainsi dire infinies, ou au moins indéfinies : le passé et l'avenir. La troisième est minuscule jusqu'à l'inexistence : le présent. On pourrait d'ailleurs soutenir qu'aucune de ces trois parties n'a vraiment d'existence : le passé, parce qu'il n'existe plus ; l'avenir, parce qu'il n'existe pas encore ; le présent, parce qu'il est à chaque instant, et malgré sa permanence, en train de s'évanouir. Tout est étrange dans le temps. Commençons par le passé qui peut, à tort sans doute, se présenter à nous comme un peu moins incompréhensible que le présent et l'avenir.

Le passé est très fort. En un sens, il est très faible : un ennemi enterré et tombé dans le passé est moins à craindre qu'un vivant qui se dresse devant nous. Une douleur passée, quoi qu'on en dise, fait moins mal que le coup au moment où il est porté. Et personne n'échangerait un bonheur présent ou à venir contre un bonheur passé. Lorsque le dentiste se penche vers vous et vous murmure à l'oreille : « Là ! là ! crachez maintenant, c'est passé », le soulagement s'empare de vous : ce qui est passé est passé. Mais pour disparu qu'il soit, rien ne peut jamais effacer le passé. Le passé est faible parce qu'il est mort. Le passé est très fort parce que personne, jamais, et même pas Dieu, ne pourra faire en sorte qu'il n'ait pas existé. Le passé est du temps tombé dans le néant et frappé d'éternité.

Il n'est pas impossible de changer le sens du passé : c'est un exercice assez cher aux grandes âmes. Le regret, le remords, le repentir, la grâce, l'ambition, l'amour, la volonté, le pardon sont tout à fait capables de transformer le passé. Mais il leur faut faire avec ce qu'ils ont : il ne leur est pas permis d'effacer l'événement, il leur est seulement permis de le transfigurer. On ne sait jamais très bien ce que le passé nous réserve. Et il est pris pourtant dans des glaces éternelles. Ce qui est passé est passé – mais aussi inscrit à jamais dans le grand livre de l'histoire qui se gonfle à chaque instant de nouveaux épisodes qui s'ajoutent aux précédents, leur donnent peut-être un sens nouveau et ne les détruisent pas.

Le tout n'est jamais semblable à lui-même parce que la masse du passé ne cesse de l'accroître. Ce qui fait la singularité extraordinaire du big bang, c'est qu'il constitue le seul événement de l'histoire à n'avoir pas de passé. Le passé pèse sur l'avenir de son poids écrasant. L'absence de passé confère au big bang la seule liberté qui ait jamais existé dans le tout. Dieu, qui est tout-puissant puisqu'il est éternel et infini, n'exerce pas sa liberté d'action dans son éternité sans bornes qui se confond avec le néant. Il ne l'exerce pas non plus dans notre tout qu'il a livré au temps et au mécanisme implacable de la cause et de l'effet où il n'intervient pas. Il n'y a qu'une occasion où sa liberté se déploie et se déchaîne : c'est juste avant le commencement, dans ce *no man's land* métaphysique où le commencement va commencer mais où il n'a pas encore commencé. Au premier centième de millième de seconde du big bang, il est déjà trop tard : le temps est déjà en route, le jeu de la cause et de l'effet est déjà enclenché. Dieu a déjà passé le relais, il s'est déjà retiré dans l'ombre de son éternité : il a confié le tout aux mains de la nature, qui le confiera plus tard, beaucoup plus tard, dans quinze milliards d'années, aux mains d'un troisième larron, un nouveau venu arrogant qui succédera à la fois à la nature et à Dieu et qu'on appellera l'homme.

Dieu n'est libre qu'un instant, un instant sans pareil, un instant de gloire et de terreur, un instant plus bref encore que l'éclatement du big bang : l'instant qui se situe entre l'éternité et le temps, entre le néant qui est tout et le tout qui n'est que néant, entre sa décision de créer l'univers et la création de l'univers.

Cet instant, qui n'est pas dans le temps, est encore dans l'éternité. Il est donc permis de dire que Dieu ne cesse jamais d'être tout-puissant et libre. Mais il n'est libre et tout-puissant qu'au moment de créer le temps, l'univers et le tout – qu'il a pourtant décidé de créer de toute éternité. À l'instant où il les crée, à la marge, à la frange, au bord imperceptible du néant et du tout, la liberté éclate. Elle est parfaite et sans limites. N'importe quoi peut tomber du néant éternel. Par un mystère qui nous dépasse et que nous avons essayé d'éclaircir tant bien que mal et plutôt mal que bien, ce qui en tombe, c'est le temps.

À l'instant du big bang, le temps n'est fait que de futur. Il n'y a pas de passé dans le temps du big bang. Mais le passé, si l'on ose dire, a un bel avenir. Il va prendre sa revanche. Depuis quinze milliards d'années et pour les milliards et les milliards d'années à venir avant la fin du temps, le passé fait sa pelote. Il se gonfle, il s'accroît, il dévore à chaque instant sa ration de futur. L'avenir, à chaque instant, perd un peu de sa substance et de son intégrité. Le passé, à chaque instant, engrange un peu de temps mort.

Il n'est pas impossible que le tout s'écroule un jour sous le poids de son passé. Pour chacun d'entre nous, le grand roman du tout se répète en petit, en dégradé par le temps. Nous n'avons, à la naissance, pas d'autre passé que celui du monde autour de nous, qui pèse déjà assez lourd, et celui des parents qui nous ont faits et que nous appelons hérédité. À l'enfant en train de naître, on peut promettre n'importe quoi : qu'il sera peintre, clochard, cardinal ou postier. Tout est ouvert. Mais, comme pour un roman qui s'écrit page après page, le passé, peu à peu, accentue sa pression. Bientôt, il n'est plus possible d'écrire n'importe quoi comme à la première ligne, de devenir n'importe qui comme dans les premiers jours. Le passé peu à peu l'emporte sur l'avenir. Quand le passé envahit tout, quand il ne laisse plus à l'avenir le moindre espace où se déployer, la mort est déjà là. Ce qui se passe dans la vie de chacun se passe aussi dans le tout. Triomphant, plein de projets, roulant ses mécaniques, dépositaire de l'espoir, capitaine de cavalerie, l'avenir mène contre le passé, aux vêtements de petit-bourgeois, à la mine de croque-mort ou de chanoine apeuré, et pourtant déjà vainqueur de son ennemi trop brillant, un combat d'arrière-garde.

LE TEMPS (suite)

On n'en finira jamais. Voici l'avenir qui s'amène. Il frappe à la vitre, il cogne à la porte. Il est impatient d'arriver. Le passé est la patience même : il attend sans se lasser. L'avenir est impatient. Peut-être parce qu'il est lié au souvenir et au culte des morts, le passé a quelque chose de religieux. L'avenir a quelque chose de militaire. Le passé joue de l'orgue. L'avenir sonne du clairon. Le passé est derrière. Derrière quoi ? On ne sait pas. L'avenir est devant. On dirait, ne me demandez pas pourquoi, que le passé est féminin. Des fruits. Des parfums. Des assiettes et des draps empilés dans des armoires. Une odeur entêtante de foin coupé et de bois. L'avenir est affreusement viril. Même s'il arrive aux femmes de le dominer, ce sont des rêves d'homme qui l'habitent. L'argent, le pouvoir, la violence, les machines sont du côté de l'avenir. Le feu dans la cheminée est du côté du passé. Le passé est tiède comme un corps de femme. L'avenir est un glacier qui brille sous le soleil.

Où est l'avenir ? Question absurde. Nulle part. L'avenir, comme le passé, est aussi incompréhensible, et à mon sens beaucoup plus, que l'éternité. Il nous est plus proche pour la seule raison qu'il va se changer – brièvement – en présent avant de tomber dans le passé. On peut passer son temps à rêver sur cette ahurissante alchimie. Imaginons, s'il se peut, un esprit venu d'ailleurs et qui ne saurait rien du temps. Comment lui expliquer ce qui se trame dans ce tout où aspirent à surgir des choses, des idées, des passions, des constellations d'événements ou de situations qui n'ont de statut dans aucune langue puisqu'elles n'existent pas encore, mais qui, venant de plus ou moins loin, surgissant du possible à la façon d'un fruit mûr ou déboulant de l'inconcevable, sont déjà en route vers la réalité ?

Le passé, on n'en parle plus. Il pèse sur nous de toute sa masse et il se nourrit à chaque instant d'un peu de présent hors d'usage, d'un peu d'avenir consumé. Mais enfin, on le connaît, on l'a aimé ou détesté, on a vécu avec lui du temps de sa splendeur et de son activité. L'avenir, personne n'en sait rien. C'est l'inconnu dans la maison. Le passé est une vieille dame qu'on a beaucoup fréquentée. L'avenir est un jeune insolent qui arrive sans crier gare, ses longs cheveux au vent et les mains dans les poches. On se dit obscurément, et Dieu seul sait pourquoi, qu'il devrait ressembler au passé. Que le soleil va se lever, que les hommes mourront, que des enfants vont naître, qu'on peut faire confiance au tout et qu'il ne va pas exploser. Et, en effet, il n'explose pas. Voilà quinze milliards d'années que l'avenir débarque dans le tout, apportant avec lui des planètes en fusion et des soupes primitives, des explosions cosmiques et des torrents de lave, des famines et des guerres, des inondations, des désastres, des traités de paix, des mariages, des fortunes fabuleuses, de grands bonheurs et de grands malheurs. Il n'a pas détruit le tout : il l'a plutôt construit. Le tout n'a pas volé en éclats. Il semble assez raisonnable de penser que l'avenir, dont il faut se méfier comme de la peste, est plutôt là pour servir le tout que pour le saboter.

J'écris ces lignes aujourd'hui, j'aurais pu les écrire il y a deux siècles ou il y a six millions d'années s'il y avait eu quelqu'un en ce temps-là pour écrire quoi que ce fût. Il n'est pas tout à fait sûr que je pourrais les écrire dans cinq milliards d'années. L'avenir est imprévisible. Impossible de jurer qu'il sera toujours égal à lui-même. S'il fallait parier à tout prix, je parierais pour un avenir acculé par le passé aux dernières extrémités. Je crois à l'avenir de l'avenir, je crois encore davantage à l'avenir du passé. Je crois qu'il arrivera un moment où le tout n'aura plus d'avenir et où il ne sera plus que passé.

C'est une vision des choses assez simple, et même un peu naïve. Elle naît du sentiment qu'il y a une symétrie entre l'origine et le terme et que la fin est l'inverse du commencement. Au moment du big bang, il n'y avait pas de passé et le tout n'était qu'avenir. À la fin du tout, il n'y aura plus d'avenir et tout ne sera plus que passé.

Quand l'avenir sera épuisé et que le passé aura tout envahi, une autre question surgira : celle de la trace laissée par un tout qui se sera enfoncé dans le passé. Quand quelque chose disparaît ou quand un vivant meurt, ils laissent une trace dans le tout. On se souvient d'eux quelque temps et, lorsque l'oubli les submerge, ils constituent tout de même une partie minuscule de ce passé du tout d'où un avenir continue à surgir. Mais quand tout aura disparu et qu'il n'y aura plus d'avenir, quel sera le statut du passé ? Qui se souviendra de lui ? Le tout tombera-t-il au rang d'un secret qui ne sera le secret de personne ? Faut-il supposer qu'il retournera dans l'éternité du néant d'où il était sorti et qu'il se confondra à nouveau avec un tout qui sera l'autre nom du rien ? Et que tout se passera comme s'il n'avait jamais existé ?

On m'assure que les partisans du big bang hésiteraient entre deux solutions au long problème du tout. Les uns soutiendraient que l'univers poursuivra jusqu'à la fin l'expansion commencée avec l'explosion primitive ; les autres, que l'expansion en viendra à se renverser en contraction et qu'un « big crunch » succédera au big bang originel : l'univers alors n'en finirait jamais d'alterner, en accordéon, les phases de contraction et d'expansion. Le débat devait être arbitré par je ne sais quelle mesure de la matière cachée de l'univers. Et voici que l'affaire serait tranchée et que les savants auraient opté en faveur d'une expansion continue. Le tout ne reviendrait pas, en un « big crunch » final, aux dimensions minuscules qui avaient marqué le big bang, l'expansion commencée avec l'explosion primitive se poursuivrait jusqu'à la catastrophe finale et l'univers ne serait pas éternel. Cette version de la fable me séduit plus que l'autre. Le temps n'est qu'une bulle qui n'a pas le droit d'aspirer, même sous forme d'accordéon, à une éternité interdite. Commandé par son début, le tout ira à sa fin et ne repartira pas.

Il rejoindra alors le néant d'où il était sorti et il retrouvera l'éternité. Mais comment ne pas se demander si, après la parenthèse de notre tout et du temps, l'éternité, où il ne se passe jamais rien, sera la même qu'avant ?

LE TEMPS (suite)

On a gardé pour la bonne bouche ce qu'il y a de plus simple dans le temps. Et, bien sûr, de plus compliqué : le présent. Les banquiers, les demeurés, les majors de l'ENA, les idiots de village, les enfants de cinq ans ont une idée du présent : « Ben, quoi ! c'est maintenant. » Nous vivons dans le présent. Le passé est absent. L'avenir est absent. Seul le présent est présent.

Ce qu'il y a d'un peu troublant, c'est qu'il ne suffit pas de dire que nous vivons dans le présent : nous ne vivons que dans le présent, nous ne cessons jamais de vivre dans le présent. Or, tout le monde sait que le présent ne dure pas, qu'il s'évanouit, qu'il s'enfuit, qu'il passe, disent les poètes, comme l'eau qui coule et comme les roses. Voilà déjà un peu de mystère qui se pointe derrière l'évidence : le présent est toujours là, mais c'est pour filer aussitôt. Le présent est toujours là, mais plutôt sur le mode de l'absence. Il est permanence et évanouissement, continuité et renouvellement. Rien n'est absent comme le présent. Rien de plus présent que cette absence.

C'est que ce présent où nous vivons et qui nous accompagne tout au long de notre vie est un petit bonhomme de rien du tout entre les deux colosses qui l'encadrent : le passé et l'avenir. Le passé et l'avenir sont des machines énormes. On dirait deux forêts impénétrables, deux jungles, deux mastodontes symétriques. Au milieu, minuscule, effarée, ne pensant qu'à s'enfuir et à se jeter du sein de l'avenir dans les bras du passé, une abeille prise au piège : le présent. Le présent est une abeille, une marionnette agitée, un peu semblable à Charlot coincé par deux malabars, une mince tranche de jambon prise en sandwich entre les deux tartines du passé et de l'avenir, une asymptote aussi : il tend vers zéro et, grâce à Dieu, n'y parvient pas.

Qu'il tende vers zéro est une évidence de tous les instants. Il est tellement évanescent qu'il est impossible de le saisir. C'est le jeu le plus vain que d'essayer de le cerner et de mettre la main dessus :

> Le moment où je parle est déjà loin de moi.

On n'arrête jamais un présent toujours en train de fuir. À la limite, le présent est plus absent que le passé qui n'existe plus et que l'avenir qui n'existe pas encore. C'est que le passé a existé et que l'avenir existera : le présent, lui, a du mal à jamais exister. Entre les escadrons de l'avenir qui déferlent à perte de vue et le rouleau compresseur des chars d'assaut du passé, il n'y a de place pour rien. Tout ce qui n'est plus avenir est déjà du passé. Entre le passé et l'avenir, on ne glisserait pas le petit doigt ni une feuille de papier à cigarettes. Le présent est une marge, une frange, une écume, un éclair dans une longue nuit : c'est une abstraction. Il n'a aucune réalité. Un chirurgien du temps ne le trouverait pas sous son scalpel. On peut soutenir qu'il n'existe pas.

L'ennui est que nous passons notre vie entière sur cette crête irréelle, dans cette absence d'existence. Le tout se déploie dans cet évanouissement. L'univers subsiste dans un présent éternel qui s'effondre à chaque instant entre le passé et l'avenir. Nous habitons dans quelque chose qui n'a pas la moindre réalité et ce que nous appelons le réel est, sinon un mirage, du moins un piège métaphysique où tombe et brille tout ce qui existe. Le monde surgit dans cette convulsion de l'être sans la moindre épaisseur que nous appelons le présent. Toute la réalité du tout se tient à chaque instant en équilibre instable sur cette absence de réalité.

Malgré les rêveries de philosophes qui réduisent l'univers à une création de l'esprit, le monde réel existe. Nous avons mal, nous avons faim, nous pleurons, nous sommes heureux. Mais tout se déroule sans cesse dans ce paroxysme de la disparition, dans ce triomphe de l'abolition que nous appelons le présent. Le comble est que, toujours en train de s'évanouir au profit du passé, le présent est toujours en train de renaître au détriment de l'avenir. Il disparaît, il reparaît et nous flottons, immobiles, emportés par le torrent qui ne s'arrête jamais, sur la crête des abîmes. L'homme est un échec triomphal au sein d'une fantasmagorie : un paradoxe dans un paradoxe. Nous ne cessons d'exister, le tout ne cesse de se poursuivre dans un éternel présent qui n'est qu'une chute sans répit dans le néant et la mort. Nous passons notre temps dans quelque chose d'évident et d'obscur dont la réalité n'est pas le fort et dont l'existence est douteuse.

LE TEMPS (suite et fin)

Impossible de montrer plus clairement qu'en les plongeant dans le temps que l'existence du tout et des hommes est d'abord métaphysique. On ne sait pas qui est derrière cette démonstration éclatante – ni même s'il y a quelqu'un. Peut-être n'y a-t-il personne ? Peut-être est-ce une conspiration du temps, du néant et de l'être ? Ce qui semble douteux, c'est que le temps soit notre invention personnelle, à vous et à moi, et aussi que puisse être mise sur le compte du hasard son architecture implacable et subtile. Ce qui est sûr, c'est que le temps suffit à conférer au tout, dont il est l'étoffe et le cœur, une dimension métaphysique. Qu'est-ce que ça veut dire ? Ça veut dire que c'est compliqué à force d'être simple et que les progrès de la science auront du mal à en venir à bout.

La science domine tout ce qui est dans le temps – mais seulement ce qui est dans le temps. Rien ne lui échappe – sauf le temps. Le temps garde en lui et protège le mystère des origines. Il nous nargue. Il nous livre tout ce qui se déroule grâce à lui et en lui. Mais son être et son sens, il nous les refuse avec constance. Nous saurons tout du Soleil, de la Lune, des planètes, des galaxies, des atomes, des électrons et de ce qui les constitue. Nous ne saurons rien du temps. Quand les historiens étudient le passé, c'est des seuls événements du passé qu'il s'agit. Et quand politiques ou économistes parlent de l'avenir avec cette naïveté grave et sans cesse démentie qui fait leur charme malgré eux, ce sont encore des événements qu'ils évoquent et anticipent. Toujours le contenu et jamais le contenant. Le mécanisme du passage de l'avenir au présent et du présent au passé – les trois hypostases du temps, comme on dit – nous échappe complètement. Il est aussi mystérieux que l'éternité, que l'infini ou que l'être.

Nous nous en accommodons à merveille. Nous nous inquiétons de la mort parce qu'elle nous arrache à la vie et parce qu'elle nous fait peur. Nous débattons de l'Être suprême parce qu'on peut tout en dire et n'importe quoi : qu'il existe, qu'il n'existe pas, qu'il règne, qu'il ne règne pas, qu'il récompense les bons et qu'il punit les méchants ou qu'il s'en fiche complètement. Nous nous occupons du sexe, du pouvoir, de l'argent parce que c'est aux yeux de chacun le sérieux de l'existence. Nous nous intéressons à la science parce que le mystère de la nature nous tourmente et que nous voulons agir sur elle. Et à l'art parce que nous avons besoin d'être consolés. Mais personne ne s'occupe du temps qui nous paraît aller de soi. *We take it for granted.* Quoi de moins évident, pourtant, quoi de plus surprenant, et même de plus terrifiant, que ce tout autour de nous et en nous qui n'est pas encore et qui n'est déjà plus et qui explose, entre-temps si l'on peut dire, en une sorte d'orgasme éternellement ponctuel que nous appelons le présent parce qu'il l'est à chaque instant tout en ne cessant jamais de tomber dans l'absence ? Faut-il que nous soyons absorbés dans ce temps et qu'il nous soit consubstantiel jusqu'à la moelle de nos os pour que nous ne fondions pas en larmes à sa seule pensée et que nous ne nous asseyions pas, hagards, sur le bord de la route à méditer, en vain bien entendu, sur l'énigme qu'il nous propose ! Nous ne sommes même pas capables de décider si le temps est en nous ou si nous sommes en lui :

Le tems s'en va, le tems s'en va, ma Dame
Las ! le tems non, mais nous nous en allons...

Plus encore que le tout et beaucoup plus que nous-mêmes, dont nous commençons à savoir presque tout, nous ignorons d'où il vient. Et si nous nous doutons bien, obscurément, que, comme le tout et nous-mêmes, il s'en va vers sa fin pour périr un beau jour, nous ignorons quand, sous quelle forme et comment. Ce qui nous est le plus proche, aussi proche que notre corps, que nos mains, que nos yeux, aussi proche que notre volonté et que nos sentiments, nous est radicalement étranger. Aussi étranger que l'éternité dont nous ne pouvons rien savoir parce que nous appartenons à ce temps dont nous ne savons rien non plus.

LES GRANDS ESPACES

Le temps enveloppe le tout et se confond avec lui. Il s'étend aux limites de l'immense univers qui se déploie dans l'espace et dans le temps sur des milliards d'années-lumière. La lumière se déplace à la vitesse de trois cent mille kilomètres à la seconde. Une année-lumière mesure la distance que parcourt la lumière en une année. Prenez une minute pour faire ce bref calcul : 60 multiplié par 60 multiplié par 24 multiplié par 365 multiplié par 300 000. Vous trouverez le nombre de kilomètres que représente une année-lumière. Ce qu'il y a de remarquable, c'est qu'un ouvrage sur le tout, s'il doit mentionner, bien entendu, le Soleil et la Lune, les planètes, la Galaxie où nous vivons avec sa centaine de milliards d'étoiles et la centaine de milliards d'autres galaxies à des distances hallucinantes, les quasars et les trous noirs, si chers à nos esprits d'aujourd'hui par les paradoxes qu'ils suscitent, et tant d'autres phénomènes qui défient l'imagination et nous restent encore plus qu'à moitié inconnus, s'attardera surtout sur la boule minuscule, plutôt en forme de melon, où ont surgi les hommes. Nous savons tous, bien entendu, que la Terre n'est pas le centre de l'univers, qu'elle n'est pas le centre de notre Galaxie, qu'elle n'est même pas le centre de notre système solaire. Mais c'est là qu'habitent les hommes.

Jusqu'à nouvel ordre du moins. Et les hommes pensent le tout. Et, comme d'autres, ici ou là, mais toujours sur la Terre, écrivent *Paludes* ou *Polders*, il s'en trouve parmi eux pour écrire des livres sur lui.

Le tout n'existe que parce qu'il existe des hommes pour le penser. Nous avons déjà dit un mot du statut du tout et du temps avant l'homme. Existaient-ils vraiment ? Avec un peu d'hésitation, il est permis de répondre que oui. Mais ils n'existaient que sur le mode de l'annonce, de l'attente, de la promesse – parce que des hommes allaient venir. D'un tout où les hommes n'auraient jamais apparu, on pourrait à peine dire – et qui d'ailleurs le dirait ? – qu'il eût jamais existé.

L'univers est immense. La Terre est minuscule. Sommes-nous seuls à donner un sens à une immensité qui nous dépasse de si loin ? À moins de supposer, hypothèse à la Borges dans le meilleur des cas, scène de Grand-Guignol dans le pire, que sur une planète lointaine, dans cette galaxie ou dans une autre, les choses se déroulent, en miroir, selon un ordre rigoureusement identique à celui qui a mené jusqu'à nous, il est inimaginable que l'histoire ait mené ailleurs à quelque chose du même genre que les hommes. Parce que, contrairement au temps et au tout, les hommes sont le fruit exclusif du hasard et de la nécessité. En quinze milliards d'années, les conditions ont été créées pour leur apparition. Depuis cinq milliards d'années que cette Terre existe et depuis quatre milliards d'années que la vie s'y développe, un nombre prodigieux de causes et d'effets se sont succédé en série pour permettre leur épanouissement. Et depuis deux ou trois millions d'années – un grain de sable, évidemment, une goutte d'eau dans l'océan –, ils ont fait, sur cette Terre, et malgré tout ce qu'on peut en dire, les progrès que vous savez.

Ce qu'il est permis de se demander, c'est si une autre forme de vie, aberrante à nos yeux, tout à fait étrangère à ce que nous connaissons, n'a pas pu naître quelque part. Puisque nous n'en savons rien, mieux vaut se taire sur ce sujet comme à propos de l'éternité. Je crains que les signaux envoyés dans l'espace à partir de la Terre ne restent sans écho : ils sont émis selon des normes qui, relevant de notre condition, ne recoupent pas nécessairement le mode d'existence et de compréhension des créatures aléatoires à qui ils sont destinés.

Nous pouvons aussi nous demander si l'être n'a pas pu se manifester dans des galaxies très éloignées sous des formes autres que la vie et que nous ne sommes pas capables d'imaginer. Il y a une question plus extravagante encore qu'il n'est pas interdit de poser : y aurait-il, non pas seulement cette fois très loin de nous mais hors de l'espace et du temps, d'autres univers que le nôtre et qui obéiraient à d'autres lois ? Si grand que soit l'univers, le temps y règne d'un bout à l'autre. Et les lois qui nous régissent régissent aussi le tout. Est-il permis d'imaginer qu'au-delà du temps et du tout, sous le règne d'autres lois qu'il ne nous est même pas possible de concevoir, puissent exister d'autres mondes ?

De toutes ces manifestations hypothétiques, rien ne peut être dit. Nous en restons à notre planète, minuscule et perdue dans des immensités apparemment inutiles, en tout cas démesurées au regard de notre petitesse, et dont la signification nous apparaît aussi peu que celle de l'infini ou de l'éternité dont elles nous offrent le reflet. Un jour lointain, peut-être, qui sait, le sens de l'univers s'éclairera pour nous. J'en doute un peu.

Je ne suis pas non plus très convaincu de l'existence de ces êtres venus d'ailleurs et de ces objets volants non identifiés dont on nous rebat les oreilles : ce sont les contes de fées du monde industriel. On peut se demander, en revanche, si les hommes sont appelés à rester de tout temps sur cette Terre dérisoire, jetée comme par inadvertance dans un coin de l'univers. La Terre est le berceau des hommes, mais les hommes ne restent pas toujours dans le berceau de leur enfance. Les hommes ont beaucoup changé depuis quelques millions d'années. Ils changeront encore bien davantage dans les millions d'années à venir. Ils ont mis le pied sur la Lune. On ne les arrêtera plus. Les hommes sont un peu comme Dieu : tout ce qu'ils peuvent faire, ils le font. Ou ils le feront. Il est très douteux – nous y reviendrons un peu plus tard, quand nous parlerons de demain après avoir parlé d'hier – que, dans un avenir plus ou moins proche, le tout se limite pour eux, comme pour nous aujourd'hui, à la Terre et à sa banlieue, avec quelques vues dérobées sur des lointains vertigineux.

LA LONGUE DURÉE

On nous accusera, je vois ça d'ici, mais il faut accepter le risque et cette brève histoire du tout n'a pas d'autre ambition que d'être d'abord un roman – et le plus prodigieux de tous –, de prendre les hommes pour référence et pour le but de l'univers. Plaidons coupable. À nos yeux au moins, à nous qui sommes des hommes, le monde a été fait pour nous. Dans une des religions dominantes de notre temps, Dieu se fait homme pour régner sur le monde. On pourrait écrire – beau sujet ! – une brève histoire du tout vue du côté de l'être. Il y faudrait beaucoup de talent, ou une espèce de génie. Ou un culot d'enfer. Nous sommes des hommes noyés dans le temps et nous nous contentons de regarder de l'intérieur et d'en bas le tout que nous décrivons.

La présente histoire est écrite par un individu donné, dans une société donnée, à un moment donné. Dans un ou deux millions d'années, notre image aura subi de telles transformations que personne ne peut imaginer ce que seront alors les rapports du monde et de l'homme. Pour nous, en tout cas, au temps de Descartes et de Spinoza, de Kant, de Hegel, de Newton et d'Einstein, tous fils d'Eschyle et de Sophocle, de Platon, d'Aristote, l'homme est, sinon le centre de l'univers, du moins sa référence. Le tout ne prend un sens que par l'homme qui le contemple et s'efforce de le comprendre.

Nous avons déjà indiqué que, pour nous, le tout existe et qu'il n'est pas une illusion inventée par chacun d'entre nous. Mais aussi qu'il n'existe que parce que nous le pensons. Le Soleil et la Lune et l'Himalaya et la Méditerranée traîneraient quelque chose de misérable qui relèverait à peine de l'existence si nous n'étions pas là pour les nommer et leur permettre d'atteindre à la dignité d'un objet du savoir.

L'intéressant, le troublant peut-être, est qu'il faut quinze milliards d'années pour que l'homme pointe le bout de son nez. Quinze milliards d'années où le tout n'a aucun sens, puisque ce sont les hommes qui le lui donnent, et où il flotte sans savoir, sans conscience de lui-même, sans la moindre signification, sans personne pour le connaître. Sur ces quinze milliards d'années, onze milliards d'années ignorent jusqu'à la vie. Ce ne sont qu'explosions d'énergie, rayonnement, tourbillons de matière, états gazeux, soupe primitive, combinaisons de physique et de chimie sans fin. On peut soutenir qu'il s'agit de la lente préparation des conditions nécessaires à la naissance de la vie. Mais comment ne pas s'étonner de la longue durée nécessaire pour que, par un miracle presque aussi incompréhensible que la Création elle-même, jaillissent enfin l'étincelle de la vie, puis celle de la pensée ?

Cette longue durée est un argument très fort pour ceux qui voient dans le hasard et la nécessité les architectes du tout : ils nous assurent qu'en quinze milliards d'années même un singe fou qui taperait au hasard sur le clavier d'une machine à écrire pourrait produire quelque chose comme le début de l'*Énéide* ou un sonnet de Baudelaire. Il semble bien en même temps – est-ce une illusion d'après coup ? – que tout soit comme attiré par un aimant invisible vers la vie et vers l'homme. Le *Moïse* de Michel-Ange, *Le Messie* de Haendel, la relativité restreinte et généralisée pataugent déjà en secret dans la soupe primitive. Peut-être pourrait-on parler, en termes de nouveau outrageusement poétiques, de l'infinie patience de l'être ? Minerve est flanquée d'une chouette, symbole du savoir et de la conscience : l'oiseau de Minerve se lève tard sur le monde. Habitué de longue date à la solitude et à l'éternité, l'être n'est pas pressé. Il laisse les choses, ça ne mange pas de pain, aller leur chemin et leur train : dix milliards d'années pour établir à leur place et sur leurs trajectoires le Soleil, et la Terre, et la Lune. Et puis les événements s'accélèrent et prennent un rythme endiablé : un milliard d'années suffit – une paille, un coup de vent – pour que sur cette Terre fraîche et nouvelle apparaisse une petite chose minuscule, insignifiante, vaguement autonome bien sûr, mais à laquelle aucun observateur des formidables révolutions qui s'étaient produites dans le tout depuis tant de millénaires n'aurait prêté la moindre importance : la vie.

Ces choses-là se passaient il y a quatre milliards d'années. Parce qu'il faut encore quatre milliards d'années pour que de la vie sorte un homme. Trois milliards et demi d'années où toute vie se passe sous l'eau. Et cinq cents millions d'années où elle se déploie sur la terre ferme – ou dans l'air depuis cent cinquante millions d'années – et où elle aboutit aux primates qui donnent naissance à l'homme. Après, ça va très vite et de plus en plus vite : des australopithèques à l'homme de Neandertal, de l'homme de Neandertal à l'homme de Cro-Magnon, de l'homme de Cro-Magnon à Abraham, à Érasme, à Wagner, à Silly, à vous et à moi, il ne faut qu'un souffle, un éclair, presque rien.

On se demande ce qui se passera dans quatre ou cinq milliards d'années. L'idée que nous, tels que nous sommes, puissions être le but et le sens de ce tout risque de paraître insensée. Si l'être vivant se modifie autant dans les quatre milliards d'années à venir qu'il s'est modifié dans les quatre milliards d'années écoulées – et l'accélération de l'histoire a de bonnes chances d'entraîner des modifications beaucoup plus nombreuses et beaucoup plus rapides –, l'homme d'aujourd'hui apparaîtra demain comme quelque chose de risible et d'aussi primitif que l'algue bleue pour nous. À moins qu'aux yeux émerveillés et noyés de nostalgie de ceux qui viendront après nous dans quelques milliards d'années, et qui seront répandus dans toute notre Galaxie et peut-être déjà dans d'autres galaxies, la vie sur la Terre et la condition de l'homme telle que nous la connaissons aujourd'hui n'évoquent, dans un brouillard lointain plus qu'à demi effacé, une sorte de paradis terrestre et de légende évanouie et dorée où il sera bien difficile, pour les savants de l'époque, de distinguer le vrai du faux et la réalité de l'imagination ou de l'affabulation poétique.

Comme les grands espaces, la longue durée réduit à l'insignifiance notre vie de chaque jour. « Ce matin, écrit Cioran, après avoir entendu un astronome parler de milliards de soleils, j'ai renoncé à faire ma toilette : à quoi bon se laver encore ? » Que peut bien peser un individu, aux prises avec ses soucis quotidiens, au regard de la musique des sphères et de la danse rituelle des astres, au regard de tant de milliards d'années qui ont mené jusqu'à nous, au regard des milliards d'années qui nous attendent encore ? La réponse est miraculeuse : un homme tout seul vaut le tout, un homme tout seul pèse plus que l'univers entier.

Quand l'astrophysicien a fini de contempler ses astres à des millions d'années-lumière, quand le géologue a fini de classer ses fossiles et de les caser tant bien que mal dans les millions de siècles écoulés, ils rentrent chez eux où les attendent une femme – ou un mari –, un bon repas, un lit plutôt confortable, des ambitions de carrière, des rhumatismes et des impôts. De grandes espérances peut-être aussi. Et l'idée qu'ils ont d'eux-mêmes. Le tout est ainsi tissé que des attachements innombrables et privés relient l'individu à l'univers et font passer la vie de chacun avant la fascination des grands espaces ou de la longue durée, avant l'absorption dans la contemplation des mystères de l'espace et du temps. Eschyle meurt, dit-on, assommé par une tortue qu'un aigle aurait laissé tomber du ciel. Une promenade au grand air, un crâne chauve, les serres fragiles d'un aigle, une carapace de tortue jouent un plus grand rôle dans le destin d'Eschyle que les milliards d'années amassées par le tout. La Terre est très loin d'être le centre de l'univers. Mais chacun de nous et ce qu'il croit, chacun de nous et ce qu'il fait est le cœur brûlant du tout.

L'OMBRE DE DIEU

L'énumération de ce qui figure dans le tout et dans le temps est sans fin et serait vite fastidieuse. Parce qu'elle est infinie, il n'y a rien à dire de l'éternité. Parce que l'espace est si vaste et que le temps est si long, il y a tout à en dire. Il ne servirait à rien de faire défiler ici des constellations et des planètes, des époques géologiques, des équations mathématiques, des formules de physique ou de chimie, des combinaisons gazeuses, des formations rocheuses, des essences d'arbres ou des noms de fleurs. Encore moins des événements historiques sans la moindre importance. Si poétiques, si tentantes, l'énumération et l'accumulation sont le risque d'une brève histoire du tout. Mieux vaut tenter de découvrir ce qui commande notre vie et le tout et qui, à l'instar du temps mais dans une moindre mesure, est dissimulé aux regards par son évidence même. Le plus éclatant de ces mystères est la lumière.

La lumière est une vedette du tout. Elle joue dans le tout et dans notre vie quotidienne un rôle que tout le monde connaît et dont personne ne parle. Seuls les aveugles, qui en sont privés, savent le prix d'une lumière dont nous jouissons sans vergogne, sans la moindre gratitude et sans même lui prêter attention. La lumière, pour nous les hommes, c'est d'abord le

Soleil. Dans le tout, bien entendu, il y a des milliards de sources de lumière. Ces sources sont si nombreuses et si fortes qu'un des problèmes classiques de l'astrophysique est d'établir, à grand-peine, pourquoi et comment la nuit est noire alors qu'elle devrait être aussi lumineuse que le jour. Aux milliards de sources de lumière naturelles s'ajoutent pour nous, sur la Terre, des milliards de sources de lumière artificielles, de plus en plus nombreuses et de plus en plus brillantes à mesure que le temps passe : au point qu'il est permis de parler aujourd'hui de pollution lumineuse. Tout cela fait beaucoup de lumière.

La lumière est l'ombre de Dieu. C'est une chose si grande et si belle qu'on pourrait, comme le temps, passer ses jours à l'adorer. De Babylone à Carthage ou aux Celtes, c'est ce qu'ont fait d'ailleurs, sous les espèces du Soleil, un certain nombre de cultures et de religions dont la plus connue est celle des Aztèques. La crainte de ne pas voir le Soleil revenir chaque matin a fait couler des flots de sang destinés à apaiser et à encourager les dieux du panthéon mexicain responsables de son retour. Pour chacun d'entre nous, le soleil est une source de bonheur. Sur la neige, sur la mer, sur les champs de lavande ou de blé, sur les montagnes et les vallées, sur les forêts et les vignes, il nous donne du tout l'image la plus exaltante et la plus délicieuse. Chaque matin, au sortir des terreurs de la nuit, est une leçon de bonheur. Un art majeur tout entier, la peinture, tourne autour de la lumière et de la façon qu'ont les hommes de rendre, sur le papier, sur la toile, sur des murs, sur du bois, sa magie impalpable. Jusqu'à ce que la science en démonte les mécanismes, les éclipses de Soleil ont été un motif de terreur chez les hommes. Un monde plongé dans l'obscurité est une des images récurrentes de l'angoisse de la fin des temps.

Contrairement au temps, dont les secrets sont bien gardés,

la lumière, bien entendu, puisqu'elle se déploie dans le temps, a été vaincue par la science. La science a mis la lumière en équations, ce qui ne fait ni chaud ni froid aux peintres qui la peignent ou aux amoureux qui se promènent au printemps sous ses rayons. Jusqu'à ce qu'un savant de génie réconcilie les deux termes de l'alternative, on a pu dire que Dieu avait procédé successivement ou simultanément à deux créations distinctes qui donnaient deux mondes différents : l'un où la lumière était faite d'ondes et l'autre où elle était faite de corpuscules. Grâce à Louis de Broglie, nous savons aujourd'hui que, dans la lumière comme dans la matière, les ondes peuvent être associées aux corpuscules, ou inversement. La science nous a tout appris de la lumière, sauf peut-être l'essentiel : pourquoi la lumière ? Pourquoi ce défi à la nuit, à l'ombre, à l'obscurité ? Pourquoi le tout baigne-t-il dans une lumière qui, sur cette Terre au moins, permet l'alternance du jour et de la nuit ?

Un tout sans lumière s'effondrerait dans le chaos. La fin, inévitable, du Soleil signifiera la fin, sinon des hommes échappés vers ailleurs, du moins de cette Terre où, depuis tant de siècles, des grandes plages du Pacifique avec leur barre de corail jusqu'aux bords de l'Indus ou du Gange, de Machu Picchu, de Teotihuacán, d'Uxmal ou de Chichén Itzá aux îles grecques de la mer Égée, des cyprès et des oliviers de San Miniato ou du Chianti aux rochers arides de Symi, aux splendeurs d'Assouan et du Nil, aux jardins d'Ispahan, tant de lumière a baigné tant de beauté.

L'ÂME DU MONDE

Chacun sait que la peinture se déploie dans l'espace et la musique dans le temps. Avec un peu d'audace – en manquons-nous ? – on pourrait dire aussi que le son est à la lumière ce que l'espace est au temps : moins riche, moins enchanteur, mais réel et puissant, porteur de grands bonheurs, associé à la vie. On écoute le monde autant qu'on le regarde. La lumière est toujours belle. Surtout depuis que les hommes ont créé des machines, il y a des bruits si hostiles qu'il nous arrive d'aspirer au silence. Mais un monde où seul régnerait le silence serait aussi cruel qu'un monde plongé dans les ténèbres. Il y a, sur cette planète, la rumeur de la mer, le fracas du tonnerre, le grondement des cascades, le fameux bruit du vent dans les branches de sassafras, la plainte du feu en train de prendre, le cri des fauves ou des cigales, et le chant des oiseaux. Longtemps, le langage, avant d'être fixé par l'écriture, n'a relevé que du son. Un autre art majeur, peut-être le plus exaltant et le plus populaire, le plus abstrait en tout cas puisqu'il n'a besoin d'aucun support, ni toile, ni marbre, ni papier, pour déployer ses splendeurs, le plus propre en même temps à communiquer des émotions et à les partager, ne repose que sur le son. Partout dans l'univers, la rumeur est présente. Il y a un bruit du tout pressenti par les Anciens sous le nom de musique des sphères. Les astronomes le recueillent.

Le tout n'est que lumière. Le tout aussi n'est que rumeur. C'est qu'il y a une âme du monde qui est faite de tout ce qu'il contient et qui dépasse de très loin chacune de ses composantes. Le tout brille de mille feux : c'est la lumière. Et, par les paroles, les cris, les soupirs, les chants des hommes, par le bruit de la vie et des machines, par les ondes venues de l'espace, il exprime sa joie, sa souffrance, son angoisse, ses espérances, ou simplement son existence : c'est la musique des sphères et la rumeur du monde.

LA MATIÈRE

Dans l'espace et le temps qui constituent le tout, qu'y a-t-il ? D'abord des choses solides et dures, plus ou moins solides, plus ou moins dures, parfois liquides ou gazeuses, qui prennent mille formes différentes, de taille diverse, minuscules ou immenses, séparées les unes des autres ou unies les unes aux autres : la matière. Comparée au temps, si subtil, si charmant, primesautier et imprévisible, et même à l'espace, ce compagnon fidèle et sûr, la matière est un peu grossière. Elle n'a pas beaucoup d'esprit. Elle est là, c'est tout ce qu'on peut en dire.

Elle a des titres d'ancienneté : elle est plus vieille que l'homme, plus vieille que la vie, plus vieille que le Soleil et la Terre. Elle n'est pas loin d'être contemporaine de l'espace et du temps. Ses débuts sont modestes : la pointe d'épingle surchauffée et d'une masse insolente dont nous avons déjà parlé. La pointe d'épingle en explosant – BANG ! – fonde l'espace et le temps. Épatant ! Quel spectacle ! Dommage qu'il se joue à guichets fermés et que son accès nous soit à jamais interdit. Ce qui se passe aussitôt après tombe déjà dans le banal : quelques centaines de milliers d'années d'énergie et de rayonnement. Une espèce de roman de formation d'où surgit la matière : le rayonnement se transforme en matière. On pourrait soutenir que le tout n'est rien d'autre qu'une histoire de passations successives de pouvoir. L'être passe ses pouvoirs au big bang, qui les passe au rayonnement, qui les passe à la matière, qui les passe à la vie, qui les passe à l'homme, qui les passe... Mais les passera-t-il ? Nous verrons cela plus tard. La matière aussitôt révèle, si l'on ose dire, deux traits de son caractère : elle se répand à tire-d'aile dans toutes les directions et elle fait des petits.

Comment elle s'y prend, je n'en sais rien. Les savants vous le diraient. La colonisation du néant s'effectue en tout cas à une allure qui n'est pas record, puisqu'elle n'atteint que le cinquième de la vitesse de la lumière, mais qui déjà ne prête pas à rire : soixante mille kilomètres à la seconde. Des tas de trucs d'abord informes naissent de cette explosion. Vous commencez à le savoir : il faut dix milliards d'années pour que s'établissent à demeure deux gros objets matériels et célestes que vous connaissez tous : le Soleil et la Terre. La Terre tourne autour d'elle-même en un jour tout en tournant autour du Soleil en un an. Voilà déjà, bien avant l'homme, le jour et la nuit, et les saisons, et les mois quand la Lune entre dans le jeu, en train d'acquérir quelque chose qui ressemblerait à l'existence et à la réalité s'il y avait quelqu'un pour les observer.

Le Soleil est de la matière. La Terre est de la matière. La Lune est de la matière. Tous les astres, tous les objets célestes sont aussi de la matière. Tout ce qui apparaît peu à peu sur la Terre, la soupe primitive, les gaz, les rochers, les volcans, les molécules d'on ne sait quoi et les atomes minuscules, est aussi de la matière. Tout cela danse ensemble, se combine, se transforme, se change en autre chose et prospère à sa façon : le mouvement règne sur un tout qui ne reste jamais immobile. Au bout de mille millions d'années, attention ! voici autre chose que nous connaissons déjà, qui n'est plus de la matière – et qui en est pourtant encore – et que nous appelons la vie.

Le surgissement de la vie dans la matière est quelque chose d'aussi radicalement nouveau que le surgissement de la matière dans le néant. C'est une troisième catastrophe, au sens originel du mot, presque aussi importante que la première – la Création – ou la deuxième – l'apparition dans l'espace du Soleil et de la Terre. Le premier commencement est toujours le plus décisif et rien ne peut lutter en dignité avec le début du début. Mais le début de la vie est, à son tour, une révolution que personne, et pour cause, n'aurait été capable de prédire.

On est pourtant assez tenté d'avancer qu'il y a déjà, avant la vie, une espèce de vie de la matière. La matière croît et envahit un univers en expansion. Elle engendre la vie. On pourrait ajouter que la vie ne se développe pas sans support matériel. Tout ce qui vit s'appuie sur de la matière. Les hommes eux-mêmes ont un corps qui est encore de la matière. À la vie de la matière répond la matière de la vie. Le début de la vie sur la Terre onze milliards d'années après le big bang est un miracle aussi stupéfiant que la Création elle-même. Une innovation, une coupure. Et on finit pourtant par ne plus distinguer très bien entre une matière si pleine d'animation et d'entrain qu'elle finit par ressembler à la vie et une vie si enfoncée dans la matière qu'elle a du mal à s'en dégager. Rien de très surprenant : la vie n'est que le fruit, au sein de la matière, de combinaisons physiques et chimiques dont la probabilité est si faible qu'il a bien fallu onze milliards d'années pour les voir s'accomplir.

Une fois que l'une est sortie de l'autre, à force de temps et de patience, et qu'elles se sont rencontrées, la matière et la vie n'en finiront jamais de poursuivre leur chemin de concert. On distingue, bien entendu, la matière du vivant. On ne confond pas un cristal de roche avec un kangourou ni une chaise de cuisine avec une vache normande. Mais il arrive à la limite de devenir vite assez floue. Le bois est de la matière, mais l'arbre est vivant. Rien de plus vivant qu'un homme, mais son corps n'est que matière, et ses cendres en seront aussi. On hésite à décréter qu'il n'y a rien de vivant dans la lumière du soleil ou que l'âme du monde ne relève que de la matière. Une parenté qui remonte loin – à quatre milliards d'années – unit, chacun le sait, tout ce qui vit sous le soleil. Nous sommes parents des singes, des lémuriens, des primates et, au-delà, de tout ce qui court, nage ou vole. Des millions de bouddhistes croient que les âmes des buffles peuvent passer dans les hommes et celles des hommes dans les fourmis, dans les abeilles, dans les tigres, dans les vautours. Un fil plus long encore court à travers le tout. Nous ne sommes pas seulement liés à notre père et à notre mère, à nos frères et sœurs, à nos enfants, à tous les hommes et à tout ce qui vit : les oiseaux, les insectes, les arbres, les fleurs, l'herbe qui croît. Nous sommes liés à la Terre, au Soleil, aux pierres sur le chemin, aux machines que nous fabriquons, à la mer et au feu qui ont mené jusqu'à nous.

L'EAU

Pour un esprit, venu d'ailleurs, qui tomberait sur cette Terre et qui en ignorerait tout, l'eau serait un objet de stupeur presque autant que le temps. L'eau est une matière si souple, si mobile, si proche de l'évanouissement et de l'inexistence qu'elle ressemble à une idée ou à un sentiment. Elle ressemble aussi au temps, qu'elle a longtemps servi à mesurer, au même titre que l'ombre et le sable. Le cadran solaire, le sablier, la clepsydre jettent un pont entre le temps et la matière impalpable de l'ombre, du sable et de l'eau. Plus solide que l'ombre, plus subtile que le sable, l'eau n'a ni odeur, ni saveur, ni couleur, ni forme. Elle n'a pas de taille. Elle n'a pas de goût. Elle a toujours tendance à s'en aller ailleurs que là où elle est. Elle est de la matière déjà en route vers le néant. Elle n'est pas ce qu'on peut imaginer de plus proche du néant : l'ombre, bien sûr, mais aussi l'air sont plus – si l'on ose dire – inexistants que l'eau.

Ce qu'il y a de merveilleux dans l'eau, c'est qu'elle est un peu là, et même beaucoup, mais avec une délicatesse de sentiment assez rare, avec une exquise discrétion. Un peu à la façon de l'intelligence chez les hommes, elle s'adapte à tout et à n'importe quoi. Elle prend la forme que vous voulez : elle est carrée dans un bassin, elle est oblongue dans un canal, elle est ronde dans un puits ou dans une casserole. Elle est bleue, verte ou noire, ou parfois turquoise ou moirée, ou tout à fait transparente et déjà presque absente. Elle est chaude ou froide, à la température du corps, ou bouillante jusqu'à s'évaporer, ou déjà sur le point de geler et de se changer en glace. Tantôt vous l'avalez et l'eau est dans votre corps ; et tantôt vous vous plongez en elle et c'est votre corps qui est dans l'eau. Elle dort, elle bouge, elle change, elle court avec les ruisseaux, elle gronde dans les torrents, elle s'étale dans les lacs ou dans les océans et des vagues la font frémir, la tempête la bouleverse, des courants la parcourent, elle rugit et se calme. Elle est à l'image des sentiments et des passions de l'âme.

Ce serait une erreur que de prêter à l'eau, à cause de sa finesse et de sa transparence, une fragilité dont elle est loin. Rien de plus résistant que cette eau si docile et toujours si prête à s'évanouir. Là où les outils les plus puissants ne parviennent pas à atteindre, elle pénètre sans difficulté. Elle use les roches les plus dures. Elle creuse les vallées, elle isole les pierres témoins, elle transforme en îles des châteaux et des régions entières.

Elle est douce, fraîche, légère, lustrale, bénite, quotidienne, de vie, de rose, de fleur d'oranger, de cour, de toilette ou de table, thermale ou minérale, de Cologne ou de Seltz. Elle peut aussi être lourde, saumâtre, meurtrière et cruelle. Sa puissance est redoutable. Ses colères sont célèbres. Elle porte les navires qui n'existent que par elle, et elle leur inflige des naufrages qui font verser des larmes aux veuves de marins. Lorsqu'elle se présente sous forme de mur, lorsqu'elle s'avance, selon la formule des poètes et des rescapés, à la vitesse d'un cheval au galop, lorsqu'elle s'abat sur les côtes et sur les villes, elle fait surgir du passé les vieilles terreurs ancestrales.

Aussi vieille que la terre, ou plus vieille, plus largement répandue à la surface de la planète, complice des algues, des nénuphars, du plancton et du sel, fière de ses origines, consciente des services qu'elle a rendus à l'homme dont elle a longtemps abrité et nourri les ancêtres, puisque durant trois milliards et demi d'années tout ce qui vit est sous l'eau, elle considère toute matière autre qu'elle-même avec une sorte de dédain. Comme la lumière, elle est nécessaire à la vie. Supprimez l'eau, c'est le désert, la ruine, la fin de tout, la mort. Il n'y a pas d'eau sur la Lune. Aussi peut-on assurer que ses paysages sont lunaires.

LE FEU

Le feu brûle, le feu réchauffe, le feu éclaire, le feu danse, le feu cuit, le feu crépite, le feu tue et rassure. Il éloigne les bêtes sauvages. Il guide les marins et parfois les attire vers des rochers escarpés où de faux moines les dépouillent. Il est très nécessaire à la préparation des œufs durs et des pommes de terre en robe de chambre – ou des champs, l'un et l'autre se dit ou se disent. Il lui arrive aussi de faire rage, comme à l'eau, et il couve sous la cendre. Le feu est vieux comme le monde, et plus vieux que le monde dont il prépare la venue. Il est, sous forme de foudre, un attribut du démiurge, et les hommes qui l'inventent, ou qui croient l'inventer, ne font que l'apprivoiser et le redécouvrir à leur usage personnel, domestique, militaire et gastronomique. Le feu est l'ennemi de l'homme, qui crie : « Au feu ! Au feu ! », et son ami le plus intime : « Viens chez moi : il y a du feu. » Le feu brille au paradis et il brûle en enfer. Il est douceur et torture. Il sert à la cuisine et à l'apocalypse.

Grâce aux travaux récents de théologiens et d'historiens, nous savons que le purgatoire est une invention du Moyen Âge. Le statut du paradis et de l'enfer est plus sublime et plus flou. L'essentiel de l'enfer, auquel se sont intéressés des esprits aussi distingués que Dante dans son long poème, ou

Signorelli dans une fresque célèbre de la cathédrale d'Orvieto, c'est qu'y brûle un feu éternel où sont jetés non seulement les mauvais livres qui pervertissent les jeunes gens, mais aussi les damnés. Le feu, à cet égard, est plus vieux que tout le reste, et durera plus longtemps. Prométhée le dérobe aux dieux pour le donner aux hommes. C'est le début de la guerre du feu qui, après avoir opposé les hommes aux dieux, opposera les hommes aux hommes. L'invention du feu est inséparable de toute civilisation. Nous sommes les fils de la Terre, du Soleil, de la mer et du feu.

Le feu détruit, comme l'eau. Tout le monde sait et répète que les îles de la Méditerranée étaient couvertes de forêts qui ont été détruites par le feu. Par les Arabes, par les chèvres, par les Vénitiens à la recherche de bois pour construire leurs bateaux, par je ne sais quoi encore, et par le feu. Le feu ravage des temples, des théâtres, des palais, des navires, des appartements de veuves ou de rentiers, des installations pétrolières en Sibérie, des régions entières d'Australie ou de Californie, plus de la moitié de Londres ou de San Francisco, la Moscou de Rostopchine, les Tuileries, le bal des Ardents, le Bazar de la Charité, la bibliothèque d'Alexandrie et beaucoup d'autres monuments dont la perte est irréparable – tous les enfants le savent depuis l'âge de sept ans – et qu'on ne saurait trop regretter.

Alaric éteint le feu sacré à Rome en 410, à moins que Théodose ne s'en soit déjà chargé, pour combattre le paganisme et imposer le christianisme, quelque vingt ans plus tôt. Néron met le feu à Rome pour voir d'une haute terrasse, en compagnie de Poppée, le spectacle sans égal, et qui lui fait chaud au cœur, d'une ville qui brûle dans la nuit. Et, selon une vieille recette qui servira jusqu'au Reichstag contre les communistes allemands, il fait porter le chapeau aux chrétiens qu'il n'aime pas. Terrassé par l'amour, un conquérant racinien s'écrie en un vers aux limites du baroque :

Brûlé de plus de feux que je n'en allumai...

Et Aragon :

Au cloître que Rancé maintenant disparaisse.
Il n'a de prix pour nous que dans ce seul moment
Et dans ce seul regard qu'il jette à sa maîtresse,
Qui contient toutes les détresses,
Le feu du ciel volé brûle éternellement.

L'évêque Cauchon met le feu, à Rouen, au bûcher de Jeanne d'Arc et l'Inquisition jette au feu les livres qui lui font peur, et par-dessus le marché ceux qui les ont écrits – des juifs, pour la plupart, comme Spinoza, plus tard, ou Karl Marx, ou le Dr Freud, ou encore Albert Einstein, qui échappent, c'est une chance, à ce sort radical. Le feu sert aussi à faire cuire les légumes et bouillir la marmite. C'est un instrument de culture irremplaçable.

« Feu ! » est le dernier mot qu'entendent, les yeux bandés, les traîtres et les déserteurs attachés à leur poteau devant le peloton d'exécution. « Feu ! » s'écrie l'officier en face de Mata Hari, de Brasillach, des otages de Châteaubriant, du duc d'Enghien dans les fossés de Vincennes, du maréchal Ney condamné par la Chambre des pairs, des Communards de Paris. « Feu ! » est le commandement qui déclenche l'orage d'acier sur Verdun ou sur Stalingrad, sur Atlanta, sur Berlin. « Feu sur les singes savants de la social-démocratie ! » chante, encore et toujours lui, le poète Aragon. Feu ! Feu ! Feu ! C'est un des refrains des hommes quand ils se mêlent de faire l'histoire.

De Sodome et Gomorrhe à Herculanum et à Pompéi, le feu du ciel et des volcans réduit les villes en cendres. Le feu du ciel, un feu d'enfer, par le fer et par le feu, les armes à feu, tout feu, tout flamme. Nous mourons tous à petit feu. Le feu, le feu sacré, les feux de la Saint-Jean et les feux Saint-Elme. Les jeunes gens dans la rue réclament du feu aux passants. Les joues en feu, les feux de la rampe, un feu de joie, le feu au cœur, les feux rouges et les feux verts, la bouche en feu, le feu au cul, les feux de la passion. Les ménagères amoureuses ont des harengs sur le feu, ou peut-être des haricots. Feux follets ou grégeois, feux de Bengale ou de Saint-Antoine, de paille ou de cheminée. Apprivoisé ou sauvage, assassin des cœurs ou des corps, tombé des cieux sous forme de char, arme des malfrats ou des flics, témoin dans l'âtre des jeunes gens qui s'étreignent devant ses flammes, très doux sous le gigot dès qu'il est de sept heures, violent sous le mistral quand il ravage le maquis corse ou la garrigue provençale, le feu, comme l'eau, son ennemie – ils sont comme l'eau et le feu –, est partout dans ce monde.

« Le feu dévore votre maison. Vous ne pouvez sauver qu'une seule chose. Qu'est-ce que vous emportez ? » demande une dame à ses amis.

« Le feu », dit Jean Cocteau.

L'AIR

Il y a plus délié encore que le feu ou que l'eau. Vous ne pouvez pas saisir le feu, mais le feu peut vous saisir et s'emparer de vous. Et s'il vous touche, il vous brûle. Souvent rouges, parfois orange, parfois même bleues ou vertes, ses longues flammes sont très belles et s'aperçoivent de très loin. L'eau est transparente, mais il suffit qu'elle se présente en masse pour que vous puissiez la voir. La mer est un spectacle, un lac est un spectacle, un fleuve est un spectacle, et tout corps plongé dans ce modèle de tous les liquides éprouve la résistance, souvent si douce, de l'eau. Il arrive à l'eau et au feu d'être terriblement présents. Apparemment au moins, l'air est plus proche de l'absence. L'air n'est presque rien du tout. Il est, si l'on ose dire, un peu plus rien du tout que l'eau. Il est beaucoup plus rien du tout que le feu. Comme plusieurs choses précieuses et délicates de la vie, le bonheur, la santé, parfois hélas ! l'amour, c'est seulement son absence, dans les profondeurs de la terre ou, inversement, dans les hauteurs de l'espace, qui vous permet de prendre conscience de sa présence si discrète. Tant qu'il est là, invisible, sans couleur, sans odeur, sans la moindre saveur, on dirait volontiers qu'il n'y a rien.

À quoi sert l'air ? Il se respire. C'est un souffle. Supprimez-le : vous étouffez. Il nous est nécessaire, à nous autres, les hommes, plus encore peut-être que l'eau. Il constitue l'atmosphère où nous nous déployons. Au même titre que l'eau, il n'est pas universel. D'immenses parties du tout ne connaissent ni l'air ni l'eau. L'air se fait rare dès qu'on s'éloigne de la Terre. Sur le sommet déjà des montagnes, dans les Alpes, dans les Andes, sur le sommet de l'Elbrouz ou du Kilimandjaro, au-dessus de Darjeeling et de ses plantations de thé, de Katmandu, de Lhassa, il devient léger, ah ! si léger, avant de s'évanouir. Il existe pourtant et il permet aux aigles, aux mouettes, aux ballons, aux cerfs-volants de s'appuyer sur lui pour survoler un monde dont ils n'ont pas le droit de s'éloigner. Ce serait une lourde erreur pour l'hirondelle de s'imaginer qu'elle volerait mieux si l'air ne la gênait pas. L'été, quand il fait chaud, l'air tremble au loin sous le soleil.

Il arrive à l'air de se déplacer très vite. Il prend alors le nom de vent. À la façon de l'esprit, et plus encore que lui, le vent souffle où il veut et, s'il s'enfle encore un peu, il peut accéder à la dignité de tempête, de cyclone, de typhon et faire, lui aussi, beaucoup de mal à beaucoup de gens. On lui donne alors un nom, longtemps de préférence féminin, pour que ses dégâts puissent être inventoriés. On voit que l'air, si modeste et qui n'a l'air de rien, peut aussi être cruel. Par temps calme, outre les mouettes et les cerfs-volants dont il a déjà été question, l'air est autorisé à porter des nuages. Alors, les poètes s'intéressent à lui et ils chantent la beauté d'un ciel qui n'est rien d'autre que de l'air.

L'air, qui n'est presque rien et qui n'a pas grand-chose, a une température. Il peut être chaud ou froid, il peut être glacial, il peut être brûlant. On tombe sur de l'air brûlant plus souvent qu'on ne croît. On rêve alors d'air frais. Surtout depuis le triomphe de l'automobile, qui, avec la pilule et le cinéma, a si profondément transformé notre tout, les enfants aiment beaucoup l'air frais et ils se penchent par la fenêtre, dont on a baissé la vitre à la hâte, pour essayer, poissons roulants et un peu verts, d'en attraper un bol.

L'air est quelque chose de si fin, de si subtil qu'il sert aussi à désigner ce qu'il y a de plus insaisissable dans une physionomie, ou encore quelques notes arrachées à l'oubli et en train de trotter dans notre tête : un air méchant, un air chafouin ou le grand air de *La Traviata*.

L'air est le modèle du je ne sais quoi et du presque rien. Une foule de petites choses y prospèrent : des ondes, des sons, des odeurs, des microbes. Il lui arrive d'être plein d'encens, de parfum d'asphodèles et des souffles de la nuit. L'air n'est pas, comme l'espace, comme la lumière, comme le feu, un instrument de l'infini, un outil du démiurge : c'est une poussière de rien du tout qui, à force de se glisser dans nos poumons, a su se rendre indispensable.

LA LOI

Tout ce que nous avons vu défiler dans le tout et dans le temps – l'espace, le Soleil et les astres, la lumière, les galaxies au loin, la Terre où nous vivons, l'eau, le feu et l'air, tout ce qu'il y a de plus immense et de plus minuscule – obéit à des lois. Sans la moindre hésitation. Sans le moindre murmure. Sans la moindre exception. Les choses ne font pas n'importe quoi. Elles font ce qu'elles ont à faire. Le tout suit un chemin immuable qui lui a été tracé depuis les origines. Le Soleil brille, la Terre et la Lune tournent, le jour se lève et la nuit tombe, les saisons se succèdent, la lumière se répand à sa vitesse record que rien ni personne ne peut jamais dépasser, l'eau coule et le feu brûle, les galaxies courent dans l'espace, le vent souffle et l'herbe pousse. Le temps lui-même et le tout ne tirent pas à hue et à dia, ils ne vont pas à vau-l'eau. Ce n'est pas assez de dire qu'ils se soumettent à la loi. Ils sont la loi elle-même.

La loi du tout nous reste cachée. Nous n'en découvrons que des fragments et comme de lointains reflets. Nos lois, nous le savons, ne sont pas établies pour toujours. Elles changent, elles varient, elles vieillissent, elles se combattent entre elles, elles se succèdent les unes aux autres. Telles que nous les connaissons aujourd'hui, elles rendent compte de la gravitation, de l'attraction, des courants électriques et des champs magnétiques, de toutes les formes d'attirance, d'interaction et de stabilité, du plus grand nombre possible de phénomènes naturels. Ce sont elles qui nous autorisent à penser que le Soleil sera encore là demain matin et qu'un jour nouveau recommencera comme hier. Ce sont elles qui permettent aux biologistes et aux astronomes, aux chimistes et aux physiciens de descendre très bas dans l'organisation de la matière et de monter très haut dans l'architecture de l'univers – vers un monde immense et vers un monde minuscule qui se répondent en écho l'un à l'autre. La foule de ce qu'ils découvrent suffit à remplir des milliers de vies et des millions de volumes. Ce qu'il y a de plus intéressant, ce n'est pas le détail de leurs découvertes sur la composition des atomes avec leurs neutrons, leurs protons, leurs électrons, leurs mésons. Ni sur les quasars ou les amas de galaxies et les milliards d'années-lumière de l'univers en expansion. C'est l'idée, si simple, qu'il y a une loi cachée que nous découvrons peu à peu et que le tout lui est soumis.

Depuis qu'il y a des hommes pour l'étudier et à mesure qu'ils l'étudient, le tout leur apparaît de plus en plus complexe et de plus en plus simple. Le monde est plus complexe aujourd'hui qu'il ne l'était, il y a cinq mille ans, pour un pasteur d'Ourouk ou d'Akkad, de Lagash, de Mari, plus complexe qu'il ne l'était, il y a huit cents ou mille ans, pour un paysan de Toscane, des bords du Rhin ou du Yunnan. L'explosion de la science et des techniques, des communications, de la culture, l'accélération de l'histoire l'ont compliqué à plaisir. Il est pourtant plus simple parce que nous savons désormais qu'il n'y a ni dieux, ni charmes magiques, ni talismans, ni fées, ni esprits tout-puissants, ni dragons crachant du feu, ni hasard inexplicable, ni fatalité mystérieuse. Il y a bien une force secrète : il y a la loi.

La loi est implacable, lumineuse et obscure, diverse jusqu'au vertige, et unique. Elle est la même partout. Elle ne varie pas avec les peuples, avec les croyances, avec les latitudes, avec les galaxies. Elle porte un nom : nécessité. Elle a deux armes, qui n'en font qu'une : la cause et l'effet. Elle engendre un système qui, très au-dessous de la loi et sous le contrôle de la loi, est chargé en gros – mais en gros seulement – de faire régner un peu d'ordre au sein de la nature : on l'appelle déterminisme.

Le déterminisme n'est rien d'autre que le garde champêtre de la loi. C'est un rustre, un besogneux. Il a beaucoup vieilli, ces derniers temps. Il en a longtemps fait un peu trop. Il lui arrive encore de se prendre exagérément au sérieux et de péter au-dessus de son cul. La vérité est que le déterminisme est aux ordres de la loi qui se sert de lui, dans la vie quotidienne, pour l'exécution de ses basses œuvres et de ses grands desseins. Mais la loi, s'il le faut, a beaucoup d'autres ressources qui, apparemment au moins, viennent contredire le déterminisme pour mieux assurer le règne et le triomphe de la loi. L'incertitude, les statistiques, les nombres imaginaires ou les grands nombres, les relations difficiles entre l'observateur et ce qu'il observe, tous les paradoxes de la science, depuis l'histoire, si taquine, si invraisemblable et qui semble toujours jouer aux dés l'avenir de l'humanité, jusqu'à la physique atomique ou quantique, jusqu'aux fulgurations de Planck, de Bohr, d'Heisenberg ou de Schrödinger, jusqu'aux théories du chaos, rabaissent le caquet du déterminisme, non seulement sans nuire à l'éclat de la loi, mais pour sa plus grande gloire.

Le problème n'est pas de savoir s'il y a des lois dans l'univers : il y en a. Et il y en a partout. Rien ne flotte dans l'arbitraire ni dans le va-comme-je-te-pousse. Les mouvements des astres et des planètes, le flux et le reflux de la mer, la propagation de la lumière et du son, les transformations de la matière, les mécanismes si subtils et si simples du feu et de l'air sont commandés par des lois. Le problème est de savoir s'il n'y aurait pas une loi des lois, une loi qui ramasserait et résumerait toutes les autres, une loi qui suffirait à expliquer le tout. Aujourd'hui déjà, le nombre des lois du tout n'est pas indéfini. Autant que je sache, et je ne sais pas grand-chose, les physiciens distinguent quatre forces principales qui commandent toutes les autres et suffisent à soutenir l'univers, à le faire tenir ensemble, à l'empêcher à chaque instant de s'en aller en morceaux. Il n'est pas impossible que les quatre forces se réduisent à une seule que mathématiciens et physiciens sont en train de traquer avec acharnement. Il n'est pas impossible que le tout soit réglé par une seule loi que nous ne connaissons pas. C'est à la recherche de cette loi-là que, de Ptolémée à Copernic, à Galilée, à Kepler et de Newton à Einstein, avec des hauts et des bas, des efforts sans nom et des succès divers, s'épuise l'humanité.

Contre l'animisme primitif, contre la multiplication des dieux, contre l'intervention de la Providence ou des forces du mal à l'intérieur du temps, une loi de ce genre domine et emporte déjà le monde : c'est cet enchaînement de la cause et de l'effet que nous appelons nécessité. Mêlée de hasard et d'incertitude, appuyée sur une loi cachée, peut-être encore plus générale et dont nous ne savons rien, prenant mille chemins de traverse peu à peu découverts, se dissimulant, au grand dam du déterminisme, jugulaire, jugulaire, ronchonneur et aveugle et à cheval sur le règlement, sous tous les paradoxes et sous toutes les ressources que lui offrent l'âme du monde et l'esprit des hommes, la nécessité règne sur le tout.

Rien de ce qui a été n'aurait pu ne pas être. Tant que l'homme n'a pas surgi dans le tout, la nécessité brille de mille feux et de tout son éclat. Personne n'est là pour la contester, pour la mettre en question. Elle avance, souveraine, emportant tout sur son passage, créant les cieux et la Terre, les astres, la voûte nocturne, les océans et leurs rivages, et le feu des volcans. Qui s'imagine que le Soleil aurait pu ne pas exister, que les galaxies auraient pu ne pas s'enfuir à toute allure vers des lointains inconnus, que l'univers aurait pu ne jamais voir le jour et le big bang rater comme un vulgaire pétard mouillé le soir du 14 Juillet ? Implacable, immuable, sans faiblesse et sans pitié, la loi, en l'absence de l'homme, se confond avec le temps et avec le tout.

Plus tard, après les algues vertes et bleues, et les diplodocus, seigneurs imbéciles de la planète, victimes, il y a quelque soixante ou soixante-cinq millions d'années, d'une obscure catastrophe, après la naissance de l'homme, le mouvement de l'histoire devient plus incertain et la nécessité moins évidente. En apparence au moins, la liberté de l'homme trouble un peu le jeu. Mais la liberté elle-même, n'en doutez pas, fait partie du temps et du tout et est soumise à la loi. Car tout est soumis à la loi. « Un seul miracle, s'écriait un philosophe, un seul miracle, et je ne crois plus ! » Et une sainte femme d'il y a trois siècles : « Si jamais je faisais un miracle, je me croirais damnée. » Disons plutôt que les miracles eux-mêmes, s'ils existent, s'inscrivent dans le temps et dans le tout et qu'ils obéissent à la loi. Nous appelons miracles les mécanismes, naturellement soumis à la loi, mais dont nous ne sommes pas capables de distinguer les liens avec le tout et le temps.

La loi règne sur le tout. Le temps est son agent secret, mystérieux et actif. La nécessité est son mot d'ordre. Le hasard est son bouffon. Le jeu de la cause et de l'effet est son outil et sa clé. Le déterminisme est un intermédiaire un peu louche et toujours débordé, suant, soufflant, s'épongeant le front sous un ventilateur électrique avec un mouchoir à carreaux.

Quand on a besoin de lui, on lui téléphone en urgence et on le siffle. Quand on n'a plus besoin de ses services, on le renvoie chez lui pour incompétence et pour abus de pouvoir. Être dans le temps et dans le tout, c'est être soumis à la loi. À une loi cachée dont nous ne voyons que l'ombre.

LE SECRET

Longtemps, le tout n'a rien su de son destin. Il obéissait à la loi. Mais il l'ignorait. Il faudra attendre la dernière en date, et la plus puissante, de ses créatures, la plus invraisemblable aussi, et la plus arrogante, pour qu'elle découvre la loi, ou des fragments de la loi, et pour qu'elle s'imagine, dans la crainte et le tremblement, dans l'illusion peut-être, dans l'orgueil sans aucun doute, pouvoir parler du tout et lui donner un sens.

Nous verrons plus tard comment et dans quelle mesure l'homme a donné un sens au tout. Aussi loin qu'il a pu et un peu plus chaque jour, l'homme essaie, par la science, par l'art, par la méditation, par l'action, par la révolte aussi, et par le refus, d'arracher au tout ses secrets bien gardés. Malgré tous ses efforts, qui marquent à la fois ses limites et sa grandeur, il n'en finit pas d'échouer à découvrir les fondements de la loi et sa signification. Mais il soulève peu à peu un coin ou l'autre du grand voile. Il jette des regards dérobés sur le tout et ses lois. Il devine des éléments, des structures, des évolutions, des secrets dissimulés depuis les origines. Il lui semble, et ce n'est pas faux, qu'il apprend presque tout de la composition de la matière et des rouages de l'univers. Ce qui lui manque, ce qui lui manquera toujours, c'est le dessein du tout, son origine, sa fin, sa signification. Le tout était un secret jusqu'à la venue de l'homme. L'homme explore chaque jour un peu plus les recoins cachés du tout, et le tout reste pour lui un secret et un mystère.

Emportés par le temps, fragments infimes du tout, nous vivons dans le secret, nous vivons dans l'énigme, nous vivons dans le mystère. Nous ne sommes pas transparents à nous-mêmes et le tout ne nous est pas transparent. On pourrait dire du tout que c'est un piège tendu avec une habileté diabolique. Et si ce n'est pas un piège, c'est quelque chose d'obscur qui y ressemble comme un frère. Chaque jour, l'enquête progresse dans la connaissance de ses mécanismes et de leur fonctionnement : elle ne nous révèle presque rien, ou plutôt rien du tout, sur l'origine du piège ni sur les intentions de celui qui l'a posé – si quelqu'un l'a posé – et nous n'en savons guère plus, et nous n'en saurons sans doute jamais guère plus, sur ce qu'il représente et sur ce qu'il signifie. Nous découvrons des lois. La loi nous reste cachée. Il y a, dans le tout, une multitude de secrets qui seront percés tour à tour, mais le grand secret, qui ne sera jamais percé, c'est le tout.

On peut rêver sur ce secret. C'est l'une des occupations les plus constantes et les plus hautes des philosophes, des artistes, des poètes, des hommes de science. On peut se demander pourquoi la loi nous échappe. On peut se demander pourquoi le tout est un secret. On peut se demander pour qui et grâce à qui le temps est un secret. Peut-être, un jour, se dévoilera-t-il aux yeux de ceux qui nous succéderont ? Peut-être, au contraire, restera-t-il à jamais, et pour tous, un secret ? Je crois que, pour les hommes, le secret du tout ne sera jamais levé.

Si le tout est un secret, une énigme, un mystère, c'est qu'il y a en lui à la fois quelque chose d'imparfait qui s'apparente au temps, au mal, à l'existence, et quelque chose de parfait qui s'apparente à l'être. Le tout n'est pas transparent parce qu'il est chargé de servir d'écran entre l'être et l'existence, entre les origines et nous. L'être, aux yeux des hommes, se cache derrière le tout.

Le tout est un fragment d'être épars, enfoncé dans l'espace, disséminé dans le temps, inaccessible aux hommes qui dansent autour de lui et en lui leur danse sans fin et sans espoir. Quelque immense que soit le tout, l'être le déborde encore. Il ne se limite pas au tout puisque rien ne le limite. Il livre le tout aux hommes comme un grand labyrinthe, comme un code secret et un message chiffré.

Monologue de l'être

Je suis l'être. Je suis. Je suis celui qui est. Le tout n'est pas. Il existe. Il devient. Il naît. Il se transforme. Il finira bien par finir. Tout finira. Le Soleil, et la Terre, et la Lune, et toutes les galaxies dont vous avez plein la bouche et qui finiront, elles aussi. Comme finiront les hommes et ceux qui leur succéderont. Je ne finirai pas. Je suis l'être. J'étais et je serai. Je suis.

Les hommes sont le joyau de l'être. Ils en sont aussi le tourment. Parce qu'ils prétendent en parler. Le big bang, qui était autre chose que Michel-Ange ou que Newton, que Karl Marx ou le Dr Freud, quelque grands qu'ils puissent être, qui était même autre chose que tous les quatre mis ensemble et que tous leurs pareils réunis, ne se mêlait pas du tout. Lui, qui était le tout, ne se mêlait pas du tout. Lui, qui à lui tout seul était le tout du tout, ne parlait pas du tout. Et l'univers en train de naître n'en parlait pas non plus. Ni le Soleil quand il apparaît. Ni la Terre quand elle se met à tourner autour de son Soleil. Ni la soupe primitive. Pendant onze milliards d'années, j'ai été presque aussi tranquille que dans les temps bénis de mon éternité et de ma solitude.

Quand je dis onze milliards, je pourrais aussi bien dire quinze milliards. C'est d'hier, c'est d'aujourd'hui, pour parler comme les hommes, que datent mes premiers soucis. Et ce sont les hommes qui me les procurent. Durant quatre milliards d'années, la vie, qui jaillit du tout comme le tout avait jailli du big bang, me fiche une paix royale. Les algues bleues et vertes, les bactéries, les poissons, tout ce qui bouge dans la mer, les diplodocus, les primates, les oiseaux dans le ciel ne me causent guère plus d'ennuis que le tout en formation. Ils fonctionnent, ni plus ni moins, comme les corps célestes, comme les planètes, comme l'eau, si élégante, comme le feu, qui est si gai et qui bouge avec tant de grâce. Ils vivent, c'est une affaire entendue. Mais ils vivent en silence et avec modestie. Jamais un mot plus haut que l'autre : jamais de mots du tout. Ils nagent. Ils volent. Ils végètent. Ils respirent. Ils se nourrissent. Ils se taisent. Ils ne roulent pas dans leur sein de ces pensées accablantes sur le tout et sur l'être qui me sont maintenant infligées. Ils sont aussi innocents que la pierre sur le chemin.

Aussi innocents... ? Ah ! ils sont déjà en chemin vers la vie et la faute, et le ver est dans le fruit. Mais il était déjà dans la soupe primitive, et dans la Terre dès qu'elle se met à tourner, et dans le Soleil qui brille, et dans l'espace, et dans le temps, et dans le big bang lui-même qui est, à lui tout seul, la semence et la récolte, le noyau et le fruit. Puisque tout cela n'était fait, ou semblait n'être fait, que pour mener jusqu'à l'homme.

L'être, qui n'est que secret, nourrit beaucoup de secrets. Un de ces secrets, parmi tant d'autres, est que tout commence toujours et que rien ne commence jamais. Que tout recommence toujours, c'est le miracle du temps. Un nouveau présent se substitue sans trêve au présent évanoui. Le temps, bien entendu, est engendré par l'être qui le porte à bout de bras et ne cesse jamais de le soutenir et de le relancer. Non seulement le temps, mais le tout est recréé à chaque moment. Si l'être, par impossible, se relâchait un seul instant, le temps et le tout s'effondreraient aussitôt. Mais l'être ne se dérobe jamais et le tout se poursuit et le temps recommence. Mais ce qui recommence toujours ne commence pourtant jamais. Ou commence au big bang.

Les hommes, si jeunes, sont très vieux. Ils sont la cerise sur le gâteau, ils sont le bouquet de mon feu d'artifice. Ils auraient tort pourtant de s'imaginer, un peu vite, que le tout n'est conçu par l'être que pour aboutir jusqu'à eux. Ils sont loin d'être la fin de tout, ils sont loin d'être la fin du tout. Loin d'être les derniers et de couronner l'édifice, les hommes sont les premiers, après moi, à se pencher sur le tout. Ils n'ont du tout qu'ils habitent que la vue la plus limitée. Sur quinze milliards d'années, ils en occupent quelques dizaines ou centaines de milliers. Et ils s'interrogent sur le tout depuis quelques milliers d'années. Qu'est-ce qui leur permet de croire qu'ils sont autre chose qu'un maillon d'une longue chaîne qui est à peine entamée ? Qu'est-ce qui leur permet de parler avec impertinence de la fin d'une histoire qui n'en est qu'à ses débuts et à ses balbutiements ? Ils se voient volontiers comme le but d'une promenade qui leur fait tourner la tête. Et s'ils n'étaient, cruelle surprise, que les algues vertes d'une créature plus achevée qui serait encore à venir ?

Il m'a fallu quinze milliards d'années pour mener jusqu'à eux. Ils sont là, maintenant, depuis une fraction de seconde, depuis juste un clin d'œil. Attendez, mes brebis, attendez, mes agneaux, encore quinze milliards d'années avant de clamer à tous les vents que vous êtes le but et la fin d'un tout qui n'aurait été fait que pour vous.

Les hommes sont les premiers à contempler l'univers et à parler de lui. Et à parler de moi. Et il faut entendre ce qu'ils en disent ! Sous prétexte de comprendre – ah ! comme ils aiment comprendre, ou faire semblant de comprendre, ou faire croire qu'ils comprennent ! –, ils se sont longtemps imaginé que la Terre où ils habitaient était, au centre du tout, une sorte de disque plat suspendu dans l'espace et ils m'ont affublé du nom de Père et d'une longue barbe blanche. Ils ont fait monter vers moi le sang de leurs premiers-nés et l'odeur de l'encens comme si le sang et l'encens pouvaient changer quoi que ce fût à la nécessité et à la loi. À toutes les époques de leur brève aventure, ils ont passé leur temps à construire en mon nom, et souvent avec splendeur, dans l'espace ou dans leur tête, de grandes maisons de pierre et des châteaux en Espagne qu'ils prenaient pour la vérité. À chaque étape de leur carrière, ils se sont persuadés d'avoir trouvé la clé d'un tout qui, pour eux au moins, est dépourvu de clé. Trois mille ans après Einstein, Einstein est condamné à paraître aussi absurde et aussi limité que Ptolémée au temps d'Einstein. Comme la justice et comme le bien, la vérité n'appartient pas au temps. Ce qui appartient au temps, c'est, inutile et nécessaire, la recherche de la vérité.

En dépit de leurs erreurs et de leur folie, à cause de leurs erreurs et de leur folie, les hommes, autant le dire tout de suite, m'ont plus épaté en trois mille ans que le tout en quinze milliards d'années. Parce qu'ils ont essayé de penser le temps et qu'ils ont ramassé le tout pour lui donner quelque chose qui ressemblait à un sens. Il n'y a que deux personne qui aient joué un rôle dans sa vie : la première, c'est moi ; et la seconde, c'est l'homme.

Les hommes ont tort de s'imaginer qu'ils sont la fin du tout. Mais comment ne pas leur accorder que le tout, après l'homme, ne sera plus jamais le même ? Il m'arrive de me demander ce que je vais devenir moi-même après le passage de l'homme dans ce tout qu'il n'a de cesse de dominer. J'ai retardé tant que j'ai pu l'apparition dans le tout de ce fléau bien-aimé. J'ai accumulé l'espace et le temps. J'ai brouillé les cartes. J'ai semé des pièges partout. On dirait que l'homme s'en amuse et que le mystère l'excite. Dans sa quête sans fin d'une vérité impossible, rien ne lui donne des forces comme l'échec. C'est de ses erreurs qu'il tire son espérance.

Je me suis dissimulé derrière le tout et j'ai reculé aussi loin que j'ai pu dans le mystère et dans le secret. J'ai poussé le tout en avant. Je suis rentré dans l'ombre. Le fléau bien-aimé s'est mis à fouiner dans le temps et dans le tout. Il a déterré une foule de choses qu'on pouvait croire cachées et perdues à jamais. Ses découvertes, il est vrai, ne l'ont pas beaucoup avancé dans sa quête du sens du tout. Ses fiches et ses ordinateurs lui ont fait une belle jambe. Mes lignes de défense sont situées bien ailleurs, et à une profondeur qui déjoue toute attaque. N'empêche. Il a des vues sur le tout et il va jusqu'à me narguer. Rien ne m'agace comme sa suffisance et les grands airs qu'il prend quand il s'agit de moi. Tantôt il est sûr que j'existe, et il m'adore sous les traits d'une idole creusée dans un tronc d'arbre ou d'un veau d'or sur un socle, tantôt il est sûr que je ne suis pas, que l'être ne peut pas être et que l'être n'est pas.

Il n'est pas assez fou pour imaginer – il voudrait bien – qu'il est la cause et l'origine de sa propre existence. Alors, il se rattache à un tout qu'il fait sortir du néant par un mélange de coups de dés et de nécessité, comme si ce n'était pas moi qui avais inventé à la fois le hasard, ce qui n'est rien, et la nécessité, ce qui est beaucoup et presque tout. Il retourne le tout contre moi, il explique que le tout n'a pas besoin de l'être – et c'est un coup de génie : j'ai de l'indulgence pour ceux qui m'attaquent et qui trouvent la Création si parfaite qu'elle peut se passer de créateur. Ils m'amusent, ils m'étonnent, ils vont jusqu'à m'émerveiller et à me faire douter de moi-même, il m'arrive de les préférer à ceux qui ont la bonté, souvent avec naïveté et presque n'importe comment, de prendre mon parti. Il faut avouer que j'ai distribué à la ronde, en me cachant derrière le tout, des verges pour me faire battre. J'ai tout organisé – le tout, la vie, les hommes, la liberté – pour me faire oublier. Et je m'offusque quand on m'oublie.

Je me demande parfois si je ne suis pas insupportable. Aussi insupportable que l'homme qui, plus souvent que de raison, se montre franchement odieux. Peut-être faudrait-il que je m'applique à moi-même les méthodes que le Dr Freud, en son temps, a appliquées aux hommes ? Inutile de le nier : je suis cruel, susceptible, rancunier, d'une orgueil démesuré, affreusement dissimulé. Je n'aime rien tant que tromper mon monde. Je l'engage sur de fausses pistes et je lui en veux quand il s'égare. Ah ! franchement, il y a des jours où l'être en a assez de l'être. C'est d'ailleurs un jour comme ceux-là qu'il a donné naissance au tout.

Est-ce que j'aurais mieux fait de m'abstenir de... ? Mais non : j'ai fait mes preuves. Personne ne peut m'accuser d'avoir agi avec légèreté ou rechigné à la tâche. Le tout témoigne pour moi. Que ceux qui me critiquent essaient de faire mieux que moi et de faire mieux que le tout. Je voudrais bien savoir ce qu'on pourrait ajouter au tout – ou en retrancher – pour tâcher de l'améliorer. Je regarde le tout. Je le regarde à la fois de plus près et de plus loin, et avec plus de compétence, j'imagine, que les hommes. Il me plaît bien. Il est beau. Les hommes s'émerveillent quand ils observent leur planète de la banlieue où ils s'aventurent : ils disent que la Terre est belle, ils l'appellent la planète bleue. Le tout est autrement beau, autrement majestueux que leur pauvre petite Terre. S'ils pouvaient, mais ils ne peuvent pas, et ils ne pourront jamais, le contempler du dehors comme je le fais tous les jours de mon éternité, je ne sais pas quel nom ils pourraient lui donner. Le tout a toutes les couleurs, le tout a toutes les formes, le tout est la beauté même, le tout ne peut rien être d'autre que ce qu'il est, il ne peut rien avoir d'autre que ce qu'il a puisqu'il n'y a rien d'autre que le tout. Peut-être oserai-je dire que l'être s'est épuisé dans le tout ? Si je devais me juger, je ne me jugerais pas sur le néant ni sur l'éternité dont il n'y a franchement rien à dire : je me jugerais sur le tout. Et je crois que je m'acquitterais.

On me dira qu'il y a du mal dans le tout et que les hommes souffrent beaucoup. Comment voulez-vous que le tout se distingue de l'être sans que le temps s'y installe et que le mal s'y glisse ? Il y a du mal dans le tout parce qu'il faut de tout pour faire un tout, que le tout est un tout et qu'il ne se confond pas avec l'être où il n'y a pas de mal du tout. Vous voyez ce que je veux dire ? Comme je le fais pour le tout, je regarde les hommes de loin, et de très près aussi. Je les admire. Je les plains.

Je les admire parce qu'ils se débattent comme personne avant eux ne s'est débattu dans le tout. Si quelqu'un, dans le tout, a dépassé le tout pour s'approcher de l'être, c'est le fléau bien-aimé. Il a approché l'être de très loin, c'est une affaire entendue. Dans l'aveuglement, dans l'imposture. N'importe. Il a essayé. Je l'aime parce qu'il a essayé. Il ne se laisse pas aller aveuglément sur une pente toute tracée comme les atomes ou les galaxies, il ne broute pas bêtement comme les diplodocus ou les vaches dans les prairies, au pied des hautes montagnes, il ne fait pas toujours la même chose, même si c'est avec talent, comme les abeilles ou les fourmis. Il a peur, il cherche, il se révolte, il doute, il écrit son histoire. Comme les algues dont il descend, comme les planètes qui l'entourent, il est d'abord une machine. Mais, imparfaite, limitée, prétentieuse, erronée, délirante, tout ce qu'on voudra, il a une idée du tout qui le rapproche de l'être.

J'admire les hommes. Je les plains. Ils ignorent, je le crains, qu'ils passeront comme les roses. C'est l'orgueil qui les perd. Qu'ils baisent entre eux, qu'ils mentent, qu'ils s'enivrent à l'alcool, qu'ils passent leur temps à ne rien faire au lieu de faire des choses inutiles, qu'est-ce que vous voulez que ça me fasse ? Je m'en fiche comme de mon premier grain de sable, comme de ma première goutte d'eau. Mais qu'ils s'imaginent en train de danser à jamais le long des mers transparentes, à l'ombre des grands arbres, au milieu des fleurs et des étoiles... Quels réveils ! Quels lendemains !

Il arrive aux hommes, aux pauvres hommes, de se demander s'ils changeront et s'ils disparaîtront. Ils changeront, bien entendu. Ils n'ont jamais cessé de changer. Et ils disparaîtront. Il y a une autre question que, par crainte peut-être, ou par ignorance, ils ne se posent pas souvent : c'est de savoir s'ils continueront longtemps encore à monter vers le tout et vers l'être, comme ils l'ont fait depuis les primates, avec Platon et Aristote, avec Spinoza et Leibniz, avec Hegel, avec Heidegger. Ou si, avant de disparaître, ils se mettront à baisser peu à peu au profit d'autres choses qui ne seront plus des hommes, mais des machines, des robots, des mécanismes très puissants qu'ils auront créés eux-mêmes et qui leur auront échappé et où il n'y aura plus rien d'humain. Par des chemins détournés, tout ce que l'homme entreprend et construit – et pas seulement ses machines, mais ses idées, son mode de vie, sa façon d'être, ce qu'il espère et ce qu'il croit – peut se retourner contre lui et le détruire. Rien de plus solide ni de plus fragile que l'homme.

Ne comptez pas sur moi pour vous dire si les hommes d'aujourd'hui, si loin des hommes d'hier, apparaîtront demain à des êtres supérieurs comme des objets de pitié et de dérision ou à des êtres inférieurs comme un motif d'admiration et de lointaine nostalgie. Ou encore si tout souvenir aura été perdu des grandes choses enchanteresses qui faisaient leur orgueil. Vous verrez bien ce qui se passera dans cinquante ou cent mille ans, dans un million d'années, dans trois milliards d'années. Alors des créatures regarderont Eschyle et Sophocle, et Dante, et Cervantès comme Darwin ou Karl Marx ou Einstein ou le Dr Freud regardaient les hommes qui se disputaient le feu et inventaient l'agriculture. Les acteurs se succèdent. Le spectacle continue.

C'est à la fin des temps qu'on saura si le tout a été fait pour les hommes ou si les hommes n'ont été qu'une étape sur le chemin du tout. Une sacrée étape, en tout cas. Dans la longue histoire du tout, j'aurai toujours un faible pour le temps assez bref où les hommes auront vécu, dans l'angoisse et dans l'orgueil, sur cette planète reculée, perdue au fond de l'univers, et qu'ils appelaient la Terre.

L'homme

« MESSIEURS, NOUS MOURRONS TOUS » ou LE TRIOMPHE DE LA VIE

L'homme est le roi de la Création. Il arrive tard dans l'univers, il se cantonne longtemps sur une planète minuscule où il est apparu il y a trois ou quatre millions d'années, et son histoire semble encore loin – malgré prophètes et illuminés, malgré les périls qui le menacent et l'ont toujours menacé et les progrès redoutables et récents d'une science qui est sortie de lui et se retourne contre lui – de toucher à son terme. Il est si imprévisible, si génial et si fou que personne ne peut savoir ce qu'il adviendra de lui. Il est pourtant permis d'affirmer d'ores et déjà, sans trop de risques de se tromper, qu'il joue un rôle plus important dans le tout qu'Arcturus ou Aldébaran, que les quarks ou les quasars, ou même que les trous noirs si pleins d'invention et de drôlerie tragique, que les abricots si délicieux, que les odieux moustiques, que les abeilles ou les fourmis, dont l'organisation et la discipline font l'admiration de tous ceux qui les fréquentent, que le lion lui-même, qui passe pour le roi des animaux, et qu'il a, sinon de beaux jours – qui oserait en jurer ? –, du moins de grandes choses devant lui. Et, à la réflexion, si, si, de beaux jours aussi. Pourquoi douter que demain donnera aux hommes d'aussi beaux jours qu'hier ? De grands malheurs comme toujours, de grands bonheurs évidemment, des crises, des exaltations, des triomphes et des gouffres. Un peu de tout, mais immense. Si un Dieu l'a créé, l'homme est son seul rival.

Comme le Soleil ou la Terre, comme la nécessité, comme le temps, l'homme n'est pas tombé du ciel – même s'il en est tombé. Je veux dire que le tout, selon sa vieille habitude, a pris pour l'engendrer des chemins détournés et une route assez longue. L'homme est là parce que le tout a sécrété quelque chose dont il est presque aussi difficile de parler que de l'être ou du temps et que nous appelons la vie. Il est si difficile de parler de la vie qu'une célèbre formule, qui n'est pas d'un humoriste, la définit comme l'ensemble des forces qui résistent à la mort. Et la mort et la vie ne sont en effet que les deux faces d'une même réalité. Il n'est pas question de mourir si on n'a pas vécu et il est inutile d'essayer de vivre sans accepter de mourir. Tout ce qui meurt a vécu. Tout ce qui vit mourra. « Messieurs, disait en une formule d'une originalité bouleversante un maître illustre à ses élèves pétrifiés par la stupeur, messieurs, nous mourrons tous. »

La vie, autant que nous sachions – et je cours le risque d'être démenti par les lecteurs qui, toujours évidemment avec le plus vif plaisir mais peut-être avec étonnement, parcourront cet ouvrage dans deux cents, dans trois cents, ou peut-être, pourquoi pas, et cessez de ricaner, dans trois ou quatre mille ans –, est, à l'origine au moins, une exclusivité de la Terre. À la mort d'Einstein, un journal américain présenta en pleine page une immense carte du ciel. Dans un coin reculé, sur un point minuscule et brillant qui figurait la Terre, était plantée une pancarte :

ICI VÉCUT EINSTEIN

Nous pourrions tous, nous aussi, quelque part dans l'immensité qui sépare les unes des autres les galaxies en train de fuir on ne sait où, planter une pancarte sur la Terre :

ICI VIVENT LES HOMMES

Car qui doute qu'au confluent des millions d'années-lumière et des millions de millénaires l'apparition de la vie suivie de la naissance de l'homme constitue l'événement le plus important au sein du tout depuis les origines ? C'est le seul événement capital. C'est le seul événement décisif. Il y a Dieu. Et il y a vous. Je veux dire : il y a Dieu, et il y a l'homme. D'ailleurs, Dieu s'est fait homme.

Du même coup, l'homme s'est fait Dieu. Il règne sur la Terre. Demain, il régnera sur le système solaire ; après-demain, sur sa Galaxie. Il n'y a rien d'impossible au pouvoir de l'esprit. Et il n'y a pas d'autre esprit dans le tout que l'esprit des hommes qui, on commence à savoir comment, mais personne ne sait pourquoi, a fleuri sur cette Terre.

Que font les hommes ? Ils chantent, ils rient, ils pensent, ils jouent, ils font la guerre et l'amour, ils se promènent dans les forêts ou le long de la mer : oui, bien sûr, nous verrons tout à l'heure ces prestiges et ces charmes. Mais d'abord et avant tout, ils font cette chose affolante dont les savants parlent comme ils peuvent et qu'ils expliquent vaille que vaille à coups d'ADN et d'acides aminés et avec le concours si bienvenu de la double hélice de Crick et Watson : ils vivent.

Vous vivez. Je vis. Nous vivons. Les hommes vivent. Et ils meurent. Ils ont surgi de cette Terre, jetée dans un coin du tout, par étapes successives. On peut dire de chaque homme qu'il arrive dans la vie au jour de sa naissance – c'est-à-dire hier ou avant-hier –, ou il y a trois millions d'années, quand les hommes apparaissent, ou il y a quatre milliards d'années, quand la vie se développe, ou il y a cinq milliards d'années, quand le Soleil et la Terre se constituent et se mettent en place, ou il y a quinze milliards d'années, quand éclate le big bang. Les hommes se fichent pas mal de ces subtilités. Il leur suffit de vivre. Ils détestent la mort et ils font des enfants. Et, pour l'instant au moins, avant de nouvelles aventures et la conquête inévitable de l'espace et du tout, ils vivent en dieux sur cette Terre qui leur a donné naissance et dont ils ont fait leur royaume.

Les hommes ne sont pas seuls à vivre. La vie les précède. Une vie innombrable les entoure. Vivent aussi, et toujours sur la Terre, des éponges, des oursins, des citronniers et des libellules. Des méduses aussi. Des chauves-souris. Des serpents. Et des rats. Dieu, dans la Genèse, crée les poissons et les oiseaux et tout ce qui court et rampe sur la terre avant même de créer l'homme. La durée de la vie, chez ceux qui vivent, est cruellement inégale. L'éphémère ou le bombyx du mûrier, qui est le papillon du ver à soie, vivent quelques heures à peine et participent rarement à plus d'un jour du tout. L'if, le baobab, le séquoia dépassent allégrement les mille ans. À mi-chemin des uns et des autres, les éléphants ou les tortues peuvent vivre un siècle ou un siècle et demi. Borges cite quelque part le cosmographe Al-Qazwîni qui, dans ses *Merveilles de la Création*, affirme que l'oiseau Simorg Anka, appelé aussi le Simourgh, et dont parle Flaubert dans *La Tentation de saint Antoine*, vit mille sept cents ans et que, quand le fils a grandi, le père allume un bûcher et se brûle. Dans l'histoire du Simourgh résonne comme un écho de la légende du Phénix. L'homme, qui a eu longtemps la consternante habitude de mourir dans les premiers mois ou dans les premiers jours de sa vie, a réussi à allonger peu à peu la durée de son séjour sur cette Terre : trente ans, puis soixante ans, demain peut-être quatre-vingts ou cent ans. C'est ce qu'il appelle le progrès. Et, à l'extrême rigueur, on peut comprendre ce qu'il veut dire.

Vivre n'est pas seulement mourir. C'est aussi croître et se reproduire. Une pierre ne croît pas, ne se reproduit pas et ne meurt pas : elle ne vit pas. On peut admettre que l'eau, le son, la lumière, le Soleil et la Lune ne vivent pas non plus. On voit aussitôt qu'il est difficile de déterminer si le tout vit ou ne vit pas. Je soutiendrais volontiers qu'il y a une vie du tout puisque le tout croît, qu'il se reproduit et qu'il finira par mourir. Au sein du tout et du monde, la distinction est assez simple entre ce qui vit et ce qui ne vit pas. Un rhinocéros vit. Une Ford Corvette, un téléphone, un parapluie, une molécule d'hydrogène, le détroit de Béring ne vivent pas. Même orné d'une inscription capable de nous émouvoir, un bloc de marbre ne vit pas. Il y a, bien sûr, des situations limites qui peuvent laisser place à un doute. Le corail vit, l'éponge vit, l'huître vit, mais la perle ? Les perles croissent et meurent : peut-on dire qu'elles vivent au même titre qu'un caniche ?

Entre tout ce qui vit court un lien évident, plus fort encore que le lien qui unit tout ce qui existe. La souffrance est un des éléments constitutifs de ce lien. Un chien ou un chat qui souffre, un taureau couvert de sang, un arbre ou une fleur en train de mourir suscitent dans le cœur des hommes quelque chose comme un écho. La souffrance d'un cheval dans la rue bouleverse un philosophe allemand sur le point de devenir fou. Une vipère ou un frelon écrasés, un requin mangeur d'hommes qui agonise sur le pont d'un bateau, le blé ou l'orge qu'on fauche dans les champs, l'œuf qu'on gobe d'un seul coup en perçant deux trous dans sa coquille, même les âmes les plus sensibles ne trouvent rien à y redire. Ce qui sépare les hommes de tous les autres vivants est au moins aussi fort que ce qui les unit. Une doctrine du salut par l'extinction telle que le bouddhisme, qui entraîne derrière elle des centaines et des centaines de millions de fidèles, soutient pourtant dur comme fer qu'avant de s'éteindre enfin dans le néant les âmes des hommes peuvent passer dans les grenouilles, dans les lézards, dans les guêpes, dans les chevreaux, et inversement. La vie est une grande société à peine secrète dont les membres se massacrent sans vergogne et se font souffrir les uns les autres, mais se reconnaissent aussi et se témoignent quelque chose qui ressemble à une solidarité un peu vague et le plus souvent distraite. Comme les brebis et les autruches, les hommes appartiennent à la vie. Ils lui appartiennent même si fort qu'ils en oublient le plus souvent qu'ils appartiennent aussi à l'être.

La vie passe chez ceux qui vivent pour le bien le plus précieux. Mourir, pour un vivant, c'est tout perdre sans recours. Quand un homme meurt, ceux qui l'aiment se désolent beaucoup plus que s'il mène une vie inutile ou néfaste ou s'il se déshonore. Même chez les bouddhistes pour qui la vie est un désastre mais qui ne savent jamais en quoi ils risquent de se changer, quitter la vie est un malheur. Tant qu'il y a de la vie, il y a de l'espoir. Le plus grand des poètes allemands dit la même chose en mieux : « *Wie es auch sei, das Leben ist gut.* » Quelle qu'elle soit, la vie est belle.

La vie est dure, la vie est cruelle, la vie est l'injustice même. Ne parlons même pas des langoustes qu'on jette vivantes dans l'eau bouillante ni des chevaux ou des bœufs à qui leurs maîtres crevaient les yeux pour qu'ils tournent sans se laisser distraire par le spectacle du monde la roue à laquelle ils étaient attachés. Qui n'a pas été pris de pitié devant le sort d'un âne en train de crouler sous sa charge avec un regard résigné ? Les ânes, les pauvres ânes, qui nous déchirent le cœur quand ils braient dans une île grecque à la tombée du jour, ne sont pas seuls à souffrir. Il arrive aux lézards de perdre leur queue, aux chats de perdre un œil, aux chiens de perdre une patte. Alors, on abat les chiens comme on abat les chevaux quand ils se sont blessés ou on leur met une jambe de bois.

Le sort des hommes ne vaut pas mieux et il nous touche de plus près que celui des homards : dans les camps de concentration, dans les mouroirs de Calcutta ou dans les sables desséchés du Sahel, dans les mines du Transvaal ou de Sibérie ou sur les favelas de Rio de Janeiro, sur les chevalets de torture, dans les hôpitaux de banlieue et, bizarrement, dans les châteaux Renaissance ou dans les villas de Floride ou de Californie, les hommes souffrent autant, et plus, que les chiens, les chats, les lézards ou les ânes. La suite des souffrances des hommes dans l'histoire constitue une liste sanglante et interminable. Et aux époques les plus heureuses, dans les régions les plus protégées, il n'y a pas d'homme qui puisse dire qu'il n'a jamais souffert. Et, ce qu'il y a peut-être de pire, les uns souffrent plus que les autres : l'injustice de la vie en rajoute sur sa cruauté. N'importe. Tous aiment la vie. Ou presque tous. Malgré les chagrins, les trahisons, la maladie, la souffrance, le nombre de ceux qui la quittent volontairement est infime. Il est même surprenant de voir à quel point tous ceux, juifs, chrétiens, musulmans, qui croient à un autre monde meilleur ont de la peine à quitter celui-ci. « *Wie es auch sei...* » La vie est le bien suprême.

Les hommes n'ont qu'une vie. Ils y tiennent. Longtemps, pendant des millénaires et des centaines de millénaires, ils se sont d'abord occupés de ne pas la perdre aussitôt après l'avoir reçue et de la conserver tant bien que mal. Et c'est une espèce de miracle, dont on s'étonne bien peu, que la vie et les hommes aient obstinément survécu à tout ce qui les menaçait.

Plus tard, ils ont cherché, par tous les moyens à leur disposition, et fût-ce au détriment de celle des autres, sacrifiée sans remords, à améliorer leur vie et à l'orner, à la rendre plus sûre, plus longue, plus efficace et plus belle. La guerre, la science, les techniques, la médecine, la féodalité, l'économie politique, le confort de la bourgeoisie et toute la splendeur des arts dans les châteaux de la Loire ou dans les palais de Venise sortent en partie de cet amour de la vie. Par un chemin différent, et souvent opposé, la lutte des classes aussi. Et le socialisme. Et tout le reste également. L'idée de bonheur est le triomphe de la vie. D'une vie qui n'en finit pas d'épuiser tout le possible jusqu'à la contradiction et à sa propre négation : la vie est capable de tout. Pourvu qu'elle soit.

La vie tourbillonne dans le tout. Elle l'anime. Elle le colore. Elle meurt sans cesse et elle renaît. Elle n'est rien en elle-même : elle n'a pas d'existence propre en dehors des créatures successives dans lesquelles elle s'incarne. À travers elles, en tout cas, et surtout à travers l'homme qui la transfigure par la pensée et la fait accéder à une nouvelle dignité, la vie est la pointe extrême et l'aiguillon du tout qu'elle cherche à dominer et à reprendre à son compte. Avec une évidence éclatante, la vie est la fille et la rivale du tout.

D'une façon plus secrète, et presque avec une sorte de dissimulation, la vie est aussi la fille et la rivale de l'être. L'exubérance de la vie, ses exigences, ses charmes, ses miracles sans nombre éclipsent et camouflent l'être. La vie est là pour éloigner l'être et pour le faire oublier. Elle y réussit sans trop de peine. Elle prend mille formes diverses, plus gaies, plus utiles, plus inattendues, plus invraisemblables les unes que les autres. On dirait qu'elle s'amuse, au milieu de tant de souffrance et de tant de plaisirs, à donner le vertige et à étourdir. Elle entoure l'homme de ses prestiges et de ses tentations et le détourne de l'être pour le rejeter vers le tout où elle brille de tous ses feux et où paradent, grâce à elle, à longueur de journée, de siècle, de millénaire, avec un aplomb infernal et le poing sur la hanche, les orchidées et les banians, les rouges-gorges, les oiseaux-mouches, les coccinelles, les flamants roses, les scorpions, très subtils, les éléphants, très sages et très vieux, les carpes dans leurs étangs, les koalas sur leurs arbres, les rhizopodes dans leurs marais, les guépards, les sapajous. Et le cheval.

LE CHEVAL

À la façon de beaucoup d'animaux – beaucoup, mais pas tous : le mille-pattes, comme son nom l'indique, a beaucoup plus de quatre pattes, les insectes, qui représentent une bonne partie de tout ce qui vit sur la planète, en comptent six, le serpent n'en a pas du tout et l'homme dispose de deux pieds dont il se sert pour tenir debout –, le cheval a quatre jambes : deux devant et deux derrière, deux à droite et deux à gauche. Il a aussi une tête avec une bouche où il est tout indiqué d'introduire quelque chose qui ressemble à un mors, deux yeux inquiets et deux oreilles, un corps robuste où l'homme peut s'asseoir et une longue queue pour finir et pour chasser les mouches posées sur l'arrière-train. Peut-on rêver plus commode ? Le lion, nous l'avons déjà signalé, passe pour le roi des animaux. Mais aucun animal n'a joué dans la vie, et en tout cas pour l'homme, un rôle comparable à celui du cheval qui peut se vanter à juste titre d'être le plus ancien, le plus noble et le plus efficace des compagnons du roi de la Création. Innombrables sont les chevaux qui sont morts sous des hommes. « À cheval ! » est un cri qui retentit, dans toutes les langues, à travers les millénaires, de l'Occident à la Chine et de l'Olympe à l'Altaï.

Le cheval d'Alexandre s'appelle Bucéphale. Né du sang de

Méduse ou sorti de son cou tranché par l'épée de Persée, le cheval de Bellérophon, petit-fils de Sisyphe, s'appelle Pégase ; le cheval de Roland furieux, Brillador. Celui du Bouddha s'appelle Kanthara. Et la jument ailée, à la tête de femme et au corps de cheval, sur laquelle Mahomet est transporté au ciel porte le nom d'El-Boraq. Quand les Grecs se mettent en tête, sur la proposition du subtil Ulysse, de séduire les Troyens pour mieux en venir à bout, ils leur envoient un cheval de bois où sont cachés des guerriers. Théodoric le Grand, roi des Ostrogoths, que les Allemands appellent Dietrich von Bern, c'est-à-dire de Vérone où s'élevait son palais, et dont vous pouvez admirer à Ravenne le mausolée en blocs de pierre grossièrement assemblés, vit à jamais dans les esprits sur un cheval blanc de légende qui galope au pied des Alpes et le long de l'Adige et de l'Adriatique. Impossible d'imaginer Perceval ou Lancelot sans leur cheval. Rossinante, le cheval de Don Quichotte, est aussi célèbre et moins fou que son maître. Le problème de la couleur du cheval blanc d'Henri IV amuse encore les enfants. Quand ils ne s'occupent pas du roi, du Cardinal ou des dames, d'Artagnan et ses trois mousquetaires s'occupent surtout de leurs chevaux. Napoléon a un cheval dont le nom est Nickel et à qui les grognards auraient donné le pain noir allemand dont ils ne voulaient pas pour eux-même : « Bon pour Nickel. » D'où le nom de *Pumpernickel* encore usité en Allemagne pour désigner ce genre de pain. Murat, qui commande la cavalerie de la Grande Armée, Exelmans, Hautpoul, général de cuirassiers, Lassalle, général de hussards, qui professe que tout hussard qui n'est pas mort à trente ans est un jean-foutre et qui se fait tuer à trente-quatre dans la plaine de Wagram, et tant d'autres autour d'eux, sont de formidables cavaliers. Durant des millénaires, le cheval est indispensable à l'homme pour cultiver la terre, pour se déplacer, pour parader, pour faire la guerre.

Le XXe siècle peut être défini de bien des façons différentes : c'est le siècle de la science, de la physique, de la biologie, du communisme, du nationalisme, du cinéma, de l'automobile, de la publicité, de la pilule, du réveil violent et imprévu de la religion, c'est le premier siècle où l'humanité est capable de se détruire elle-même, c'est le premier siècle où les hommes ont débarqué sur la Lune. C'est aussi le premier siècle où ils se sont passé du cheval. Goethe ou Chateaubriand mettent à peu près le même temps que César ou Charlemagne pour se rendre des bords de la Seine ou du Rhin jusqu'à la Ville éternelle. À la veille de la Première Guerre mondiale, qui coïncide avec l'explosion de la science et des techniques, qui en bénéfice et l'encourage, le cheval joue encore le même rôle qu'à la bataille d'Austerlitz ou de Waterloo, ou à la bataille de Pharsale. L'invention du mors, de la selle, de l'étrier, du collier de trait constitue tour à tour des dates importantes de l'histoire de la culture et de la civilisation. Sans le cheval, l'islam aurait mis plus longtemps, après la mort de Mahomet, à se répandre jusqu'en Perse d'un côté, jusqu'en Espagne de l'autre, les Mongols de Gengis Khān ou de Tamerlan n'auraient pas réussi à constituer des empires qui reposaient d'abord sur la mobilité et la puissance de leurs célèbres escadrons, les Espagnols auraient triomphé moins aisément des Aztèques et des Incas épouvantés par ces monstres qui portaient des guerriers. La grande charge d'Eylau, l'enlèvement du col de Somosierra par les lanciers polonais de la Garde impériale, les folies de Reichshoffen ou de Balaklava chantent la gloire et la fin du cheval militaire.

Des quatre chevaux byzantins de Saint-Marc, à Venise, qui semblent, selon Pétrarque, piétiner et hennir, jusqu'aux chevaux de terre cuite dans la tombe, à Xi'an, de Ts'in Che Houang-ti, premier empereur de la Chine, deux siècles avant le Christ, du cheval de Zhang Shigui, illustre général de la période des Tang, vers la fin du VIIe siècle, qui a le privilège d'être inhumé dans le cimetière impérial, jusqu'à l'immense cheval blanc, au regard compatissant et humain, du *Tancrède et Herminie* de Poussin à l'Ermitage de Saint-Pétersbourg, le cheval tient une place considérable dans au moins deux arts majeurs : la peinture et la sculpture. À la différence des banquiers pour qui le mot de cavalerie a un sens particulier, des papes qui, en raison de leur grand âge et de leur dignité, sont transportés plus volontiers, quand ils n'apparaissent pas à un balcon, à bras d'homme qu'à cheval, des amiraux qui se promènent à pied sur le pont des bateaux, beaucoup d'empereurs et de généraux se présentent à cheval aux yeux émerveillés de la postérité. Si le maréchal Pétain et le général de Gaulle, peut-être en raison de la rigueur des temps, sont des adeptes de la marche à pied au milieu des mêmes foules également enthousiastes à l'égard de causes opposées, Alexandre le Grand, Napoléon, les maréchaux princes d'Empire, le général Boulanger et le maréchal Foch entrent dans les livres d'histoire sur des chevaux qui se cabrent.

Michel-Ange en personne restaure et installe au centre de la place du Capitole, à Rome, la statue équestre de Marc Aurèle, qui passa durant tout le Moyen Âge pour une statue de Constantin et dont l'original, remplacé en plein air par une copie, figure aujourd'hui dans l'un des trois palais qui entourent le Capitole.

En 1453, à Padoue, devant la basilique dédiée à saint Antoine, Donatello érige la statue équestre en bronze du condottiere vénitien Erasmo da Narni, plus connu sous le nom de Gattamelata, la première œuvre de cette taille fondue en Italie. À Venise, sur la grande place devant l'église des saints Giovanni e Paolo, appelée aussi San Zanipolo, s'élève la fameuse statue équestre de cette vieille baderne de Colleoni par le Florentin Verrocchio, la première statue, prétendent les Vénitiens, où le cheval ne repose pas sur ses quatre jambes. On raconte que le Colleoni avait laissé toute sa fortune, qui ne prêtait pas à rire, à la Sérénissime à condition que sa statue à cheval fût installée devant Saint-Marc. Prise entre l'appât du gain et la honte de se plier à une exigence démesurée, la République trouva la parade pour empocher la manne sans se déshonorer : elle fit élever la statue du condottiere et de son cheval devant la façade Renaissance de la Scuola di San Marco qui jouxte San Zanipolo.

Au moins autant que la sculpture, la peinture, tout au long des siècles, trouve dans le cheval un de ses thèmes et un de ses modèles favoris. Avec sa *Bataille de San Romano*, dont les deux autres panneaux sont au Louvre, à Paris, et à la National Gallery, à Londres, Paolo Uccello, au musée des Offices, à Florence, nous offre, encadrées par des lances hérissées vers le ciel, quelques-unes des plus belles croupes de cheval qu'on puisse imaginer. De la légende de saint Georges peinte par Carpaccio sur les murs de la Scuola di San Giorgio degli Schiavoni, à Venise, ou de la fresque de Pisanello représentant saint Georges et la princesse de Trébizonde dans l'église Sainte-Anastasie à Vérone, ou encore du célèbre portrait équestre de Guidoriccio da Fogliano par Simone Martini dans la salle de la Mappemonde du Palazzo Pubblico de Sienne jusqu'aux tableaux de Géricault ou de Degas, du *Cavalier polonais* de Rembrandt à la Frick Collection de New York jusqu'aux chevaux de Delacroix, de Dufy, de Carle et Horace Vernet ou d'Alfred de Dreux, comment faire un choix entre les œuvres élevées à la gloire du cheval, comment indiquer autre chose que des pistes éparses ? Couvert de princes, de guerriers, de jockeys, d'amazones, le cheval est partout dans la peinture comme il est partout dans la sculpture : presque aussi souvent représenté que sainte Marie-Madeleine ou saint Jean, que la mer ou les pommes.

Rival de l'antilope, du zèbre, du guépard, de la gazelle, le cheval ne se contente pas d'un rôle de vedette dans les beaux-arts. Il lui arrive de courir très vite. Il tire des canons ou la charrue, il traîne des tombereaux de purin, de betteraves, de pommes de terre, il est le compagnon des Mongols enduits de beurre, des cavaliers afghans ivres de bouzkachi, il sert de moyen de transport à la police montée du Canada, des jeunes gens audacieux se jettent à sa tête, vers la fin de l'autre siècle, quand il s'emballe au bois de Boulogne et qu'il emporte vers la mort, sous un tricorne noir d'où s'échappe une chevelure blonde, une jeune fille éperdue qui épousera son sauveur. Il figure aussi avec éclat à Longchamp, à Epsom, sous les pins du Pincio, où les spectacles qu'il anime à toute allure et avec grâce attirent les hauts-de-forme gris et les capelines de toutes les tailles et de toutes les couleurs. Chez le cheval, comme chez l'homme, règne l'inégalité. Parce que, si affreuse, si charmante, la vie, à la différence de l'être qui est la justice même, est le royaume de l'injustice.

Il est anglais, arabe, anglo-arabe, normand, percheron, barbe, persan, turc, de Dzoungarie, de trait, de selle, de course, de carrière, de manège, gai, effaré, animé ou caparaçonné, hongre ou entier, de frise, de bois, de retour ou d'arçons. Il se croise avec l'âne pour donner le bardot ou le mulet qui ne donne plus rien du tout. Au-dessous d'une certaine taille, il se change en poney. On le dit gris, bai, zain, rouan, aubère, louvet, alezan, moreau, balzan, isabelle ou pommelé d'après la couleur de sa robe. Il ne lui est pas interdit de porter avec coquetterie une étoile blanche à son front. Il marche au pas, il trotte, il galope, il va l'amble, l'aubin ou le tölt. Il se livre à des pesades, à des courbettes, à des croupades, à des balotades ou à des caprioles. Dans son *Manège royal*, avant La Guérinière, son épaule en dedans et la bouche galante de son noble animal, bien avant Baucher, et le comte d'Auge, et le général L'Hotte, Pluvinel sait sur lui, sur ses mœurs, ses qualités et ses défauts, presque tout ce qu'on peut savoir. Le Cadre noir de Saumur ou l'École de Vienne, qu'il ne faut pas confondre avec le Cercle de Vienne illustré par Carnap et par Wittgenstein, ni surtout avec l'École de Vienne, son homonyme, où brillent Schönberg, Alban Berg et Webern, ni évidemment, on n'est pas des bœufs, avec le Congrès de Vienne, le présentent sous son plus beau jour. Les lippizans, élite, s'il en est, de la race chevaline, ont été sauvés par les Américains, au lendemain de la dernière guerre, en une sorte d'épopée subalterne et hippique. Caligula, chacun le sait, élève son cheval au consulat. Un roi d'Angleterre s'écrie : « Mon royaume pour un cheval ! » Paul Morand consacre une de ses nouvelles les plus achevées – avec *Parfaite de Saligny*, peut-être, et *Le Bazar de la Charité* – à la jument du commandant Gardefort : *Milady*.

LE CHIEN

Le chien d'Ulysse s'appelle Argo. Image d'une fidélité qui n'a rien à envier à celle de Pénélope, l'épouse qui, pendant vingt ans, repousse, à coups de tapisserie composée de jour, défaite de nuit, les avances des prétendants, Argo meurt de bonheur en revoyant son maître en train de rentrer enfin au port et de retrouver Ithaque après tant d'aventures sur la mer couleur de vin. Si le cheval est la plus noble de toutes les conquêtes de l'homme, le chien est son compagnon le plus fidèle. La journée terminée, le cheval, si élégant, un peu sot, est relégué à l'écurie. Le chien, malin, la queue en liesse, accompagne son maître jusqu'au cœur de la maison où il joue avec les enfants avant de se coucher de tout son long ou en rond pour rêver et dormir.

Le chien accompagne tous les jours, et pendant toute la journée, le chasseur, le rentier, la baronne, le fermier, le braconnier, le garde-chasse, sans oublier l'aveugle dont il est la canne et le salut. Le chien a une vocation de secouriste et d'infirmier. Il lèche les plaies de Job sur son fumier, il rapporte dans sa gueule le journal du grabataire, il console la veuve inconsolable et le retraité privé de son bureau et de son téléphone, qu'il maudissait chaque jour au temps de sa vigueur. Quand il a les yeux bleus, il emporte souvent sur la neige des traîneaux chargés de vivres, de couvertures, de médicaments et d'alcool. Il lui arrive de porter au cou une petite bouteille de rhum, chargée de redonner espoir aux voyageurs égarés dans les neiges à partir de trois mille ou trois mille cinq cents mètres d'altitude. Quand son maître rend l'âme à Dieu, le chien aboie à la mort.

Le chien est, avec le cheval, le plus divers de tous les animaux. D'une araignée, d'un hippopotame, d'un pinson, d'une limande, d'un hérisson aussi, il est permis d'assurer qu'ils font toujours la même chose. Ou presque toujours la même chose. Entre un lévrier afghan, un bichon frisé de boudoir promené dans les rues de Neuilly par une dame blonde déjà âgée ou par un gigolo – les deux cas se rencontrent –, un bouvier des Flandres gardien de bétail ou d'enfants, un chihuahua très précieux et très laid et un chien policier à qui le préfet de police, *cave canem*, va remettre une médaille pour sa conduite courageuse, les différences sont si grandes qu'on finit par se demander si le même nom de chien peut couvrir des allures si variées et des aspects si opposés. Le chien des Baskerville n'a pas grand-chose à voir avec le chien de salon qui apparaît sur les portraits de cour de Van Dyck ou de la fin du XVIIIe siècle, ni avec le chien de pierre ou de marbre qui figure ici ou là au pied des gisants du gothique flamboyant.

Le chien, par la force des choses, inspire moins les sculpteurs que le cheval : il a beau être utile, féroce, mignon, fidèle, il est trop familier et trop peu solennel pour faire noble figure auprès de la postérité. Courant après les lièvres, les faisans, les canards sauvages, les sangliers et les cerfs, il prend sa revanche dans les scènes de chasse des Desportes et des Oudry, dans le tableau de Jacopo Bassano, au Louvre, qui représente deux chiens se reposant près d'un tronc d'arbre, dans le *Lavement des pieds* du Tintoret, au Prado. Mais, plus que les chiens de chasse à courre ou de cour, c'est un chien frappé par l'illumination mystique qui mérite de figurer dans une histoire du tout, quelque brève qu'elle puisse être, et de passer ainsi, à supposer qu'il ne l'ait pas déjà conquise par ses propres moyens, à l'immortalité.

Vous vous promenez à Venise. Vous avez déjà visité la basilique Saint-Marc, le palais des Doges, San Zanipolo avec le monument élevé à la mémoire de Marcantonio Bragadin, défenseur malheureux de Famagouste, écorché par les Turcs, la Douane de mer, évidemment, l'Académie où vous avez admiré *Le Repas chez Lévi* de Véronèse, *La Tempête* de Giorgione, les scènes de rue, ou plutôt de canal, de Gentile Bellini, *La Légende de sainte Ursule* de Carpaccio. Vous vous êtes dévissé le cou pour essayer d'apercevoir, au plafond de San Sebastiano, entre les Zattere et l'Angelo Raffaele, appelé par les Vénitiens Anzolo Rafael, le chien blanc vu de dos que Véronèse a assis au pied du trône où Assuérus, c'est-à-dire Xerxès, après avoir chassé Vasthy, est en train de couronner une Esther chargée de bijoux. Vous vous proposez, un peu las, d'aller voir l'une ou l'autre des fameuses *Scuole*, associations de bienfaisance et d'entraide toujours flanquées d'une chapelle et parfois d'un hospice. Certaines de ces confréries se chargeaient d'instruire – quelles délices ! – les jeunes filles pauvres ou abandonnées, et Jean-Jacques Rousseau, qui, en prévision de l'avenir, élevait d'ailleurs à Venise, en demi avec un acolyte en proie aux mêmes fantasmes, une enfant de dix ou onze ans dont la figure promettait, nous raconte qu'il assista avec bonheur à un des concerts de rêve que des élèves masquées donnaient de son temps à la société vénitienne. Vous décidez de laisser de côté, pour le moment, la Scuola dei Carmini au bout du campo Santa Margherita et la Scuola di San Rocco où figure, magnifique et terrible, l'immense *Crucifixion* du Tintoret et vous vous dirigez, entre l'église San Zaccaria à la façade Renaissance flanquée d'un campanile byzantin et l'Arsenal gardé par ses quatre lions grecs, vers la Scuola di San Giorgio degli Schiavoni dont nous avons déjà parlé à propos du cheval de saint Georges.

La Scuola recueillait, vers la fin du XVe siècle, les vieux matelots dalmates soumis à la Sérénissime et à qui les Vénitiens avaient donné le nom d'Esclavons, *Schiavoni*. Vous entrez. À gauche, le cycle de saint Georges, avec le saint – mythique – sur son cheval, en train de l'emporter sur le dragon. À droite, le cycle de saint Jérôme, avec les moines, effarés, qui fuient devant un lion dans un grand envol de manches et de robes noir et blanc. À l'extrême droite de la droite, à côté de la porte, figure une peinture qui représente, non plus saint Jérôme lui-même, mais saint Augustin à qui une lumière divine qui pénètre par la fenêtre de son oratoire presque flamand annonce la mort de saint Jérôme. Et inutile de m'écrire pour m'assurer que je me trompe et qu'il s'agit de saint Jérôme : je m'égare, je le sais, plus souvent que de raison et j'en demande d'avance pardon à mon lecteur, mais, sur ce point au moins, je sais ce que je dis. Aux pieds de saint Augustin est assis sur son derrière une sorte de caniche blanc aux oreilles pointues qui regarde la scène médusé et qui partage à ras de terre l'illumination mystique en train de frapper son maître. C'est le plus charmant de tous les portraits de chien dont vous puissiez rêver. Quelque chose de divin soulève au-dessus de lui-même le seul animal qu'une vague mystique ait jamais emporté.

Les chiens mystiques sont rares. Le chien de Carpaccio est unique en son genre. Les chiens de tous les jours pissent en levant la patte et se livrent devant leur maîtresse à des comédies familières pour obtenir un morceau de sucre. Le chien fait le beau, il chasse, il garde, il rapporte, il surveille, il est d'arrêt ou de compagnie, de faïence ou de ma chienne, et tantôt de fusil et tantôt andalou. Dans le cycle en vingt-sept volumes des *Hommes de bonne volonté* qui constitue, à lui tout seul, une sorte d'histoire du tout et où figurent des libraires, des assassins, des normaliens, des marchandes de fleurs, des hommes d'affaires, des ministres, des écrivains et des prêtres, Jules Romains prend garde d'oublier le plus fidèle, et peut-être le seul fidèle, des compagnons de l'homme : le chien des Saint-Papoul et de Mlle Bernardine, leur fille, porte le nom de Macaire.

LE CHAT

Les chats, l'auteur des *Satires*, des *Épîtres* et de l'*Art poétique* ne les porte pas dans son cœur :

Qui frappe l'air, bon Dieu ! de ces lugubres cris ?
Est-ce donc pour veiller qu'on se couche à Paris ?
Et quel fâcheux Démon, durant les nuits entières,
Rassemble ici les chats de toutes les gouttières ?
J'ai beau sauter du lit plein de trouble et d'effroi,
Je pense qu'avec eux tout l'Enfer est chez moi.
L'un miaule en grondant comme un tigre en furie,
L'autre roule sa voix comme un enfant qui crie.

Les Égyptiens, en revanche, Chateaubriand, Baudelaire, une foule d'écrivains, de philosophes et de sages ont un culte pour les chats. On les comprend. Ce qu'ils aiment, dans le chat, c'est moins ses vertus que ses défauts. Ainsi naissent les grandes amours.

Les chats, chefs-d'œuvre de la nature, ressemblent à ces mauvais romans dont le prière d'insérer vous annonce sans vergogne que vous les trouverez tendres et cruels. Le chat est d'une souplesse effrayante, d'une indépendance qui fait peur. On le dit moins attaché à son maître qu'à sa maison qu'il ne garde ni ne protège, mais qu'il ne souille pas non plus et qu'il enchante par sa seule présence, lumineuse et feutrée. On jurerait que ses yeux sont capables, même la nuit, de refléter la lumière du soleil. Il y a comme un pacte entre le soleil et les chats. On raconte qu'Alexandre Dumas paria un jour avec un ami qu'il rencontrerait sur sa route plus de chats que l'ami n'en trouverait sur la sienne. Pari tenu. Chacun va son chemin, mais, alors que l'ami traverse, sans s'en soucier, toute une série de zones d'ombre, Dumas prend bien soin de ne choisir que des rues et des trottoirs baignés par le soleil – et où les chats, naturellement, se chauffent, béats, le dos rond, les yeux mi-clos, enfoncés dans la vie, étrangers à tout le reste. On aime les chiens parce qu'ils sont fidèles. On aime les chats, comme les femmes fatales et maudites, parce qu'ils sont indifférents. Les chats d'André Malraux s'appelaient Fourrure et Essuie-plume.

Installés dans la rue ou sur le pas des portes, les chats sont innombrables en Italie, en Grèce, tout autour de la Méditerranée. Ils jouent avec des pelotes de laine, ils aiment le poisson et le lait, ils sautent de haut sans se faire mal, ils passent leur temps à dormir sur les marches d'escalier ou le long des murs bleus ou blancs. On les caresse sous le cou ou derrière les oreilles plantées sur leur tête ronde et ils se mettent à ronronner avant de s'en aller sans la moindre gratitude.

Au château de Combourg, en Bretagne, où Chateaubriand avait passé son enfance, on voyait souvent, la nuit, un fantôme avec une jambe de bois descendre l'escalier de la tour en compagnie d'un chat noir. Parfois la jambe de bois apparaissait toute seule, escortée du chat noir. Le chat noir venait de l'enfer et il était, n'en doutez pas, très impatient d'y retourner.

Dans la petite société d'amis qui fleurissait sous le Consulat et où Joubert était le Cerf, Chênedollé le Corbeau, Pauline de Beaumont l'Hirondelle, Chateaubriand était le Chat. « J'aime dans les chats, écrit-il dans une lettre à Marcellus qui fut son secrétaire à Londres, j'aime dans les chats ce caractère indépendant qui le fait ne s'attacher à personne et cette indifférence avec laquelle il passe des salons à ses gouttières natales. On le caresse, il fait le gros dos, c'est un plaisir physique qu'il éprouve et non, comme le chien, une niaise satisfaction d'aimer et d'être fidèle à son maître qui le remercie à coups de pied. Je trouve, quant à moi, que notre longue familiarité m'a donné quelques-unes de ses allures. »

Le chat sauvage, le chat botté, pas un chat, l'entrechat, chat en poche, Félix le chat, la langue au chat, le chat perché, un chat dans la gorge, le chat à neuf queues, le chat et la souris, le chat sauvage et le chat haret, le chat des chartreux et le chat angora sont des variétés ou des spécialités diverses de la catégorie chat. Aucune, pas même le chat blanc de Courbet dans *L'Atelier du peintre* ni le chat noir de Manet dans sa fameuse *Olympia*, n'atteint à la grâce et à la noblesse des statues de chats égyptiens dans leur pose hiératique, un anneau d'or parfois attaché à l'oreille, la queue repliée le long de leur flanc de bronze, aux reflets rouges et verts, brûlé et patiné par le temps, ni d'abord de ceux qui figurent – il faut, toutes affaires cessantes, vendre sa chemise pour aller les voir – sur les bas-reliefs du musée de Guizèh.

Baudelaire, en quatorze lignes, pas une de plus, pas une de moins, dit presque tout sur les chats comme il dit presque tout sur presque tout :

LES CHATS

Les amoureux fervents et les savants austères
Aiment également, dans leur mûre saison,
Les chats puissants et doux, orgueil de la maison,
Qui comme eux sont frileux et comme eux sédentaires.

Amis de la science et de la volupté,
Ils cherchent le silence et l'horreur des ténèbres ;
L'Érèbe les eût pris pour ses coursiers funèbres,
S'ils pouvaient au servage incliner leur fierté.

Ils prennent en songeant les nobles attitudes
Des grands sphinx allongés au fond des solitudes,
Qui semblent s'endormir dans un rêve sans fin ;

Leurs reins féconds sont pleins d'étincelles magiques,
Et des parcelles d'or, ainsi qu'un sable fin,
Étoilent vaguement leurs prunelles mystiques.

Le lecteur attentif aura relevé une ambiguïté dans les portraits successifs du comportement de ces félins carnassiers et pourtant domestiques : les chats aiment-ils les ténèbres ou aiment-ils le soleil ? Les deux, j'imagine. Comme le tout, et comme nous, les chats aussi, les chats surtout, ont leurs contradictions.

COUSINS, COUSINES,
PAPILLONS ET MÉDUSES

Après avoir parlé de la lumière qui va si vite, et même plus vite que tout, du feu, de l'eau, de l'air, du temps évidemment – car de quoi parler d'autre ? –, de la vie qui nous anime et qui fait que le monde est le monde, du cheval et du chien qui nous entourent de si près, peut-être le moment serait-il venu de nous occuper de ce cœur battant du tout, de ce bien-aimé de l'être, de ce fléau de Dieu, de cette invention de génie à quoi rien ni personne ne peut être comparé : l'homme.

Il paraît que l'homme sort du tout par la même porte que les singes. Ou par une porte voisine. Les singes, qui sont de la famille, sont pourtant beaucoup moins proches des hommes que les chiens, les chats, les chevaux, et même que les rossignols ou les perroquets, voire les poissons rouges, qui ne sont que des amis. C'est le cas ou jamais de répéter, à propos du tout, la formule de Napoléon III à l'ambassadeur de Russie qui lui remettait une lettre où le tsar, au lieu de l'appeler, selon la règle, « mon cher frère », le traitait, avec la dernière grossièreté, de « cher ami » : « Vous remercierez tout particulièrement votre maître d'avoir bien voulu m'accorder le beau titre d'ami à la place de celui de frère. Car on subit sa famille, mais on choisit ses amis. »

Nous pourrions, bien entendu, consacrer ici plusieurs chapitres à ces messieurs de la famille : les singes. Avec les chimpanzés, qui nous seraient le plus proches, avec les gorilles, les orangs-outans, les gibbons, et tant d'autres, les singes tiennent dans le tout une place qui n'est pas négligeable. Ils pèlent des bananes, ils font des mines qui amusent et effraient les enfants, ils se cherchent des poux dans la tête, ils montrent leur derrière au public : ils donnent à l'homme une image dégradée et dérisoire de lui-même qui permettrait d'édifier, quelque part entre La Bruyère et Buffon, le génie en moins bien entendu, une sorte de galerie grimaçante, aux frontières du bestiaire et de l'anthropologie. Mais, pas plus qu'à un traité d'astrophysique ou de biologie, de chimie, d'histoire de l'art ou de mathématique, pas plus qu'à un ouvrage sur la métaphysique ou sur la religion, l'histoire du tout ne saurait se réduire à un manuel de zoologie. D'abord, bien sûr, à cause des limites de l'auteur, et de son ignorance. Et aussi parce que cette histoire, faut-il le rappeler encore une fois, n'a d'ambitions que romanesques. C'est le *Bildungsroman* du tout, le récit imaginaire et sentimental de sa formation et de sa carrière que nous présentons à nos lecteurs. Les règnes, les types, les classes, les ordres, les familles, les genres et les espèces de la classification systématique, nous les laissons de côté au profit de vues cavalières et sans doute audacieuses sur l'aventure du tout.

Comme les primates dont nous descendons, les singes y jouent un grand rôle. Mais les papillons aussi, les bécassines, les castors, si amusants, les dauphins, très doués, au point que les états-majors, dit-on, les utilisent pour des missions très secrètes qu'on ne saurait confier aux diplomates ni aux militaires, les phoques, les ours blancs, qui dissimulent de leur patte le bout noir de leur nez qui risquerait de les faire repérer sur la blancheur de la neige, les pieuvres, si atroces, et les méduses, qui ne valent guère mieux et qui, violettes, marron clair, tigrées ou surtout blanches et presque transparentes, sont assez trompeuses et déplaisantes pour ressembler, dans l'eau, à des préservatifs de caoutchouc qui brûleraient ceux qui s'en servent.

Vous aimeriez, j'imagine, que je vous dise ici quelques mots sur les papillons, chers à Goethe, à Caillois, à Nabokov, à Jünger, sur les couleurs de leurs ailes, sur les dessins qu'ils présentent et qui posent tant de problèmes aux naturalistes et aux philosophes. Résistons à la tentation. Ne nous posons pas de questions sur les fulgores porte-lanterne ni sur les ocelles qui prennent, Dieu sait pourquoi, sous nos yeux écarquillés, la forme étrange d'un crocodile. Allez plutôt à la campagne regarder la nature. Cueillez les fleurs, camarades, suivez de l'œil les papillons. Écoutez les ânes braire et les brebis bêler. Contemplez le soleil en train de se coucher sur les champs de lavande ou de blé, sur la mer, sur le lac ou derrière les montagnes. La brève histoire du tout n'est qu'une introduction à la vie quotidienne. Les machines aussi peuvent l'illustrer, les voitures, les lave-linge, le téléphone, les feux rouges. Je conseille plutôt les guépards. Les gazelles. Les flamants roses de Camargue. Les papillons, bien sûr. Et l'homme.

PENSER

Voici l'homme. Enfin. Fanfares. Pleurs de joie. Félicitations. Discours. Guirlandes et roulements de tambour. Un long cortège se forme d'artisans et de chasseurs, des silex à la main, des peaux de bêtes fauves sur les épaules, suivis d'agriculteurs, des gerbes de blé dans les bras. Philosophes et assassins, ironistes et escrocs se glissent en scène derrière eux. Une rumeur d'ovations monte jusqu'au balcon où il salue la foule. Que fait-il ? Il se tient debout sur ses deux jambes, il tourne son visage vers le ciel, il oppose son pouce aux autres doigts, il rit, il chante, il bricole avec ses outils et il joue au croquet. Mais d'abord et avant tout, il fait une chose étrange : il pense.

C'est une occupation surprenante. Il serait très difficile et sans doute impossible, et d'ailleurs tout à fait absurde, d'expliquer la pensée à quelqu'un qui n'en saurait rien. Les idées, les souvenirs, l'imagination, les sentiments, les projets, les passions, tout ce qui se passe d'inouï et souvent d'un peu fou dans une pauvre tête vissée à la verticale, par le truchement du cou, sur le corps de l'homme est proprement invraisemblable. Invraisemblable, et très banal. Nous sommes condamnés à la pensée comme nous sommes condamnés au temps et à la liberté. Il est un peu gauche pour un homme de parler de la pensée, car il ne peut rien en dire qu'en se servant de la pensée, ou de ce qui lui en tient lieu. Ce qui le précipite aussitôt dans un cercle vicieux et dans un tourbillon dont personne ne peut sortir et qui donne le vertige. Penser la pensée est le plus drôle, le plus cruel, le plus dangereux des drôles de jeux.

Un singe, un chien, un chat, un rat, un perroquet, un dauphin ont une forme d'intelligence, parfois très développée. Des foules d'histoires courent partout sur le talent des uns ou des autres, sur leur capacité d'apprendre, sur leurs ruses et leurs hauts faits. Beaucoup de chiens et de chats, on nous l'a assez seriné, abandonnés au loin, ont retrouvé le chemin de leur maison natale. Les dauphins jouent volontiers au ballon chasseur avec les hommes et communiquent avec eux d'une façon ou d'une autre. Peut-être pourrait-on leur apprendre à jouer, sinon au bridge ou au mah-jong, du moins aux barres ou au water-polo ? Entre le plus brillant des dauphins et le plus démuni des hommes, un mongolien, un fou, un fanatique religieux, un mondain dans son cercle en train de s'assoupir sur son journal, la moindre confusion est pourtant impossible. N'importe qui reconnaîtrait sans trop de peine le pire des imbéciles, et plusieurs noms viennent à l'esprit, de la plus douée des fourmis, du plus subtil des rats. Un singe savant n'est pas un savant : c'est un singe. Un enfant-loup n'est pas un loup : c'est un homme. Entre les hommes et les autres, la distinction est tranchée. Enfin un peu de clarté. Un homme peut être plus bête qu'un dauphin de bonne maison ou qu'un chien très éveillé. Il est tout de même un homme. Acclamations.

Les hommes pensent : voilà ce qu'ils font. La main, la station debout, la parole, le rire, le besoin irrépressible de forger des églises et des lois, la capacité de se projeter dans le passé et dans l'avenir ou d'inventer des dieux ne viennent qu'après. Un homme sans mains est un homme. Un homme couché est un homme. Un homme qui se traînerait à quatre pattes serait encore un homme. Un homme qui vivrait seul ou qui ne rirait jamais serait toujours un homme. Un homme sans tête n'est plus un homme. Il est redevenu cendres, il est retourné à la matière. L'homme pense avec son cerveau. On pourrait tout enlever, et peut-être même le cœur, remplacé par une pompe : ce qui fait l'homme, c'est qu'il pense. Approbation sur tous les bancs.

Nous avons vu le tout se dégager du néant et commencer avec le big bang. Nous avons vu le Soleil et la Terre apparaître dans les cieux. Nous avons vu la vie surgir de la matière. Trois fameux débuts, trois catastrophes majeures, au sens propre du mot. Il y a une quatrième catastrophe qui vaut bien les trois premières : c'est la naissance de la pensée, que, pour la distinguer des lueurs qui passent chez les dauphins et chez les éléphants, les philosophes appellent conscience.

La naissance de la pensée constitue un événement tout aussi prodigieux que le surgissement de la vie ou l'apparition de la Terre. Presque aussi prodigieux que le big bang et le début du début. Il est très légitime d'appliquer à cette naissance la grille simple et efficace de la nécessité. La Terre arrive dans le ciel et s'y maintient parce que des lois immuables et nécessaires l'exigent. La vie sort de la matière parce que des combinaisons physiques et chimiques rendent sa naissance, non seulement possible, mais nécessaire. De la même façon, l'enchevêtrement de milliards de neurones et la multiplication hallucinante du nombre de leurs contacts dans le cerveau d'un primate aboutissent, à la fois par hasard et inéluctablement, à ce que nous appelons la pensée.

Ce processus universel de la nécessité, il est aussi permis de le considérer comme un simple moyen pour parvenir successivement au surgissement de la Terre, de la vie et de l'homme. On peut soutenir que le tout tend, dès l'origine, à réunir les conditions qui permettront à la pensée d'apparaître. *Le Banquet* de Platon, le *Discours de la méthode*, la *Critique de la raison pure* et la *Phénoménologie de l'esprit* sont déjà contenus, pêle-mêle avec Offenbach et sa *Grande-Duchesse de Gérolstein* et la *Petite Cosmogonie portative* de Queneau, dans la première seconde d'un big bang qui n'a pas d'autre but que la pensée de l'homme.

À ceux qui croient que la création est comme attirée, depuis le début, vers la naissance de l'homme, les partisans d'une nécessité rigoureuse et aveugle, de mèche avec le hasard, ont le droit d'objecter qu'il s'agit d'une conception mythique et quasi mystique, entièrement centrée sur l'homme, fondée sur sa faiblesse et son orgueil mêlés et sur son besoin d'être rassuré comme un enfant dans la nuit : c'est parce qu'ils sont des hommes que les hommes s'imaginent que l'univers a été créé pour les hommes. Un poète trop méconnu, Georges Fourest, auteur de *La Négresse blonde*, qui s'était déjà livré à une parodie iconoclaste du *Cid* :

> Dieu ! soupire à part soi la plaintive Chimène,
> Qu'il est joli garçon l'assassin de papa !

traduit assez bien en vers simiesques, et pour beaucoup sacrilèges, l'image qu'une jeune guenon pourrait se forger de ce monde que les hommes regardent – à tort ? – comme s'il était fait pour eux :

> Elle croit en un Dieu par qui le soleil brille,
> Qui créa l'univers pour le bon chimpanzé
> Et dont le fils unique, un jour, se fit gorille
> Pour sauver le pécheur de l'enfer embrasé.

À ceux, en revanche, qui s'imaginent que la nécessité seule, assaisonnée d'un peu de hasard comme le vinaigre se mêle à l'huile pour faire une bonne salade, peut expliquer le monde, les partisans d'une sagesse suprême et d'une volonté extérieure répondront qu'une telle conception est mécanique et réductrice, qu'elle suppose déjà résolus les problèmes qu'elle aborde et qu'elle laisse entier le problème du tout, de ses origines, de son sens et de ses fins.

Le tout peut être considéré aussi bien comme une machine à fonctionner toute seule et qui aboutit inévitablement, par ses propres mécanismes, qui auraient d'ailleurs pu être différents, à l'homme capable de la démonter et de montrer qu'il n'y a rien derrière ou comme une machine pilotée du dehors et qui a pour dessein et pour but de parvenir à un homme destiné, depuis toujours, à s'interroger sur le tout et sur sa cause inconnue. D'un côté et de l'autre, les invraisemblances se valent. Un univers réduit à un mécanisme nécessaire et aveugle a quelque chose d'absurde. Un tout conçu et dirigé par un être inconnu et suprême a quelque chose de mystérieux. Les uns choisiront le mystère, qui se refuse, par définition, à expliquer quoi que ce soit. Les autres choisiront l'absurde, qui donne à l'univers une saveur dérisoire et amère. Les uns et les autres s'accorderont sur la pensée. Claudel pense, et le curé de votre paroisse, et la bigote rassotée qui rempaille les chaises de l'église. Et Sartre pense de même, autrement mais de même, et M. Homais aussi.

La pensée qui vient aux hommes et qui les arrache aux primates est quelque chose de formidable. Et ce n'est presque rien du tout. C'est un outil irrésistible, le plus puissant de tous, qui s'empare du tout et le transforme, c'est un jeu sans égal, qui l'embellit et l'exalte, c'est un élan vers autre chose, c'est la marque de l'homme et de sa dignité. Et elle se révèle incapable de jamais rien découvrir d'un peu sûr sur les origines et la fin de ces hommes jetés comme par hasard dans une vie qu'ils ne comprennent pas et dans un tout qui les dépasse de si loin qu'on peut en dire n'importe quoi.

PENSER (suite)

Ce qu'il y a de mieux dans la pensée, c'est sa souplesse. L'homme est, par excellence, un être capable de s'adapter. Au point que ce qu'il préfère, c'est l'obstacle et le défi. Dès ses débuts, c'est la difficulté qui fait de lui ce qu'il est. Son intelligence est comme l'air ou l'eau : toujours avide de franges et de marges, de se précipiter ailleurs, de se jeter dans les vides et de prendre d'autres aspects. Elle est, comme l'amibe, toujours prête à changer de forme et à se diversifier. Ce qu'il perd du côté de l'instinct, plus rigide et plus fort chez les fourmis ou les abeilles que chez lui, l'homme le regagne du côté de la variété et de la diversité de sa pensée. La pensée n'est pas un savoir, ni une technique, ni un acquis, ni une routine. Ce n'est pas non plus une prière ni une effusion. Ce n'est pas seulement une mémoire. Ce n'est pas seulement une attente. Ce qu'on pourrait peut-être dire de plus acceptable, c'est que c'est un élan et une ouverture. La pensée est toujours autre chose.

C'est une machine, bien sûr – détruisez le cerveau, il n'y a plus de pensée –, mais qui modifierait sans cesse et qui enrichirait son propre mode d'emploi. La pensée ne fait pas seulement face, comme l'instinct, à des situations : elle s'élève aussi à la spéculation. Elle invente, elle imagine, elle suppose, elle se souvient du passé et elle se projette dans l'avenir. Elle se déploie dans un domaine qu'elle constitue de toutes pièces et dont elle se sert comme d'un outil d'une puissance prodigieuse : l'abstraction. Elle compare, elle divise, elle sépare, elle distingue, elle unit, elle combine. Elle aime par-dessus tout à s'opposer à elle-même. Penser, c'est s'étonner. Penser, c'est mettre en doute. Penser, c'est se mettre en doute.

Nous voilà à un tournant de la carrière si romanesque du tout : comment ne pas voir que la pensée marque un changement radical et comme une rupture décisive ? Le tout connaît quinze milliards d'années sans la moindre pensée. Et quelques courtes saisons où la pensée bouleverse le tout. À peine apparaît-elle que le tout ne sait plus où donner de la tête. Et l'homme non plus, d'ailleurs, qui est à la fois l'instrument et le maître de cette pensée. Tout est possible. Et tout se complique.

Tout se complique parce que la pensée part aussitôt dans les directions les plus différentes et les plus opposées : l'espace et le temps sont liés à la pensée, la mathématique et les nombres sont liés à la pensée, la morale et la faute sont liés à la pensée. Et le tout lui-même – sans parler de l'homme, bien entendu – est lié à la pensée. Et l'être est lié à la pensée.

C'est que la pensée n'est pas seulement un outil et un jeu. Elle est beaucoup plus et beaucoup mieux. Disons, pour frapper un grand coup – et j'aimerais ajouter : « et on n'en parlera plus », mais ce ne serait pas vrai, évidemment –, que la pensée est le tout lui-même.

Comment savons-nous qu'il y a un tout ? Parce que nous le pensons. Les chats, les chiens, les otaries, les dauphins, pour doués qu'ils puissent être, ne se doutent pas qu'il y a un tout. La pensée, nous l'avons vu, surgit lentement du tout. Mais le tout, à son tour, surgit de la pensée. Dieu pense l'univers. Et l'homme aussi. Entre Dieu et l'homme, personne ne pense le tout.

La pensée n'est pas liée, comme l'instinct chez les fourmis ou chez les abeilles si laborieuses, à telle ou telle situation. Elle n'est pas liée à tel ou tel objet. Elle est une ouverture au tout. L'homme, qui est un animal, n'est plus un animal. Il est autre chose. D'une certaine façon, il est le tout. Parce qu'il le pense.

PENSER (suite)

Que l'homme pense le tout ne l'empêche pas, bien entendu, de penser aussi les détails. Il pense d'abord et surtout les détails. Ces détails sont innombrables et ils se multiplient avec le temps. L'homme en train d'inventer le feu, ou de l'apprivoiser, pensait à moins de choses que Newton, ou Darwin, ou Karl Marx, philosophe de génie trahi par son triomphe, compromis par ses disciples, ou le bon Dr Freud, traité par Nabokov de charlatan de Vienne. Il y a une accélération de l'histoire, un élargissement de la pensée, un phénomène d'écho qui s'amplifie avec le temps. On peut imaginer que la pensée de l'homme, ne cessant jamais de se développer, finisse par investir non seulement la planète, ce qui est déjà largement fait, mais le tout.

Ce qu'il y a d'amusant dans la pensée, c'est que c'est un absolu très relatif. Chaque homme profite des découvertes de ceux qui sont venus avant lui. Chacun se hisse sur les épaules de ses prédécesseurs. La vitesse de la lumière est un absolu. Le tout est un absolu. L'être, évidemment, est un absolu. La pensée est un absolu dégradé – on dirait volontiers : un absolu de seconde classe. Un absolu au rabais. Elle naît, elle tâtonne, elle s'appuie sur le passé pour le nier avec plus de force, elle se développe, elle se trompe plus souvent que de raison, elle dit n'importe quoi. Mais il y a pourtant en elle comme une semence d'absolu. Avec chaque homme qui meurt, le tout, d'un seul coup, s'évanouit dans le néant. À chaque enfant qui naît, l'univers ressuscite.

Un des plus beaux succès de la pensée est la mathématique. Il est clair que la mathématique n'est pas une science comme les autres. Il y a dans les nombres une approche manifeste du tout, et une sorte d'approche obscure de l'être. Il n'y a que deux voies d'accès au tout : l'effusion mystique et l'équation mathématique. C'est dire combien la tentative de cerner le tout par des mots est tristement illusoire. Les nombres, eux, sont capables de traduire la nature et la structure du tout. Entre la pensée et le tout, les nombres jettent un pont enchanté. On peut définir l'homme, nous l'avons vu, par la main, par la station debout, par le langage, par le rire, mieux encore par la pensée. On peut dire aussi que l'homme est la seule créature à avoir inventé les nombres et à se servir d'eux pour dominer le tout.

Les nombres sont abstraits. Selon une formule célèbre, la mathématique est une science où vous ne savez jamais de quoi vous parlez ni si ce que vous dites est vrai. Les nombres de la mathématique ne comptent pas des pommes ni des moutons, ni même des ondes ou des corpuscules. Ils comptent n'importe quoi, ils sont détachés de toute réalité – et, par un miracle inouï, ce sont eux, pourtant, qui rendent le compte le plus exact de la réalité du tout.

Le tout est mathématique. Le tout n'est fait que de nombres. « *Dum Deus calculat, fit mundus* » : Dieu calcule et le monde se fait. Mais la pensée est si multiple et si divisée contre elle-même qu'à peine a-t-elle pensé le tout comme un ensemble de nombres qu'elle se reprend et se renie. Elle se convainc que le tout est fait sans doute de nombres – mais de bien autre chose aussi que de nombres. Loin de n'être que nombre, le tout est un système dont les secrets doivent être cherchés dans la transformation et dans l'évolution, dans les formes successives de la matière et de la vie. Toujours insatisfaite, la pensée doute encore et continue sa quête dans d'autres directions. Beaucoup plus que nombre, beaucoup plus que système, beaucoup plus que mouvement, le tout est signe, langage, parole, verbe. Ou peut-être silence. C'est un élan, une lumière, un souffle. C'est un vertige d'amour. Le tout lui-même n'est peut-être qu'une pensée.

Ainsi, la pensée n'en finit pas d'avancer et de se contredire. Elle n'est jamais en repos. Elle cherche, elle tâtonne, elle revient en arrière, elle retrouve les mêmes thèmes à des niveaux différents. Elle s'imagine toujours au bord d'une vérité qu'elle ne parvient jamais à conquérir tout entière. À mesure qu'elle progresse, ce qu'elle poursuit recule. Mais entre le tout et elle se maintient toujours cette alliance en forme d'attente et de projet : la pensée est ouverte sur le tout, le tout s'offre à la pensée.

PENSER (suite)

Vous ne serez pas surpris d'apprendre que des liens très étroits unissent le temps à la pensée. Si vive, si rapide, plus rapide encore que la lumière qui est plus rapide que tout, la pensée n'est pas, comme l'être avant la Création, une fulguration infinie : elle ne se déploie que dans le temps. Elle naît chez des primates dont elle bouleverse le destin en les changeant en hommes. Elle croît, elle se développe, elle prend des formes successives, elle ne cesse jamais de s'engendrer elle-même : elle vit, en quelque sorte. Elle passe d'homme en homme et de génération en génération. Au sein de chaque individu, elle se constitue en raisonnements qui s'étendent eux-mêmes dans le temps. Dieu pourrait apparaître comme une pensée hors du temps. L'homme n'est pas Dieu. Il pense le tout, ce qui est divin, ou très proche du divin, mais il le pense dans le temps, ce qui est humain, et trop humain.

Le temps, de son côté, ne prend son sens que dans et par la pensée des hommes. Un des plus grands philosophes de l'histoire, Emmanuel Kant, dont les fameuses promenades dans les allées de son Königsberg natal, à la veille de la Révolution française, étaient réglées comme une horloge, va jusqu'à supposer que le temps comme l'espace, qu'il appelle dans son jargon « les formes pures a priori de la sensibilité », ne sont rien d'autre qu'un produit de la pensée de l'homme. Ne poussons pas les choses aussi loin : le temps coulait déjà dans le tout avant que la pensée n'y surgisse. Mais que le temps, avec ses trois hypostases – le passé, le présent, l'avenir –, avec son attachement paradoxal à l'espace et au mouvement, avec son allure si proprement métaphysique, ait partie liée avec l'esprit de l'homme et avec sa pensée, comment en douter ? Il n'y a de passé, il n'y a de présent, il n'y a de futur que parce que l'homme est mémoire, activité, projet. La pensée se déploie dans le temps, mais le temps, à son tour, ne règne que dans la pensée.

La pensée et le temps ne sont liés entre eux dans le tout que parce qu'ils sont l'un et l'autre des sortes d'agents secrets de l'être. Ils constituent l'un et l'autre à la fois les voies d'accès les plus directes à l'être et les voiles opaques derrière lesquels il se cache. Ils révèlent, et ils dissimulent. Un livre célèbre porte un beau titre : *Sein und Zeit* – L'Être et le Temps.

PENSER (suite et fin)

L'homme pense le tout, il pense le temps, il pense les nombres, il essaie de penser l'être – et il n'y réussit pas. Il se pense aussi lui-même. On pourrait presque dire que l'homme se crée lui-même en se pensant. Créé par Dieu ou par le tout, il est aussi recréé par sa propre pensée.

À chaque instant, nous savons que nous sommes notre corps et nous-même. Si nous ne le savons plus, si nous devenons, par malheur, étrangers à notre propre corps et à notre pensée, c'est que ce corps et cette pensée sont gravement atteints. Dans la santé physique et mentale, nous sommes nous-même parce que nous nous pensons. Sans le savoir, sans nous en douter. Mais nous nous pensons.

Nous nous pensons à la fois comme partie intégrante du tout et comme individu. Avec sa tête, son cou, son tronc et ses quatre membres, avec ses mains, avec sa peau, notre corps nous sépare distinctement du tout et notre pensée ne flotte pas dans des espaces vagues et infinis : sans le moindre doute, elle se situe en nous. Elle est liée à notre corps. Si la passion nous emporte, si nous avons des soucis, si nous souffrons, si nous avons mal à la tête, nous pensons moins clairement. La pensée ne prend pas seulement son élan en nous, elle se retourne aussi sur nous-même. Nous passons beaucoup de temps à penser notre corps et nos pensées, notre bien-être, notre avenir. Notre pensée, en un sens, se referme sur elle-même. Mais elle s'ouvre aussi sur le tout. Nous sommes, par la pensée, un individu immergé dans le tout. Nous sommes en lui, il est en nous, il nous pénètre, nous l'aspirons. Nous nous faisons, par la pensée, une idée du tout et de nous-même.

Nous nous pensons nous-même. Et les autres nous pensent aussi. Et ils contribuent à nous faire comme nous les faisons aussi et comme nous nous faisons nous-même. Ils nous écoutent, ils nous parlent, ils nous pensent, ils nous jugent, ils nous regardent. La pensée des autres passe par leurs paroles et, muette, par leur regard. Ainsi l'image que nous nous faisons de nous-même est construite d'abord par notre propre pensée, et ensuite par celle des autres.

Notre pensée ne crée pas le tout, elle ne crée pas le temps, elle ne nous crée pas nous-même. Mais, à chaque instant, elle ressaisit et nous-même, et le temps, et le tout, et elle les fait exister. Si l'homme ne pensait pas, il y aurait peut-être quelque chose. Mais ce quelque chose ne serait rien.

DOUTER

On voit souvent un chien, un chat, un cheval hésiter. Un coq aussi. Ou un chevreuil. L'hésitation se peint dans leur comportement. Ils avancent, ils reculent, ils tournent la tête, ils lèvent une jambe ou une patte qu'ils reposent aussitôt, ils renâclent devant l'obstacle, ils semblent prendre un élan qu'ils retiennent au dernier moment, ils ont l'air de vouloir et ils ne veulent pas. Ils hésitent. Mais ils ne doutent pas.

Le doute suppose une remise en question à l'allure métaphysique qui est le propre de l'homme. À peine ai-je suggéré que l'homme est ouvert sur le tout ou qu'il se recrée lui-même en se pensant que je m'interroge sur le bien-fondé de mon affirmation. « Une fois que ma décision est prise, écrit Jules Renard, je balance longuement. » À la limite, l'homme est amené à douter non seulement de ses choix, de ses actes, de ses paroles, de ses pensées, mais de sa propre existence. Le plus grand des philosophes français, qui a beaucoup d'autres titres à une gloire qui ne lui est pas mesurée, est surtout connu du grand public pour s'être servi du doute comme d'une méthode paradoxale et d'un levier capable de le rassurer enfin sur sa propre existence et de soulever le monde.

Le doute, comme l'étonnement qui est à la source de tout savoir et de toute philosophie, marque un recul, une inquiétude. Il y a quelque chose qui ne va pas. Il y a comme une faille quelque part. Il y a une question qui se pose. Si tout était à sa place, si aucun problème ne surgissait, il n'y aurait pas d'étonnement, il n'y aurait pas de doute. Il n'y aurait pas de pensée. L'homme pense dans des trous, des intervalles, des manques. Il pense toujours à la marge. Il veut savoir ce qu'il ne sait pas. C'est une bataille des frontières qui n'en finit jamais. Il se jette dans le besoin et dans l'incertitude. Il meurt d'angoisse. Il s'étonne et il doute.

Le doute se situe à cette altitude moyenne qui est occupée par l'homme. La matière ne doute pas. L'animal ne doute pas. L'être ne doute pas non plus. Ce qui permet de douter, ce qui contraint à douter, c'est que le mal est mêlé au bien et le mensonge à la vérité. Le doute se faufile à travers le temps. Quand le doute s'installe, c'est que le malheur pointe le bout de son nez. Arrive aussi la pensée. Bras dessus, bras dessous. Où il y a du doute, il y a du malheur. Où il y a du malheur, il y a de la pensée. C'est comme ça. « L'homme, écrit Hegel, est un animal malade. »

La pensée, naturellement, est allègre et très gaie, conquérante, triomphante. De quelqu'un de doué et de vif dont les idées défilent à toute vitesse et avec cette facilité qui n'exclut pas la rigueur, on dit volontiers qu'il pétille. Mais, s'il n'est pas un simple jeu de mots et d'idées superficielles, le pétillement aussi est nourri d'inquiétude. Il sort d'un abîme d'angoisse, comme chez Oscar Wilde, chez Jules Renard ou chez Woody Allen, par exemple, pour prendre les premiers noms qui nous viennent à l'esprit. L'homme pense parce qu'il n'est pas à sa place ni à son aise dans le tout. Et la révélation de ce malaise, nous lui donnons le nom d'étonnement quand il s'agit d'une surprise vague et émerveillée devant les mystères du tout et le nom de doute lorsqu'il s'agit d'une inquiétude devant notre propre indignité et notre insuffisance à dégager clairement et sans hésitation la vérité de l'erreur.

Le doute suffit à montrer à quel point la pensée est divisée contre elle-même. Elle est son propre ennemi. Elle ne pense qu'à se nier et à soutenir le contraire de ce qu'elle vient d'assurer. Elle se pose en s'opposant. Elle ne rêve que de se détruire pour renaître plus forte. Pendant plus de deux mille ans, de Zénon d'Élée et de Socrate à Hegel et à Marx, ce jeu tragique de la pensée qui n'avance et ne prospère que sur ses propres ruines prend le nom de dialectique.

Il n'est pas nécessaire de faire un dessin pour vous convaincre que, liée au temps, la pensée, tout naturellement, est liée aussi au mal. Il n'y a de pensée que parce qu'il y a un manque quelque part – et nous ne savons pas où. Vous souvenez-vous du tout, à l'origine de l'origine, en train de se distinguer du néant ? Le tout reste hanté par le rien. L'être est la cohérence et la plénitude mêmes. Le tout est plus plein de trous que le gruyère – qui n'en comporte d'ailleurs pas quand il est de Gruyères. La pensée s'acharne à combler comme elle peut ces trous qui la plongent dans la stupeur. C'est une tâche infinie. De temps en temps, elle se décourage, elle reprend souffle, elle regarde le chantier, elle s'appuie sur sa pelle et elle compte les trous : elle doute.

La grandeur de l'homme vient d'abord de ses limites et de ses efforts inutiles. Elle vient d'abord de sa faiblesse. C'est quand il doute que l'homme est vraiment homme. On assiste, avec le doute, à une de ces inversions si courantes dans l'improbable roman du tout et surtout dans la longue nouvelle de l'homme qui y est insérée. Bomber le torse, faire le malin, conquérir les terres et les femmes du voisin, être plus puissant que les autres, c'est épatant. La faiblesse, pourtant, est plus forte que la force. À la longue au moins, les faibles n'en finissent pas de l'emporter sur les forts. Alors, ils deviennent les plus forts et la faiblesse et le doute les menacent à leur tour. Plus que la certitude à tête de bœuf, le doute est porteur d'avenir.

Un jour, j'imagine, il y a quelques millions d'années, une espèce de singe, ou quelque chose comme ça, un primate en tout cas, un peu moins doué que les autres, fatigué de ses échecs, s'est tout à coup arrêté de cueillir des fruits un peu trop hauts pour lui ou de courir après une proie qu'il ne rattrapait jamais. Il s'est assis, découragé, et il s'est mis à pleurer sur son destin si sombre. L'homme était en train de naître.

RIRE

Le mal est lié au temps et le tout est plein de trous, le savoir balance, dans l'angoisse, entre l'étonnement et le doute, la pensée n'en finit pas de se crucifier elle-même. Qu'est-ce que fait l'homme ? Il rit.

Comme le doute, comme la prière, comme la parole, comme la main, le rire est le propre de l'homme. Des volumes entiers ont été rédigés par des humoristes et des savants, des philosophes et des historiens pour expliquer le rire. Ils illustrent assez bien l'impossibilité de cerner les activités et les passions des hommes en une formule unique. Le rire est rupture. Fort bien. C'est du mécanique plaqué sur du vivant. Encore mieux. Il se situe au croisement imprévu de deux séries de nécessités. Pas mal du tout. Il est provoqué par une tension qui se relâche brusquement. Pourquoi pas ? Il naît d'un soulagement après une inquiétude. Rien de plus exact. Le rire, en vérité, n'est pas très loin de l'étonnement. Le même ressort fait fonctionner l'interrogation philosophique et l'accès de gaieté : quelque chose dérange le tout, quelque chose, dans le tout, a cessé d'être à sa place ou nous paraît étrange. Dans l'ordre du tragique, voici la philosophie et ses spéculations. Dans l'ordre de l'accidentel et de l'insignifiant, il suffit bien d'en rire. Le rire est de la philosophie avortée.

Il y a eu un premier rire dans l'histoire des hommes. Autre chose qu'une grimace ou un vague sourire de pitié ou de tendresse adressé par une créature à une autre créature. Un vrai rire, un rire franc et massif. Le premier éclat de rire. Cette date, que nous ne connaissons pas, que nous ne connaîtrons jamais, car ni la préhistoire ni l'anthropologie culturelle ne peuvent nous renseigner, est à marquer d'une pierre blanche dans la brève histoire du tout. Elle faisait entrer l'homme dans l'âge de la gaieté. Comme tous les êtres vivants qui sont jetés dans le monde, il était entré depuis longtemps dans l'âge de la souffrance et du malheur. Il entrait avec le rire dans un royaume enchanté dont il est le seul maître : le royaume du comique, de la drôlerie et de la dérision.

Là encore, Dieu ne rit pas. Les pierres, les agapanthes, les orangers, les serpents, les crocodiles, et même les singes, et même les hyènes, dont le rire est pourtant célèbre, ne rient pas non plus. Le rire n'éclate qu'à l'étage de l'homme. Il faut pouvoir penser pour rire. Il faut pouvoir s'étonner, il faut pouvoir douter. Peut-être oserait-on dire qu'il faut, pour rire, avoir, derrière la tête, comme une idée du temps et du mal.

En dépit de Frans Hals, de Jacob Jordaens et des illustrations de Gustave Doré pour *Pantagruel* ou pour les *Contes drolatiques* de Balzac, le rire, je ne sais trop pourquoi, n'est guère présent dans la peinture. Encore moins dans la sculpture. Il prend sa revanche dans la littérature. Il y a comme un pacte entre le rire et les mots. L'homme parle, et il rit. Depuis Apulée et Lucien de Samosate, depuis les *Métamorphoses*, appelées aussi *L'Âne d'or*, depuis Rabelais et Cervantès, qui créent le roman moderne, jusqu'à Flaubert et Proust, le roman, notamment, est imprégné de rire jusqu'à la moelle. Au point que le roman peut être défini comme un genre qui se sépare de l'épopée quand les hommes remplacent les dieux et quand la dérision y pénètre.

L'homme rit, comme il s'étonne et comme il doute, parce qu'il se retourne contre lui-même et parce qu'il inverse ses valeurs. Qu'il y ait quelque chose de démoniaque dans le rire, un refus, une révolte, une rébellion contre l'ordre du monde, à tout le moins une rupture et un éloignement, nous le savons depuis toujours. L'ambiguïté du bien et du mal est cachée dans le rire comme elle est cachée dans les mots. Dans le silence et dans la parole, l'homme est capable de rire parce qu'il est capable de penser. De s'opposer au tout auquel il appartient. Et de s'opposer à lui-même.

CHANTER

On peut se demander, je ne sais pas, si l'homme n'a pas chanté avant de parler. S'il n'a pas d'abord sifflé pour imiter les oiseaux. S'il n'a pas tenté, avec sa voix, de rendre le bruit de la mer, des ruisseaux, de la tempête, du vent. Il existe encore dans le monde, assez rares, peu employées, un certain nombre de langues sifflées. Il y a surtout des langues chantées : parlé par plus d'un milliard d'hommes, le chinois en est une, ou n'est pas loin d'en être une. Le premier chant qui s'est élevé dans le tout vaut bien le premier rire.

Une prodigieuse carrière attendait le chant dans l'histoire du monde. La peinture, la sculpture, l'orfèvrerie, l'architecture, la gravure, tous les beaux-arts tiennent une place immense autour de l'homme et au sein de ce qu'il a fait. Le chant, qui donnera naissance à toutes les formes de la musique et de la danse, à l'opéra, qui joue un rôle si considérable dans l'histoire de la civilisation, à la chanson, qui marque de son empreinte, dénoncée par Soljenitsyne, toute l'époque romantique, moderne et postmoderne, sort, sans aucun intermédiaire, de son corps et de son âme. En ce sens au moins, il est le premier des arts.

Des hommes qui chantent autour d'un feu, la nuit, qui chantent sur les rivières ou dans les champs de coton, qui chantent parce qu'ils partent pour la guerre ou la chasse, qui chantent pour célébrer les déesses et les dieux, qui chantent pour leur amour et qui chantent pour un mort donnent une idée obscure, mais claire, de la splendeur de l'homme dans sa fragilité.

Il se fit tout à coup le plus profond silence
Quand Georgina Smolen se leva pour chanter...

PARLER

L'homme est le seul animal doué de la parole. Cette simple phrase ouvre des abîmes de perspectives et de questions plus difficiles les unes que les autres. Beaucoup d'animaux communiquent entre eux et se transmettent de façons diverses un certain nombre d'informations. Les abeilles qui ont trouvé un butin se livrent à leur retour à une espèce de danse et tracent en volant des cercles, des huit, des figures convenues qui indiquent à la ruche la position de leur découverte par rapport au soleil, sa distance et son importance. Les dauphins, les loups, les oies sauvages, les fourmis, une foule d'autres animaux se passent des ordres et des renseignements. Le perroquet ou le mainate répètent des mots attrapés au vol. Ils ne parlent pas. Seul l'homme est capable de parler. Il parle parce qu'il pense. Ou peut-être pense-t-il parce qu'il parle.

Il ne s'agit pas ici d'un de ces jeux de mots inversés, chers aux khâgneux ou aux normaliens. L'homme pense. Il parle pour exprimer sa pensée. Mais sa pensée prend appui à tel point sur les mots qu'on peut légitimement se demander si la pensée ne doit pas autant au langage que le langage à la pensée. Essayez donc voir de penser sans aucune référence à aucun mot d'aucune sorte : vous m'en direz des nouvelles. La pensée n'a pas besoin de s'exprimer en toutes lettres comme ces gens âgés qui s'expliquent tout ce qu'ils font : « Je range ma brosse à dents, je plie mon mouchoir de poche, je cherche ma clé, je sors... » Mais le déroulement d'un langage enfoncé en silence sous la pensée accompagne chaque étape de toute démarche intellectuelle.

À peine aborde-t-on avec timidité le langage qu'on se heurte à une masse de problèmes presque aussi fondamentaux et presque aussi épineux que ceux que pose le temps. Presque. Pas tout à fait. La différence est que le temps, qui ne dépend pas de nous, est si mystérieusement protégé qu'il n'y a pas de savants du temps. Tout le monde en sait autant sur le temps – c'est-à-dire à peu près rien – que les plus savants. Le langage, au contraire, est une création de l'homme et il y a des savants du langage. On les appelle linguistes. La linguistique est une science qui n'est pas loin d'avoir pris aujourd'hui la place laissée vacante par la métaphysique. Avec un vocabulaire souvent un peu ardu et des concepts aussi subtils que celui de la double articulation du langage entre la phonologie et la grammaire, la linguistique envahit peu à peu tous les domaines de l'histoire, de la sociologie, de l'ethnologie, de la psychologie, de la neurologie et même de la mathématique ou de la géographie. C'est pourquoi ce chapitre d'un roman sur le tout s'appelle « Parler » et non « Langage ».

PARLER (suite)

Les hommes parlent. Ils n'ont pas parlé de tout temps. Un jour – ou un millénaire –, avec peine, avec fureur, avec gaieté peut-être, poussés par le besoin ou par l'amour, ils se sont mis à parler. C'était encore un début. Mais ils ne s'en doutaient pas. Une formidable aventure commençait. Elle allait submerger le monde. Je ne sais pas, car je ne sais rien, quand les hommes ont commencé à parler. Je ne sais même pas si le langage apparaît en plusieurs points de la Terre ou si un seul foyer suffit à embraser la planète. Très vite, j'imagine, les langues se différencient. Et Babel s'édifie. Il y a sur notre Terre des milliers de langues différentes. Il y a des langues qui apparaissent : les plus jeunes les inventent, les plus vieux ne les comprennent pas. Il y a des langues qui disparaissent. Les langues vivent, elles meurent. Sur quelque six mille langues, ou un peu plus, aujourd'hui en état de marche, environ trois mille sont en train de mourir, ou du moins en danger. On raconte que Georges Dumézil était le seul, avec quelques survivants, à parler encore l'une ou l'autre des langues en voie de disparition. Quelques-uns se souviennent même de son chagrin à l'idée de rester le seul à pouvoir encore échanger des mots guettés par le naufrage avec l'unique autre locuteur d'une langue déjà moribonde.

Tout le monde sait que les langues se divisent en grands groupes. La famille indo-européenne a donné naissance au latin, au grec, à toutes les langues de l'Europe, ou à presque toutes. Nous savons tous que le sanscrit ou l'ossète ou même le grec ancien sont menacés de mort. On comprend le désespoir de linguistes qui veulent sauver le grec comme on sauve un temple en ruine ou *La Cène* de Vinci en train de s'effacer sur un des murs du réfectoire du couvent de Santa Maria delle Grazie, à Milan, ou encore les fresques de Masaccio à Santa Maria del Carmine, à Florence. Les langues meurent comme les hommes et comme leurs œuvres les plus immortelles.

Le langage appartient tout entier au monde des corps – à la bouche, à la langue, à la gorge, au palais, aux cordes vocales. Et tout entier à la pensée. Il se situe sur cette frontière idéale entre le corps et l'esprit qui a tant occupé les philosophes. Quelques centaines de milliers d'années à peine après les premiers grognements autour d'un feu maîtrisé, c'est-à-dire à une allure incroyablement rapide en comparaison des milliards d'années qui précèdent tout langage, il donne naissance à l'écriture. L'écriture est du langage conservé dans l'espace sous forme de signes au lieu de rester dispersé dans le temps sous forme de sons.

PARLER (suite)

Parler. Écrire. Parler est une révolution. Écrire en est une autre. L'écriture, qui, comme l'agriculture quelque dix ou quinze mille ans plus tôt, naît quelque part entre la Méditerranée orientale et le golfe Persique, du côté du Tigre et de l'Euphrate, il y a un peu plus de cinq mille ans, sert d'abord au commerce et à la religion. On note des mesures, des quantités, des sommes qu'il serait trop compliqué de garder en mémoire, et on chante les dieux ou les rois qui ont tendance à se confondre. Les signes sont gravés dans de l'argile ou sur la pierre. À la façon des idéogrammes des Chinois, l'écriture cunéiforme des Sumériens ou des Assyro-Babyloniens, ou les hiéroglyphes égyptiens traduisent d'abord des mots. Chaque individu, chaque objet, chaque nombre, chaque idée a son signe. C'est le mode d'écriture le plus simple et le plus évident. Le système se complique quand ce sont des syllabes, des unités phonétiques, qui se mettent, peu à peu, à être désignées par des signes. Il devient d'une complexité et d'une abstraction incroyables avec le système qui nous est le plus familier : l'alphabet.

À la différence des hiéroglyphes ou des idéogrammes, chaque signe de l'alphabet n'a aucun sens en lui-même. C'est la seule combinaison des lettres de l'alphabet qui permet à chaque mot écrit d'atteindre à une signification. L'alphabet, qui naît, comme chacun sait, chez les Phéniciens, qui l'inventent sans doute, qui le propagent en tout cas un peu plus de mille ans avant le Christ, constitue un système d'une telle abstraction qu'on s'étonne de voir les enfants de six ans le manier aujourd'hui avec tant de facilité. S'ils sont capables d'apprendre l'alphabet, sans même parler des chiffres et du maniement du zéro, c'est qu'ils sont capables d'apprendre n'importe quoi.

On remarquera que c'est le système le plus abstrait, et apparemment le plus difficile, qui se révèle à l'usage le plus souple et le plus aisé. La pratique, au premier abord si simple, des idéogrammes chinois se heurte très vite à une limite que le système alphabétique, comme le système numérique décimal, ne connaît pas : le nombre indéfini des signes. L'avantage des caractères chinois, c'est qu'ils seraient capables de mener sans peine, en théorie, à une écriture universelle : chaque peuple pourrait prononcer les signes dans sa propre langue et tous les peuples pourraient lire la même écriture. Mais la rigidité du système et l'écueil du nombre immense des signes, dont la connaissance exhaustive ne peut être que réservée à une élite de mandarins, font pencher la balance en faveur de l'alphabet qui, comme le système décimal, n'a besoin que d'un registre très restreint de signes pour exprimer une infinité d'objets et d'idées – ou de nombres.

Parler. Écrire. Le langage est une invention de génie – et pourtant étroitement limitée à un secteur insignifiant du tout. À l'échelle des grands espaces et de la longue durée que nous avons vus défiler, l'apparition du langage sur la minuscule planète Terre est à peine un incident. Une éruption passagère. Un frémissement de la pensée qui, réservée elle aussi à la seule Terre, défie et transforme l'univers. Cet incident suffit à bouleverser le tout plus qu'aucun événement pendant des milliers de millénaires. On voit ce qui semble s'être passé : tout au long de milliards d'années, aucun fragment de l'univers ne paraît privilégié. Et puis, soudain, déjà dans une certaine mesure avec l'apparition de la vie, mais bien plus encore avec l'apparition de l'homme et de sa pensée traduite par le langage et l'écriture, la Terre, l'unique Terre, ridiculement petite, difficile à dénicher dans l'immensité de l'univers, semble l'emporter, à elle seule, sur le reste de la Création et, pour ainsi dire, aspirer à elle pour le comprendre et l'expliquer tout le tout tout entier.

On conçoit que les hommes, grisés par leur pensée, se soient imaginé que la Terre était le centre de l'univers. Nous savons aujourd'hui qu'elle navigue dans une banlieue lointaine et obscure du tout. La conviction que la pensée de l'homme est capable de s'approprier la totalité de l'univers et de régner sur lui ne nous a pourtant pas quittés. Illusion ? Peut-être. Mais que la pensée et sa petite famille, le langage, l'écriture, et tout ce qui en découlera dans les siècles à venir, suffisent à justifier.

PARLER (suite et fin)

Le langage a envahi la Terre. On dirait qu'une seconde atmosphère double la première d'une pellicule invisible et enveloppe notre planète : toutes les paroles qui ont été proférées en quelques centaines de milliers d'années, toutes les idées qui ont été émises et qui flottent autour de nous. Elles ne nous hantent pas seulement en un sens mythique ou mystique. Elles acquièrent une réalité : les milliards de mots conservés dans l'argile, sur le marbre, sur les papyrus, sur le cuir, sur le papier, sur des disques, dans les ordinateurs. Ils font de nous ce que nous sommes et ils nous écrasent.

Cinq mille ans d'écriture. Presque rien. Moins que rien au regard de ce que nous savons de l'histoire du tout. D'autant moins que le livre prend son essor avec l'imprimerie il y a à peine cinq cents ans. Mais cinq siècles lui suffisent pour investir le monde. Et pour le transformer. Le christianisme et l'islam ne seraient pas ce qu'ils sont sans la Bible et le Coran. Tout un pan de l'histoire n'aurait jamais vu le jour sans le *Discours de la méthode* ou *Le Capital* de Karl Marx. Les sciences et les techniques ne se seraient jamais développées sans l'écriture et le livre qui les transmettent et les constituent. Les hommes seraient autre chose que les hommes sans Eschyle et Platon, sans Dante, sans Spinoza.

La parole submerge le monde. Sortie de son silence, la Terre est une parole infinie. Sous forme de langage. Sous forme d'écriture. Sous forme d'images sur les murs ou sur les écrans de cinéma, de la télévision ou des ordinateurs. La vie se parle. La mort se parle. La santé, le pouvoir, l'amour, l'argent, le commerce et l'industrie, la guerre, les loisirs, la religion se parlent. À travers le langage et l'écriture, le tout est devenu une sorte d'immense parlerie qui ne s'arrête jamais.

La littérature a été le symbole et le triomphe de cet envahissement du tout par la pensée et le langage. Elle a claqué comme un drapeau. Elle a tourné la tête des jeunes gens. Elle a nourri toutes les révoltes et tous les conformismes. Elle a charrié pêle-mêle petitesses et grandeur, des torrents de stupidités et les voiles noires du génie. Elle s'est confondue tour à tour avec toutes les passions et toutes les espérances. Elle a entraîné le monde derrière elle. Elle est entraînée à son tour dans le flot sans cesse grossissant des paroles peu à peu dégradées et tombées au rang de messages. Elle a été, pendant quelques siècles, la voix même de la pensée et de l'homme. On ne l'entend plus guère dans le vacarme toujours croissant de l'écrit et de l'image. Les livres sont devenus trop nombreux pour prétendre encore au rôle qu'ils ont longtemps joué.

Les hommes ont toujours aimé qu'on leur raconte des histoires. On leur a raconté la guerre de Troie dans l'*Iliade* et les voyages d'Ulysse dans l'*Odyssée*, et l'origine du monde dans la Bible, et les chasses de Nemrod, et la quête de Gilgamesh, et les combats sans fin du *Mahâbhârata* et de la *Bhagavad-Gîtâ* et les préceptes des *Vedânta*, et les exploits de Siegfried dans le *Nibelungenlied*. Aussi loin que nous puissions remonter dans leur histoire obscure, ils racontent les aventures des déesses et des dieux avant de raconter celles des hommes.

Plus tôt encore, devant le feu ou au cours des longs voyages qui leur faisaient traverser, pour des motifs inconnus – la faim, peut-être, ou le froid, ou la chaleur, ou des rivalités entre les chefs, ou la curiosité ? –, les continents et les mers, des récits enchantés berçaient leurs rêves et leurs souffrances. Après tant de siècles et de millénaires de paroles, ils ne cesseront jamais de raconter des histoires. Mais il commence à devenir douteux qu'ils s'obstinent très longtemps à rédiger des livres.

Ils parleront, bien sûr. Avec des images. Avec des chiffres. Sur des cassettes. Sur des écrans. Un jour ou l'autre, ils changeront de support pour fixer leurs idées et les mots pour les dire. Alors, les livres deviendront quelque chose d'étrange et de mort comme des objets de musée.

Avant de périr étouffés sous leur propre poids de plus en plus écrasant et de plus en plus inutile, les livres auront été la vie même. Ils auront recueilli des paroles choisies entre toutes pour leur sens et leur son, pour leur force, pour leur beauté. Ils auront constitué le savoir, ils auront assuré le pouvoir sur ce monde, ils auront transporté, par le seul chant de leurs mots lus avec ravissement et répétés en silence par les lèvres des jeunes gens, des millions et des millions, des milliards de lecteurs. Les livres auront donné, pendant quelques millénaires, l'image de la dignité et de la puissance de l'homme. Et, plus peut-être que rien au monde, à l'exception de l'amour, plus que l'argent, plus que le pouvoir, plus que les paysages les plus magnifiques et les plaisirs les plus rares, ils auront fait son bonheur.

Les sciences, les techniques, le droit, la médecine, l'art de la guerre et des sièges, ou celui des jardins, l'architecture, la peinture, la sculpture, la religion, la poésie, l'amour de la vie et de la beauté auront été portés à bout de bras par les livres. Homère et Virgile, les tragiques grecs, Lucrèce ou Sénèque,

Horace, Properce, Tibulle, Martial, saint Augustin ou saint Thomas d'Aquin, Dante, Rabelais, Shakespeare et Cervantès qui meurent l'un et l'autre le 23 avril 1616 dans deux calendriers différents, l'un le mardi 23 avril 1616 dans l'ancien calendrier julien, l'autre le samedi 23 avril 1616 dans le nouveau calendrier grégorien, Ronsard et la Pléiade, Montaigne, Pascal, Descartes, Corneille et Racine et Boileau et La Fontaine et Molière et La Bruyère et La Rochefoucauld et Bossuet et Fénelon et Voltaire et Rousseau et Goethe et Byron et Chateaubriand, et tous ceux qui descendent de lui et lui doivent presque tout, et Stendhal et Flaubert et Proust et Aragon forgent, plus et mieux que personne, l'image à jamais immortelle et la statue fragile de la seule créature qui ait jamais pensé le tout.

σὺν ῞ολῃ τῃ ψυχῃ ἐις την ᾽αλήθειαν ᾽ιτέον

ou :

Ibant obscuri sola sub nocte per umbram.

ou :

Life is a tale told by an idiot, full of
sound and fury, signifying nothing.

ou :

Je t'aimais inconstant, qu'aurais-je fait fidèle ?

ou :

Vaghe stelle dell'Orsa, io non credea...

ou :

Unsterbliche heben verlorene Kinder
Mit feurigen Armen zum Himmel empor.

ou :

Soy de la raza mora, vieja amiga del sol,
Tengo el alma de nardo del Árabe español.

Ces paroles de feu sont un trésor pour toujours. La parole, fille des hommes, a engendré les hommes.

LE SOUVENIR

Le premier personnage, après Dieu, du grand roman du tout, nous commençons à le connaître, même si ses ressorts nous échappent : c'est le temps. Il coule inlassablement. C'est un bâtisseur acharné à abattre ce qu'il a édifié. Tel Çiva dans le brahmanisme, il construit le monde et le détruit : ce qui fait le monde le défait. Il s'échappe. Il disparaît. Et reparaît encore, sous un autre visage, identique à lui-même.

Ce que le temps détruit est détruit à jamais – mais n'est pas détruit tout à fait. Il en reste une trace infime, passagère et tenace, une sorte d'écho, une empreinte, que nous appelons le souvenir. Où est le souvenir de ce qui a disparu ? Dans les livres, dans les paroles, dans la mémoire des hommes. Le passé existe encore quelque part : il existe dans la pensée. Et il n'existe que dans la pensée.

Aussi longtemps que la pensée n'avait pas apparu dans le tout, le passé ne cessait jamais de tomber dans le néant. Le temps est une machine à fabriquer du passé et ce passé n'a pas d'autre lieu que la pensée des hommes. Ce qui fait qu'à leur façon, presque comme Dieu, les hommes recréent le monde en le pensant – mais sans pouvoir le changer et seulement au passé. Le monde au présent existe en dehors des hommes. Le passé du monde n'existe que dans la tête et dans l'âme des hommes.

Chacun d'entre nous jouit d'un pouvoir fabuleux : se souvenir de ce qui n'est plus. Nous pouvons nous rappeler les morts, les années écoulées, les amours évanouies, l'histoire des empires et des peuples, et le passé du tout. Si l'homme n'était pas là, il n'y aurait plus personne pour se souvenir de ce qui a été et qui n'est plus. C'est en nous et en nous seuls – en Dieu aussi, peut-être, mais nous n'en savons rien – que survit le passé.

Cette conjonction du temps et de la pensée que nous appelons le souvenir donne aussitôt à l'homme sa dimension métaphysique. Personne ne contestera que la pensée naît d'une combinaison d'éléments matériels à l'intérieur du cerveau : des neurones, des connexions, des synapses, des manifestations nerveuses, des phénomènes physiques et chimiques. Mais que ces combinaisons puissent faire surgir sous forme de souvenir des événements ou des êtres évanouis et emportés par le temps, il y a de quoi s'émerveiller devant quelque chose qui se situe un peu au-delà des lois du monde matériel.

Le souvenir est dans la pensée. Sans pensée, pas de souvenir. Mais sans souvenir, pas de pensée. Nous sommes capables de faire surgir le passé du néant où il est tombé parce que nous pensons et nous pensons parce que nous sommes capables de nous rappeler le passé. La mécanique de la cause et de l'effet, le déterminisme, la loi exigent un passé pour imposer le présent. Le passé est ce qui interdit au présent de battre la campagne. Il le soutient, il l'oriente, il le commande, il le tient en lisière, il lui laisse juste assez de jeu pour que la liberté puisse s'y glisser.

Pour que le présent se développe avec efficacité et harmonie, il faut que la place du passé soit mesurée au trébuchet le plus délicat : ni trop ni trop peu. L'amnésie rend le monde invivable pour celui qui en souffre. Mais, autant que son atrophie, l'hypertrophie du passé est un danger mortel. Dans un de ses contes merveilleux où le tout se déploie en quelques lignes, Borges raconte l'histoire d'un homme pour qui le passé ne cesse jamais d'être présent tout entier. Funes *el memorioso* ne se souvient pas seulement d'un été délicieux, d'un jour passé à la campagne, de l'arbre sous lequel il s'était assoupi : il revoit chaque branche de l'arbre, et chaque feuille de chaque branche, et les nervures de chaque feuille. Il meurt écrasé par le poids du passé.

Le passé n'est pas fait pour vivre. Il est fait pour mourir et pour être oublié. Laissez les morts enterrer les morts. Le passé n'est pas fait pour se substituer au présent : il est fait pour disparaître dans quelque chose que nous ignorons et que nous appelons le néant. Et pour briller comme une veilleuse dans la nuit de l'esprit. Les morts, les pauvres morts, restent vivants en nous tant que nous pensons à eux.

Comme l'action dans le présent, comme le projet dans l'avenir, le souvenir du passé est source de beaucoup de bonheur. Et de mélancolie. Il est tout imprégné de cette tristesse déchirante et peut-être assez douce qui est la marque en nous de ce qui fut et qui n'est plus. Retourner sur les lieux de la jeunesse et de l'amour évanouis est un des exercices obligés de la littérature :

Il chercha le jardin, la maison isolée,
La grille d'où l'œil plonge en une oblique allée,
        Les vergers en talus.
Pâle, il marchait. – Au bruit de son pas grave et sombre,
Il voyait à chaque arbre, hélas ! se dresser l'ombre
        Des jours qui ne sont plus.

ou :

Hé quoi ! n'en pourrons-nous fixer au moins la trace ?
Quoi ! passés pour jamais ? quoi ! tout entiers perdus ?
Ce temps qui les donna, ce temps qui les efface
ne vous les rendra plus ?

Éternité, néant, passé, sombres abîmes,
Que faites-vous des jours que vous engloutissez ?
Parlez : nous rendrez-vous ces extases sublimes
Que vous nous ravissez ?

ou :

La foudre maintenant peut tomber sur ma tête,
Jamais ce souvenir ne peut m'être arraché.
Comme le matelot brisé par la tempête,
Je m'y tiens attaché.

Je me dis seulement : À cette heure, en ce lieu,
Un jour, je fus aimé, j'aimais, elle était belle.
J'enfouis ce trésor dans mon âme immortelle,
Et je l'emporte à Dieu.

ou :

Souvenir, souvenir, que me veux-tu ? L'automne...

Le souvenir nous désespère, nous amuse, nous crucifie, nous enchante. Il est à nous, et à nous seuls. Nous sommes capables d'agir sur le présent, mais il nous est extérieur. Nous ne pouvons rien sur le passé, mais il nous appartient. Ce qui est à nous, et seulement à nous, c'est ce qui n'est plus. Tomber dans le passé et dans l'absence n'est rien d'autre que tomber dans la pensée. Les hommes sont les maîtres sans pouvoir de tout ce qui a cessé d'être. Pantelants, déchus, dans les larmes et l'impuissance, nous sommes les dieux de l'évanouissement, de la chute implacable dans le néant, du souvenir et du passé.

LA LIBERTÉ

Dans le système implacable de la nécessité, le passé commande l'avenir et il commande le présent. Mais la pensée de l'homme introduit, à la limite exacte entre le passé et l'avenir, là précisément où se situe le présent, quelque chose d'inouï que nous appelons la liberté. Nous pouvons à chaque instant, ou nous avons le sentiment que nous pouvons à chaque instant, inventer du nouveau et changer la marche du tout et notre destin dans le tout. Changer le cours, sinon du temps, qui s'avance sans s'arrêter, du moins des choses qui sont dans le temps. Nous pouvons dire non. Nous pouvons refuser. Nous pouvons tourner à droite ou à gauche au lieu d'aller tout droit. Il arrive à quelques-uns d'entre nous d'édifier des empires ou de les renverser, de dessiner sur les murs des images d'animaux ou des figures d'êtres humains, d'inventer des histoires pour le plaisir, et parfois le bonheur, de ceux qui les écoutent, de partir au loin sur les mers. Chacun d'entre nous peut choisir, à ses risques et périls, qui admirer et qui aimer. Et, dans une certaine mesure, ce qu'il veut faire de sa vie. La liberté est quelque chose de si extraordinairement stupéfiant que des philosophes ont pu soutenir que l'homme n'était que liberté.

La liberté est toujours devant nous. À peine passe-t-elle

derrière nous qu'elle se change en nécessité. Il n'y a plus dans le passé la moindre trace de liberté : tout s'y enchaîne sans la moindre faille, selon le jeu rigoureux de la cause et de l'effet. Tout y est bloqué pour l'éternité. On peut encore, nous l'avons vu, modifier le passé, mais on ne peut le modifier que dans le présent. Un traître, un menteur, un criminel, un lâche sont libres de donner un autre sens à leur passé : ils ne peuvent le changer que dans le présent. Le passé est ce qu'il est. Personne, et pas même Dieu, ne peut plus rien y faire. Le royaume de la liberté est toujours rejeté vers l'avenir. L'avenir est le fruit d'une lutte qui ne s'arrête jamais entre le passé qui le dicte et la volonté qui l'écrit, et parfois l'infléchit.

Là encore, l'arrivée de l'homme a bouleversé l'ordre des choses. Jusqu'à l'homme, l'avenir est prisonnier du passé. Le passé impose l'avenir. Entre le passé et l'avenir, rien ne vient se glisser. Seule règne la loi, immuable et glacée. L'homme s'élève contre la loi. Le mal, bien entendu, joue un rôle décisif dans le triomphe de la liberté. Avant même Prométhée qui vole le feu du ciel, le premier esprit libre s'appelle Lucifer ou Satan. La liberté est le propre de l'homme parce que l'homme est un esprit capable de dire non et de se révolter contre l'histoire et la réalité. Parce qu'il a envie d'une pomme qui lui est interdite, parce qu'il aime une femme qu'il n'a pas le droit d'aimer, parce qu'il veut l'emporter sur ceux qui lui ressemblent, parce qu'il aspire à autre chose que ce qu'il a déjà, parce qu'il est brûlé de désir, d'orgueil, de curiosité, d'ambition, l'homme veut changer ce qui est.

Le plus intéressant est que la liberté elle-même obéit à la loi. Comment n'y obéirait-elle pas puisque tout lui obéit ? Dès que la liberté est tombée dans le passé, elle devient la loi elle-même et elle se confond avec la nécessité. Inutile de penser à un tout où Judas n'aurait pas livré Jésus, où Napoléon aurait gagné la bataille de Waterloo, où Roméo et Juliette fileraient l'amour parfait dans les jardins de Vérone. Les choses sont ce qu'elles sont.

Et pourtant Judas aurait pu, comme saint Pierre tenté lui aussi par la faiblesse et le reniement, se reprendre au dernier moment, au moment où son passé était encore un avenir, sauver le fils de Dieu et de l'homme, devenir une haute figure morale et empêcher le christianisme, fondé tout entier sur le sacrifice de Jésus et sa crucifixion, de régner sur le monde. Si Blücher..., si Grouchy..., si Berthier avait été là au lieu de se rallier aux Bourbons et de tomber bêtement – de lui-même ? ou un peu poussé ? – de son balcon à Bamberg..., si Soult, qui le remplace dans ses fonctions de major général, c'est-à-dire de chef d'état-major, avait envoyé six ou sept estafettes au lieu des deux ou trois qui se sont fait tuer..., si la santé de Napoléon et la douleur de son ulcère..., si..., si..., si..., Waterloo aurait pu entraîner la défaite des Alliés, maintenir l'Empereur sur son trône, bouleverser le destin du roi de Rome, empêcher les Rothschild d'édifier leur fortune et le duc de Wellington de promener sa gloire dans les quadrilles comme un piège à femmes obligatoire. Et peut-être Roméo et Juliette, au lieu de s'épuiser, pour la seule gloire de Shakespeare, en tirades inutiles et sublimes, auraient-ils pu fuir à temps vers Florence ou Venise et faire ensemble de gros bébés qui auraient plongé leurs parents dans l'oubli et changé la face du monde ? La loi aussi serait passée par là et aurait tout recouvert de son manteau de rigueur et de nécessité.

C'est que la nécessité de l'histoire n'est faite que de liberté et que toute liberté se résout en nécessité. La loi n'est la loi qu'installée dans le passé. Elle n'est la loi qu'après coup. Il y a beaucoup de lois possibles à l'intérieur de la loi. La liberté consiste à choisir une loi contre l'autre. Elle nie la loi. Mais elle la recrée.

LA LIBERTÉ (suite)

On dirait qu'il y a deux mondes : le monde de la nécessité et le monde de la liberté. De même que le cruel Zénon, avec sa flèche qui vole et qui ne vole pas, ou avec la tortue qu'Achille ne rattrapera jamais, opposait les deux mondes radicalement inconciliables de la continuité et de la discontinuité, de même qu'il y avait, avec Newton, une lumière toute faite de corpuscules et, avec Huygens, une autre lumière qui n'était faite que d'ondes, il est permis de soutenir que l'homme n'est que liberté ou que sa liberté n'est qu'illusion.

Chacun de nous peut montrer qu'il est libre. Vous pouvez ouvrir ou fermer la fenêtre, vous pouvez cesser de me lire ou poursuivre votre lecture. Vous pouvez aller un peu plus loin que ces banalités. Vous pouvez monter dans un train et jeter par la portière sans autre motif que de prouver votre liberté la personne qui est assise dans le compartiment numéro 10 ou numéro 11, au choix. Vous pouvez renoncer, parce que vous êtes libre, à l'être que vous aimez et qui vous aime. Vous pouvez pousser votre liberté jusqu'aux limites extrêmes de toute liberté dans ce bas monde qui est le nôtre et où nous nous débattons de notre mieux : vous pouvez choisir de mettre fin, par amour de la liberté, à tout exercice de la liberté – et vous tuer.

Les limites de notre liberté apparemment sans limites sont en fin de compte assez étroites. La première limite, c'est que nous faisons partie du tout et que nous sommes au monde. Personne ne peut rien y changer. Nous aurons beau nous tirer un coup de pistolet en pleine tête ou nous pendre aux poutres de la grange, nous aurons surgi dans le tout, nous aurons été un homme parmi les hommes. La deuxième limite est notre passé. Nos parents, notre hérédité, le lieu où nous sommes nés, l'époque où se déroule notre vie, le monde autour de nous, tout cela décide de ce que nous sommes et constitue notre loi. La troisième limite, c'est nous-mêmes : notre corps, notre santé, notre volonté, notre tempérament et nos capacités. Notre attitude en face du tout. Notre courage et notre talent. Il y a des hommes qui se servent de la liberté dont ils disposent. Et d'autres – qui ne leur sont pas nécessairement inférieurs et qui rattrapent par leur charme ou leur humour ce qu'ils perdent en activité – qui laissent les choses se faire sans eux. Car à côté du noble art de faire faire les choses par les autres, il y a celui, non moins noble, de les laisser se faire toutes seules. Sauf circonstances extrêmes où un devoir impérieux s'impose à nous, personne, après tout, n'est obligé de faire usage de cette sacrée liberté, de découvrir des continents, de conquérir des royaumes, de produire des chefs-d'œuvre, d'inventer du nouveau : il est aussi permis de compter sur la chance et de faire amitié avec la nécessité ou la fatalité.

À l'intérieur de toutes ces limites, la liberté joue sur les marges. C'est un art de la frange. C'est la technique du coup de pouce. C'est le jeu du chat et de la souris entre le Goliath du tout et le David de la pensée, si souple, si habile, mais souvent enivrée par sa propre puissance, entre la masse du passé en train de façonner le présent et la révolte de la volonté. La liberté consiste à détourner la loi de sa route d'apparence vers des chemins de traverse, qui deviendront, à leur tour, la voie royale de la loi. La liberté fait de l'homme une sorte de Dieu subalterne et au rabais, un Dieu de seconde main dans un monde déjà usé. Rien de surprenant à ce qu'elle lui monte à la tête et le rende fou d'un orgueil qui ne peut le mener qu'à sa perte. Car sous les paillettes d'une liberté qui arrange les choses autrement, qui défait et refait les plis de la robe du tout, qui secoue les miettes de la table et dérange coiffures et cravates, la loi reste toujours la loi.

LA LIBERTÉ (suite et fin)

Deux temps de verbe sont éminemment métaphysiques : le futur antérieur et le conditionnel passé. Le présent est pratique ; l'imparfait, descriptif avec une nuance de mélancolie : c'est le temps de Flaubert ; le passé simple, cher à Stendhal, est conquérant et allègre ; l'impératif, militaire et très bref. Le subjonctif est un mode d'une remarquable subtilité psychologique et littéraire : ce n'est pas un mode métaphysique. Le futur antérieur, au contraire, qui se jette dans un avenir lointain pour contempler le présent ou l'avenir proche sous les espèces du passé, est métaphysique par excellence : ce n'est rien d'autre que le tout vu de la fin des temps.

Le conditionnel passé aussi est en droit de se présenter comme un temps métaphysique, teinté parfois de soulagement et de satisfaction, le plus souvent de nostalgie. C'est le temps du destin qui se retourne sur lui-même : si je m'étais conduit autrement avec elle, Béatrice ne m'aurait pas quitté. Il est remarquable que le conditionnel passé soit souvent employé, et ressassé, dans les chagrins d'amour, dans les spéculations financières qui n'ont pas réussi, dans les grandes catastrophes nationales ou après les malheurs de la guerre ou les accidents de chasse, de montagne ou de la circulation. C'est le temps du regret et de la mise en question : si j'avais été autre que je ne suis, si j'avais fait autre chose que ce que j'ai fait, le monde n'aurait pas été ce qu'il est.

Naissent ainsi, dans l'irréel, depuis la naissance de l'homme, des milliards d'univers qui n'ont jamais existé. L'homme, quand il arrive, introduit le doute sur la nécessité de l'histoire et se met à rêver sur ce qui aurait pu être et qui n'a pas été : impossible de ne pas penser à ce qui aurait pu arriver si Brutus et Cassius avaient renoncé un beau matin, à la veille des ides de mars, à assassiner Jules César, si Pompée l'avait emporté sur César à Pharsale ou si Marc Antoine et Cléopâtre avaient été vainqueurs d'Octave à Actium, si le fils du maître de poste de Sainte-Menehould, qui n'avait jamais vu Louis XVI, ne l'avait pas reconnu d'après son effigie sur les pièces de monnaie et ne l'avait pas fait arrêter à Varennes. L'irrévocable nécessité de l'histoire n'est faite que de hasards qui auraient pu ne pas se produire. Le tout est un jardin aux sentiers innombrables et rêvés dont un petit nombre seulement passent dans la réalité.

La réalité, pourtant, n'est rien d'autre que ce qu'elle est. Comme la marche de l'histoire elle-même, dont nous imaginons avec naïveté qu'elle est l'œuvre des seuls hommes et de leur volonté, la liberté n'est peut-être, après tout, qu'une formidable illusion. Un jeu truqué d'avance. Un miroir aux alouettes. Comment savoir ? D'un côté, le monde de la nécessité rigoureuse ; de l'autre, le monde de la liberté. D'un côté, l'histoire accomplie ; de l'autre côté, les rêves d'une histoire différente. D'un côté, ce qui est et ce qui a été ; de l'autre côté, ce qui aurait pu être. En faveur de la nécessité, le fait, brutal, qu'elle est là, et qu'elle règne. En faveur de la liberté, le sentiment, irrépressible mais vain, qu'autre chose aurait pu être là, et autre chose, régner.

Vous souvenez-vous du temps ? Il était facile de montrer que le présent n'existait pas – mais tout se passe toujours dans le présent : l'homme est enfermé dans une réalité qui, non contente de bouger sans cesse et de ne bouger jamais, a pour principale caractéristique de ne pas exister. De la même façon, impossible de ne pas constater, dès qu'on regarde en arrière, que le tout est régi par la plus implacable nécessité – mais il suffit de regarder en avant pour que chacun de nous sente et sache qu'il est libre de ne pas s'y plier. La seule conclusion à tirer du mystère de la liberté est la même que celle qui s'impose dans le mystère du temps : inséparable d'un tout dont il est le jouet et pourtant le maître, dont il est l'effet et pourtant la cause, l'homme est un paradoxe au sein d'un paradoxe et une énigme dans une énigme. Il est, de part en part, et ne m'en veuillez pas trop de cette révélation qui n'en est vraiment pas une, un être métaphysique.

ATTENDRE ET ESPÉRER

Si nous n'avions pas la certitude, ou l'illusion, d'être libres, si nous n'avions pas, en tout cas, le sentiment d'être libres, que ferions-nous ? Rien du tout. L'homme est libre pour qu'il agisse. Pour qu'il soit Alexandre ou Diogène, Diderot ou Marie Curie. Ou encore, cas plus fréquent, M. Homais, M. Pipelet, M. Prudhomme ou Mme Verdurin. Nous ne vivons pas dans le passé. Nous vivons à peine dans le présent. Nous vivons dans l'attente et dans l'espérance de l'avenir. Quand il n'y a plus d'avenir et qu'il n'y a plus d'espérance, c'est que la mort est déjà là.

Nous vivons dans l'avenir parce que nous vivons. Toute vie est comme aimantée, comme attirée par l'avenir. Le passé nous soutient et nous tient en lisière, mais l'avenir nous aspire. Nous ne sommes que souvenir et nous ne sommes que projet.

Le tout n'a jamais été qu'une immense espérance. Le big bang espère la Terre, et le Soleil, et la Lune. La Terre attend et espère la vie. La vie attend et espère l'homme. L'homme, qui sort du tout, de la Terre, de la vie, attend tout de la vie, de la Terre et du tout. Peut-être est-il permis de soutenir, je ne sais pas, que l'éternité attendait et espérait le temps ? Le temps attend l'éternité.

L'espérance est la plus grande et la plus belle des vertus,

plus grande que la foi qui soulève les montagnes, aussi grande que la charité qui donne son sens au tout, parce que c'est elle qui nous rattache à la vie. Elle est la traduction métaphysique et morale de la force qui habite et anime tous les êtres : le désir. Il y a un désir de l'homme de se maintenir dans l'existence et de persévérer dans l'être. Quand ce désir disparaît, et il lui arrive de disparaître, le malheur fond sur nous. Tant qu'il est là, en revanche, nous attendons tout de demain. En dépit des chagrins, des souffrances, des leçons du passé, de la lassitude d'une histoire toujours neuve et toujours semblable à elle-même, nous nous jetons dans l'avenir avec avidité. C'est ce qu'on appelle l'espérance.

La mélancolie suscitée par un présent qui s'effondre sans cesse dans le passé est rachetée par l'impatience et par l'allégresse à voir enfin l'avenir se changer en présent. En dépit de l'angoisse des débuts dans la vie et de leurs soudains désespoirs, cette allégresse, cette impatience sont vraies surtout de la jeunesse qui est le sel de la terre : elle attend tout du monde. Implacable et si beau, le monde n'est fait que de matins et il n'est fait que d'enfants.

La jeunesse, l'impatience, le désir, l'espérance donnent son éclat au tout. Il y a une tristesse déchirante et de la beauté dans les soirs. Il n'y a rien, en vérité, qui ne soit beau dans le tout. Les araignées, les vipères, les méduses, la trahison, le mensonge, l'injustice et le crime ont aussi leur beauté. Lucifer était beau. Et la mort est très belle. Mais rien n'est plus beau que le désir de vie et l'espérance des enfants à qui nous passons un relais qu'ils repasseront à leur tour à ceux qui leur succéderont.

Il y a dans l'espérance comme un reflet de l'éternité. Un reflet ironique. Mais un reflet tout de même. Si l'avenir n'était pas espérance, le monde serait un enfer. Et il s'arrêterait. Mais, cruel, injuste, souvent désespéré, presque toujours déçu, le monde, en dépit de tout, est d'abord espérance. Et il continue.

IMAGINER

Nous ne sommes pas seulement dans le présent. Nous ne sommes pas seulement dans le passé par le souvenir, dans l'avenir par le projet. Nous pouvons encore être ailleurs. Nous sommes capables d'imaginer ce qui n'existe pas, ce qui n'a jamais existé, ce qui n'existera jamais. L'imagination est un pouvoir merveilleux qui semble lui aussi, à la façon de la pensée ou de la liberté, nous égaler à Dieu. Pas tout à fait cependant – on n'en sera pas surpris : nous ne pouvons rien imaginer qui n'appartienne au tout. Nous n'avons pas d'autre droit que de réorganiser autrement ce qui est déjà donné dans l'espace et le temps. Nous n'inventons jamais rien. Nous disposons autrement des fragments de la Création.

Telle qu'elle est, mesquine, misérable, tout juste capable de mettre des ailes au lion, des canines de narval à des chevaux ou à des gazelles pour en faire des licornes, et des queues de poisson à des bustes de femme pour les changer en sirènes, l'imagination est un rêve exorbitant. Montaigne en parle avec subtilité. Pascal l'oppose à la raison et la condamne sans recours parce qu'elle ne fait pas la différence entre la vérité et le mensonge : « maîtresse d'erreur et de fausseté ». On la traite de folle du logis. Les révolutionnaires de tous les temps veulent la mettre au pouvoir. Elle anime les menteurs, les mythomanes, les inventeurs, les prophètes, les romanciers, les poètes. Platon exile les poètes de sa république idéale parce qu'ils sont des menteurs. L'imagination est aussi ambiguë que la pensée et le langage. Elle mène à la ruine et elle mène à la gloire.

« Si tu t'imagines, fillette, fillette, si tu t'imagines... » J'ai vaguement imaginé, avant de commencer cette brève histoire du tout, ce qu'elle pourrait donner quand elle serait achevée. Elle était bien plus réussie que ce qu'elle est devenue. Rien n'est plus charmant que les châteaux de l'imagination. Il ne leur manque que l'essentiel : d'exister. La jument de Roland était plus belle que toutes les autres, elle avait toutes les qualités qu'on peut prêter à un cheval – sauf une seule : l'existence. Leibniz assurait, sous les sarcasmes de Voltaire, que le monde où nous vivons est le meilleur de tous les mondes possibles. Et il n'avait pas tort pour la raison la plus simple : c'est que le monde où nous vivons est le seul qui existe. C'est le seul à être réel et à ne pas être imaginaire.

Rêveuse, utopique, insensée et absurde, l'imagination est une formidable pourvoyeuse de réel. Romanciers et poètes font profession de passeurs du pays de l'imaginaire au pays du réel. Beaucoup de poèmes célèbres ont été rêvés avant même d'être écrits et Mme Bovary, ou Gavroche, ou Matamore, ou Fabrice del Dongo sont plus réels que la réalité. Les savants aussi, chimistes, physiciens et astrophysiciens, biologistes, préhistoriens, et même mathématiciens, associent l'exercice de l'imagination à l'exercice de la raison : ils imaginent leurs solutions avant de les trouver et de les démontrer. La fameuse planète de Le Verrier a été découverte par l'imagination mêlée à la raison avant d'être découverte, sous le nom de Neptune, par le télescope de Johann Gottfried Galle à l'endroit exact où elle devait se trouver. La physique théorique et la mathématique sont une forme d'imagination que la réalité vient confirmer après coup. Les hypothèses d'Einstein sur l'univers, qui relèvent d'une imagination sans cesse soumise à la raison, ont été vérifiées par des expériences et par des expéditions dont les observations croisées et très concrètes ont assuré, sous les acclamations des savants, le triomphe de la théorie dite, plutôt à tort, de la relativité.

L'imagination se situe quelque part entre la raison, le souvenir, la poésie et la passion. Elle rêve à ce qu'elle ne sait pas, à ce qu'elle ne sait pas encore, à ce qu'elle ne saura jamais, à ce que personne ne peut savoir. C'est une linotte, une fleur des champs. Elle est charmante et gaie. Elle peut être très cruelle. Vous imaginez, au loin, ce que peut bien faire, en ce moment même, la personne que vous aimez. Elle se promène, elle rentre chez elle, elle sort, elle a pensé à vous, elle vous oublie, elle se demande obscurément si elle n'aime pas quelqu'un d'autre. L'imagination court les rues et la poste. Elle n'a pas le moindre bon sens et il ne lui est pas interdit de montrer le chemin à la vérité. C'est ce qui fait son charme, et son danger. Elle trompe et elle séduit. L'art du roman, qui consiste à inventer avec des souvenirs, l'illustre avec éclat – mais moins souvent, hélas, que ne le croient les auteurs et que ne le croient les lecteurs.

L'imagination des escrocs n'a d'égale que l'imagination de leurs victimes. Un nommé Vrain-Lucas entreprit un beau jour, il faut bien vivre, de rédiger en vieux français des lettres autographes de Thalès, d'Archimède, de Pythagore, d'Alexandre le Grand à son « très amé » Aristote, une lettre de Lazare annonçant à sa sœur Marthe qu'il était ressuscité, une lettre de « Cléopâtre royne à son très amé Jules César impereur » pour lui donner des nouvelles de leur fils Césarion en route pour le soleil de la Provence et de la Côte d'Azur. Il proposa ces pièces uniques à un membre de l'Institut doté d'une imagination aussi vive que la sienne et qui s'appelait Michel Chasles. L'Immortel lut les lettres à ses confrères de l'Académie des sciences et l'imagination galopa jusqu'à ce que la sécheresse sans pitié de la raison scientifique transformât le triomphe en catastrophe : le parchemin des lettres de l'époque d'Alexandre, de César et de Tibère avait été fabriqué, à la fin du XIXe siècle, dans une petite ville française dont le nom familier apparaissait en filigrane.

C'est un grand malheur pour un romancier, pour un amoureux, pour un général, pour un savant de manquer d'imagination. C'est un grand malheur aussi d'en avoir un peu trop. « Vous ne manquez pas d'imagination » : le plus beau des éloges. Et une condamnation.

CROIRE

Passer de l'imagination à la foi, c'est grimper vingt étages et sauter d'un monde à un autre. Personne ne réduira les illuminations et les splendeurs de la foi aux songes et aux jeux de l'imagination. Parce qu'elle franchit avec audace les limites de l'espace et du temps et celles de notre tout, la foi n'en est pas moins parente de l'imagination. « La foi, écrit saint Thomas d'Aquin en une formule superbe, est la forme de mon espérance. » Elle est aussi une forme, la plus haute, la plus belle, de l'imagination. Le projet de Pascal, ennemi s'il en est de l'imagination, est de fonder la loi sur une raison à la fois exaltée et traînée dans la boue. Malgré tout son génie, Pascal ne convaincra jamais que ceux qui sont déjà convaincus. De très loin supérieure aux délires de la folle du logis, la foi appartient au même registre que l'imagination et elle entretient avec la raison des relations difficiles et ambiguës : elle ne s'oppose pas à elle, mais elle ne s'y soumet pas non plus. C'est aux yeux de la foi surtout que le tout est un roman.

Le propre de la raison, et de la vérité qui est sa fin, est d'entraîner l'adhésion de tous les esprits sans exception. Personne ne peut refuser le théorème de Pythagore, la géométrie d'Euclide, la deuxième loi de la thermodynamique, dite principe de Carnot, les équations de Newton ou d'Einstein. Personne ne peut prétendre que les lois de la gravitation et de l'attraction n'existent pas, que la somme des angles d'un triangle euclidien est plus grande ou plus petite que deux droits, que le carré de l'hypoténuse n'est pas égal à la somme des carrés des deux autres côtés. Aucun des systèmes établis par la science ne représente sans doute une vérité définitive, puisque la vérité est hors de la portée des hommes : il y a des géométries non euclidiennes et Einstein dément Newton comme Newton démentait Ptolémée. Mais chacun, à son époque et dans les limites de son domaine, possède une force contraignante qui est la marque de la raison et de ce que nous appelons la vérité scientifique.

La vérité des religions est autrement sublime que les vérités scientifiques. Mais il est toujours permis de la refuser. Personne ne peut imposer, sauf par la force, la croyance à Brahmâ, à Jéhovah, à Zeus, à Zoroastre, à Mithra, à Bouddha, à Jésus, à Mahomet. La religion a beau être la forme la plus haute de la pensée des hommes, elle ne relève pas exclusivement de la raison. Elle se sert de la raison, elle collabore avec elle. Elle relève d'autre chose qui est plus proche du rêve et de l'imagination, de l'inspiration peut-être, ou de la grâce, ou de la mystique, que de la science et de la raison.

Il n'y a pas, dans le grand roman du tout et de l'homme, de manifestation plus exigeante et plus sublime que la foi. Il n'y en a pas de plus humble ni de plus orgueilleuse. La foi se moque du savoir, de la science, de la raison, en un sens de la vérité telle que nous la connaissons. Elle vise plus loin et plus haut que le tout et ses lois. Elle suppose, avec audace, qu'il y a autre chose que le tout.

CROIRE (suite)

La science progresse. Elle avance. Elle cerne de plus en plus près la vérité qu'elle poursuit. Mais, par un mécanisme universel et proprement diabolique, on dirait que la vérité recule à mesure que la science avance. La science fournit inlassablement des réponses. Mais plus il y a de réponses, plus il y a de questions. On dirait que chaque réponse suscite plus de problèmes qu'elle n'en résout. La citadelle de ce qu'on ne sait pas n'est pas vraiment menacée par les progrès incessants et retentissants de ce qu'on sait. Il y a une belle formule dans une lettre d'Albert Einstein à propos de Louis de Broglie : « Il a soulevé un coin du grand voile. » La science ne fait jamais beaucoup plus que soulever un coin du grand voile. C'est la tâche la plus haute que les hommes puissent se proposer. Mais la ruse du grand voile est de compter un nombre presque infini de coins.

Les hommes aspirent à autre chose qu'à soulever tour à tour tous les coins du grand voile. D'autant plus que personne, jamais, ne retirera d'un seul coup, sous les applaudissements de l'assistance frappée de stupeur, le grand voile qui couvre le tout. À bon droit peut-être, ou peut-être à tort, les hommes aspirent à autre chose qu'à une science et une raison qui repoussent toujours un peu plus loin la vérité qu'elles poursuivent. Ils veulent une vérité qui soit la vérité.

La raison est la forme la plus puissante de la pensée. Il n'est pas tout à fait sûr que chacun d'entre nous, au moment de quitter le grand roman du tout et de s'en aller vers d'autres rivages dont personne ne sait rien, ou vers pas de rivages du tout, consacre ses dernières pensées aux splendeurs de la raison. Il me semble que l'amour, la justice, le grand mystère du tout, une autre forme de vérité nous occuperont davantage. La géométrie, la mathématique, la mécanique des fluides, les fascinations de l'astrophysique, les découvertes de la préhistoire, si riches et si excitantes, nous seront, avouons-le, assez indifférentes. Presque aussi indifférentes que la Bourse ou les jardins ou les courses de chevaux ou l'archéologie sous-marine ou l'édition ou les beaux-arts qui nous auront tant occupés du temps de notre vie. Ce que nous voudrons savoir, c'est autre chose. C'est une autre vérité.

Avec superbe, avec génie, la foi nous propose cette vérité. Et une explication du tout et de notre propre existence. Toutes les religions prennent appui, pour se développer, sur deux mystères également insolubles que nous avons déjà côtoyés : le mystère du début et le mystère de la fin. Le mystère des origines et le mystère de la mort. Toutes reprennent l'essentiel des chapitres de notre brève histoire du tout : d'où venons-nous ? où allons-nous ? Elles s'engouffrent avec autorité dans les failles de l'univers, dans les trous de notre savoir. Elle les comblent par un réseau serré, aussi cohérent que possible, d'une subtilité souvent admirable, d'arguments et d'images qui constituent un système capable de répondre aux interrogations sur le début du tout et sur notre destin à chacun. Révélant d'où nous venons et où nous allons, elles nous livrent en même temps des préceptes et des injonctions sur ce que nous devons faire tout au long de notre vie pour être fidèles à la Création et à ses vœux cachés et pour mériter un sort heureux au-delà de notre mort. Toute religion est une mythologie, toute religion est une métaphysique, toute religion est une morale.

De l'Olympe au jardin d'Éden, des houris à saint Georges terrassant le dragon, de l'éléphant Ganesha ou du mont Sumeru à la procession des sephiroth ou à la hiérarchie des archanges et des anges, la mythologie religieuse est un jardin familier où chacun se promène avec fraîcheur et confiance parmi ses fleurs favorites. Les jardins des autres nous paraissent absurdes et ridicules. Dans le meilleur des cas : arbitraires. Mais l'évidence de la disposition des parterres dans notre propre jardin, nous ne la contestons guère. On se fait tuer pour saint Georges qui n'a jamais existé, on tue les autres au nom d'une sourate qui est tombée du ciel dans les mains du Prophète. La force de l'imagination est telle que la mythologie est acceptée en bloc. On l'enseigne aux enfants. On l'impose à la société. On brûle, on passe au fil de l'épée, on noie, on pend, on empale, on massacre ceux qui la mettent en doute. C'est que la mythologie est le plus puissant et le plus résistant des ciments de la société. Une communauté est faite d'abord par le sang, par la langue et par la religion.

La mythologie est l'écume de la religion. C'est la partie la plus visible de la doctrine, celle qui entraîne l'adhésion du grand nombre, enchanté par les miracles, par les cérémonies, par les chants, par les pèlerinages, et de la foule poussée souvent à toutes les extrémités de l'hystérie collective. Dans chaque religion, il y a aussi des esprits, souvent distingués, parfois dignes d'admiration, pour s'attacher à la métaphysique et pour la dégager de la mythologie. Ce serait une erreur de s'imaginer que ces grands esprits se rencontrent et qu'au-delà des mythologies, évidemment très variées, les métaphysiques de toutes les religions tendent à se confondre : tout ce qui monte ne converge pas. Elles proposent du tout et de notre propre destin des images très diverses.

Tout l'effort des trois religions du Livre – le judaïsme, le christianisme et l'islam, si proches les unes des autres malgré leurs différences – tend à imposer la conviction d'une vie après la mort. Il y a un Dieu créateur et juge des actions des hommes qui nous attend après notre mort pour nous récompenser de nos vertus et nous punir de nos mauvaises actions. Le bouddhisme, qui ne comporte pas de Dieu universel et qui n'est pas une religion au sens strict du mot, mais une très haute sagesse avec mythologie, métaphysique et morale, accepte bien l'idée d'une vie après la mort, mais à contrecœur et avec beaucoup de regret. Et d'ailleurs dans ce monde-ci. L'idéal du bouddhisme est l'anéantissement de l'âme, son extinction – *nirvâna.* Cet anéantissement que promet à chacun d'entre nous l'athéisme scientifique et militant, le bouddhisme y aspire avec ferveur. Mais cet anéantissement tant espéré n'est pas accordé à tout un chacun. Il est rejeté au terme d'une longue série de réincarnations imposées par le bilan, plus ou moins satisfaisant, des vies antérieures des âmes qui sont moins nombreuses que les individus et qui émigrent de corps en corps. Chacun est responsable, non seulement de sa propre vie, mais de ses vies antérieures qui commandent sa condition présente. Ce n'est qu'au terme d'une longue ascèse poursuivie de génération en génération que l'âme, enfin parvenue à la sagesse et à la sainteté, peut espérer s'éteindre. Ainsi, le sort de poussière et de néant que le scientisme réserve à chaque homme comme une nécessité à laquelle personne ne peut échapper est considéré par le bouddhisme comme le fruit tardif et toujours incertain d'une longue ascension spirituelle, étalée sur des générations successives où se mêlent crapauds, banquiers, esprits, clochards, militaires, libellules ou marins.

Dans le christianisme, comme dans le judaïsme ou dans l'islam, où la considération de l'individu l'emporte sur la succession collective et où il y a autant d'âmes que de personnes humaines, chacun n'est responsable que de ce qu'il a fait lui-même et chacun paraît, après sa mort, devant son Créateur qui le juge sur ses actes. Non sur son savoir, son intelligence, son charme, sa gaieté, sa force, son plaisir de vivre. Mais sur sa foi, sur ses actes, et d'abord sur sa charité.

Au grand jour du Seigneur, sera-ce un sûr refuge
D'avoir connu de tout et la cause et l'effet
Et d'avoir tout compris suffira-t-il au juge
Qui ne regardera que ce qu'on aura fait ?

La métaphysique chrétienne est inséparable de la morale sur laquelle elle débouche. Elle la fonde. Elle la justifie. Et l'amour les domine l'une et l'autre. Vous vivrez, après la mort, une vie de bonheur éternel si vous avez aimé Dieu par-dessus tout et votre prochain comme vous-même.

CROIRE (suite)

Ce qui se passe après la mort, les religions l'enseignent, mais personne ne le sait. Peut-être rien. Il n'y a peut-être rien derrière ces portes d'angoisse et de mystère qui sont le but de toute vie et que chacun franchit à son tour. C'est ce que soutiennent le scientisme et le matérialisme pour qui Dieu n'est qu'une imposture et pour qui il n'y a rien après la mort puisque tout homme n'est qu'une machine périssable, vouée à la destruction au même titre qu'une rose, merveille de la nature, ou qu'un chimpanzé dont personne n'imagine qu'un autre monde l'attend.

La raison, pourtant, ne dit rien de pareil. Elle se contente d'explorer avec un succès toujours croissant ce qu'il y a dans l'espace et le temps. C'est son triomphe et sa limite. Elle est hors d'état de soutenir, comme le voudraient Pascal, saint Thomas d'Aquin, saint Augustin et tant de théologiens juifs, catholiques, protestants, orthodoxes ou musulmans, qu'il y a un Dieu quelque part et une vie éternelle au-delà de l'espace et du temps. Elle ne prétend pas non plus le contraire : sur tout ce qui touche au Tout au-delà de notre tout, le savoir ne sait pas.

Un autre génie universel, un de ceux qui ont changé, comme Moïse, comme Mahomet, comme Newton, comme

Einstein, le monde où nous vivons, Emmanuel Kant, dont nous avons déjà parlé, voulait limiter le savoir pour faire place à la foi. Il reconnaissait que la science, si puissante, si souveraine, était tout à fait incapable de légiférer au-delà du tout – et même sur le tout, son origine et son statut.

Les hommes ont besoin de certitudes comme ils ont besoin d'air ou de pain : ils imaginent et ils croient. Le seul choix du verbe *croire* pour exprimer ce qui se rattache à la foi religieuse est très éloquent. Les fidèles croient. Ils ne savent pas. C'est la science qui sait. Et là où elle n'atteint pas et où son domaine s'arrête, il faut se contenter de croire.

Croire est évidemment, en un sens, inférieur à savoir. Dans les affaires, dans la politique, dans la mécanique, dans la vie quotidienne et sociale, mieux vaut savoir que croire. Si vous croyez que votre train est à huit heures moins le quart, il est à craindre que vous ne le manquiez. À tous ceux qui passent des examens ou des concours, on ne demande pas de croire, mais de savoir. La date de la bataille d'Andrinople, les productions de la Sicile, les propriétés du triangle rectangle ou de l'azote ne relèvent pas de la croyance ni de l'opinion, mais du savoir. Il y a du flou dans toute opinion et dans toute croyance. Le savoir est positif. Ce qu'on croit est incertain. Ce qu'on sait mérite seul le nom de vérité. La croyance est un savoir partiel, hésitant, de seconde main, sans fondement. Le savoir est une croyance qui ne souffre pas désaccord, et à peine discussion.

Personne pourtant, et pas même Galilée, surtout pas Galilée, n'est prêt à mourir pour son savoir. Innombrables sont ceux qui mourraient pour leurs croyances, et qui, en fait, sont morts pour elles. La foi, dans son absurdité, est plus forte et plus haute que la science. Ce qu'on croit engage plus que ce qu'on sait. Rien n'est plus beau que la vérité qui relève du savoir, si ce n'est la foi qui ne relève que de la croyance. Le tout a ses paradoxes et la raison ne prévaut pas contre eux.

CROIRE (suite et fin)

La science est universelle. Malgré Jdanov et l'Inquisition, dont les noms ne brillent que dans l'histoire de l'infamie, la chimie, la biologie, l'astrophysique, la préhistoire ne varient pas d'après les peuples, les classes sociales, les systèmes politiques et économiques ou la latitude. La foi ne relève que de la conscience de chacun. Une brève histoire du tout peut être écrite n'importe où, n'importe quand et par n'importe qui tant qu'il s'agit de ce qu'on sait dans une culture donnée et à une époque donnée. À notre époque, les cultures ne forment plus qu'une seule culture et, sauf erreurs ou omissions, innombrables sans doute, sauf insuffisance intellectuelle de l'auteur et lacunes de son savoir, ce qui a été dit ici du big bang, du langage, du souvenir peut être dit et accepté, sous réserve de discussion ou de nouvelles théories qui détruiraient les anciennes, par tous les esprits de ce temps. Dès qu'on arrive à la foi et à la religion, le paysage change d'un seul coup. Parce qu'on quitte le domaine du savoir pour celui de la croyance. L'auteur doit dire qui il est, d'où il parle, ce qu'il croit et chacun peut refuser d'accepter ce qu'il dit.

L'auteur croit que le christianisme est fondamentalement différent de toutes les autres religions. Parce que c'est une religion de l'inversion des valeurs. Le Christ ne triomphe pas.

Ou s'il triomphe, c'est dans l'échec. Il n'est pas porté sur un pavois. Il est livré aux bourreaux. Le Christ n'est pas un vainqueur : c'est un crucifié. Le Christ est sans doute Dieu, mais c'est d'abord un homme. Le coup de génie, si l'on ose dire, car toute foi est au-delà du génie, le coup de génie du christianisme est dans l'Incarnation qui fait un homme de Dieu. Ou peut-être un Dieu de l'homme. Le fils de Dieu est aussi le fils de l'homme.

Toutes les religions qui ont duré, même celles qui n'ont pas de Dieu unique, n'ont pas trop de peine à mettre l'amour de l'être et du tout tel qu'elles le conçoivent au centre de l'univers. Beaucoup d'entre elles, et même le christianisme, ont procédé à de grands massacres au nom de ce principe : les religions n'aiment rien tant que de sauver les hommes malgré eux. Le propre du christianisme est que Dieu s'est fait homme et qu'il faut aimer Dieu à travers les autres hommes. Il y a une seule valeur au cœur du christianisme : c'est l'amour. Tu aimeras Dieu par-dessus tout et ton prochain comme toi-même.

Aimer Dieu, qui n'est pas là, et qui n'est jamais là, est d'une facilité déconcertante. On l'aime, on lui parle, il ne vous répond pas, il fait ce qu'il veut et on s'incline devant ses décrets. Accepter le tout, contre quoi personne ne peut rien, n'est pas plus difficile. L'*Amor fati* des Anciens vaut le *Fiat voluntas tua* de la prière dominicale. Tout est bien. On prend son plaisir comme on peut, on accroît son pouvoir et sa fortune, dans le meilleur des cas sa dignité, on jouit de chaque journée qui passe et du bonheur qu'elle apporte, et on supporte le reste. Épicuriens et stoïciens ont illustré deux sagesses qui n'en font souvent qu'une et qui ont entraîné derrière elles quelques-uns des esprits les plus forts et les plus charmants de tous les temps, quelques-uns de ceux dont on aimerait le mieux suivre l'exemple et les leçons. Jésus enseigne autre chose et qui est moins facile : qu'il faut tout quitter pour marcher dans ses pas et pour aimer en lui tous les hommes, et d'abord les plus pauvres et les plus démunis. Aimer les hommes, qui sont tous là, si nombreux, avec leurs tics, leurs mauvaises manières, leurs sales gueules et leurs idées imbéciles et souvent honteuses, est autrement difficile qu'aimer Dieu que nous imaginons volontiers à notre propre image, en mieux, et qui passe son temps à être toujours ailleurs.

Que le christianisme soit à la source du socialisme moderne, c'est l'évidence. Fourier, Owen, Proudhon, Marx, Jaurès sont les fondateurs d'un socialisme auquel ont contribué les économistes anglais, les révolutionnaires français et les philosophes allemands. Mais l'idée que les hommes ont à aimer les hommes et qu'ils sont égaux dans cet amour est une idée chrétienne. La fameuse solidarité socialiste n'est que la version laïque de l'amour chrétien. Les valeurs sont communes, même si elles sont inversées.

Aux yeux des chrétiens, le communisme, qui a tué beaucoup d'hommes au nom de l'amour des hommes, est un christianisme devenu fou. Aux yeux des communistes, le christianisme est une doctrine obscurantiste et réactionnaire qui s'obstine à croire à un Dieu et à une âme qui n'ont pas de réalité. Du coup, les chrétiens, qui étaient déjà, par définition, ou qui auraient dû être, les adversaires de toutes les doctrines de domination et de violence, sont devenus, par excellence, les adversaires des communistes qui avaient adopté et retourné leurs principes. Car il y a une dialectique du christianisme comme il y a une dialectique du marxisme. Les chrétiens ont le devoir d'être du côté des victimes et de les défendre contre les bourreaux, mais victimes et bourreaux ont une fâcheuse propension à échanger sans cesse leurs rôles : les victimes n'ont rien de plus pressé que de se changer en bourreaux, et les bourreaux en victimes. L'histoire du marxisme stalinien qui renverse le tsarisme pour tendre à l'imiter et qui détruit une tyrannie arrogante pour instaurer une tyrannie sournoise, plus dure et plus cruelle que la tyrannie arrogante, se résume peut-être dans cette sanglante inversion.

Il est douteux que l'Église catholique, qui est la plus ancienne, avec le judaïsme dont elle sort, de toutes les institutions de ce monde, puisse enfreindre indéfiniment la loi de l'usure et du délabrement des constructions des hommes. Qu'elle ait duré deux mille ans est déjà si stupéfiant qu'il n'est pas interdit à ses fidèles de voir l'action de l'Esprit-Saint dans cette continuité qui touche à la permanence. Mais, même si elle disparaissait, ce qui n'est pas impossible, le cœur du christianisme ne disparaîtra pas. Inventés par le christianisme, qui met fin d'un seul coup, au prix de la mort de Dieu, à la domination exclusive et millénaire des empereurs et des rois, des puissants et des riches, et qui constitue ainsi la révolution la plus décisive, et peut-être la seule durable, et la plus imitée, de l'histoire de l'humanité, l'amour des hommes pour les hommes et la pitié pour leurs souffrances n'en finiront jamais de renaître de leurs cendres.

QU'EST-CE QUE SEXE A ?

L'homme est un corps muni d'un sexe et il se fait une idée de Dieu. Qu'est-ce qui tourmente les hommes ? Dieu tourmente les hommes. Et le sexe aussi tourmente les hommes. Et qu'est-ce qui les transporte ? Dieu, plus que tout. Et plus que tout, le sexe. Dieu est le cœur et l'origine du tout. Le sexe est le cœur et l'origine de la vie. Seuls le sexe et la vie sont capables d'occulter l'être et de faire oublier Dieu. Dès qu'elle se hausse au-dessus des récits de voyage et des pièces de circonstance, la littérature universelle ne parle de rien d'autre que du sexe et de Dieu.

Le sexe est invraisemblable. Non content d'avoir produit les hommes, ce qui est déjà peu croyable, et que nous ne croirions pas si nous n'y étions pas contraints par l'évidence et l'expérience, le tout a produit le sexe qui les sépare en homme et en femme. Et qui ne les sépare en homme et en femme que pour mieux les jeter l'un vers l'autre dans la sueur, l'oubli de tout, le bonheur fou et les affres.

La moitié des hommes sont des femmes et toutes les femmes sont des hommes. Mais les hommes ne sont pas des femmes et les femmes ne sont pas des hommes. Et entre les hommes et les femmes, et, pour compliquer encore un peu une situation déjà improbable et cruelle, entre les hommes et les hommes, et entre les femmes et les femmes, le sexe fait flamber quelque chose d'une violence invincible et que nous appelons le plaisir.

Il est inutile de parler ici du plaisir. Presque tout le monde le connaît – ou devrait le connaître – et tout le monde y aspire. On parle du plaisir aussi peu que possible : on essaie de l'éprouver. Le plaisir est moins élevé, moins rond, moins plein que le bonheur. Mais il est si aigu qu'il parvient à en tenir lieu. Ou, à tout le moins, à camoufler son absence.

Autant et plus que la guerre, que l'argent, que la lutte pour le pouvoir, que la curiosité, que l'élan vers l'inconnu ou vers la beauté, que la foi, que la folie, si puissante et si sombre, le sexe occupe les hommes. On peut tout supprimer de la vie et du monde : l'art, la science, la justice, la vérité, les machines et les livres – il est impossible de supprimer le sexe, parce qu'il est la vie même. Ignorer le sexe, c'est ignorer la vie et les hommes. Les hommes sont un sexe avant d'être une main, un cœur, un cerveau ou un ventre. Il ne faut pas leur demander de choisir entre faire la guerre, de l'argent, des maisons, des livres – ou l'amour : pour que le monde continue, mieux vaut faire des enfants que fortune ou envie, mieux vaut baiser que penser.

Le sexe, naturellement, est inséparable de la mort et du temps. Les hommes font l'amour parce qu'ils meurent et parce que le temps passe : s'il n'y avait pas de temps, il n'y aurait pas de sexe. Mais les hommes sont dans le temps. Et ils éprouvent un plaisir qui est logé à la fois dans le cerveau et dans le sexe – et peut-être aussi dans la peau qui est, chacun le sait, ce qu'il y a de plus profond chez l'homme – comme la pensée est logée dans le cerveau. Ils meurent, ils passent, et ils font des enfants pour que la vie continue. Le monde n'est fait que de morts et il n'est fait que d'enfants. Et il est fait d'enfants parce que le sexe est par excellence le désir même et un plaisir. Et un plaisir si fort qu'il peut s'arrêter sur soi-même et se passer d'enfants. Une des occupations les plus courantes des hommes, et des femmes aussi, est de faire semblant de faire des enfants.

Le sexe se confond avec la vie, avec le temps, avec le désir, avec le plaisir, avec la loi et son infraction, et avec le secret. Il se moque du bien et du mal et il les entraîne et les mêle dans le même vertige au-delà du tout. Devant sainte Thérèse figurée en extase par le Bernin dans l'église Sainte-Marie-de-la-Victoire à Rome, le président de Brosses s'écrie : « Si c'est là l'amour divin, je le connais. »

L'homme peut être expliqué par Dieu, par la nécessité, par l'histoire, par l'argent. Il peut aussi être expliqué tout entier par le sexe. La vieille chanson du sexe est partout dans le monde. Elle déborde largement l'étroit royaume des hommes. Partout où il y a de la vie, il y a un élan vers la durée et la reproduction ; dès qu'on s'élève un peu dans l'échelle de la vie, le sexe rôde et menace. La coexistence, chez l'homme, de la métaphysique, de la morale, de la liberté, de la révolte, de l'imagination et du sexe donne un mélange explosif. Nous nous demandions tout à l'heure pourquoi parler d'autre chose que du temps. Il est possible aussi, et peut-être légitime, de ne s'occuper que du sexe. Les hommes, d'ailleurs, ne font rien d'autre. Et les femmes non plus. Les uns et les autres s'intéressent au sexe avec une autre ardeur qu'au temps. Beaucoup répéteraient volontiers à l'adresse du sexe la formule qu'Alphonse Allais appliquait à une activité différente : « Si j'étais riche, je ne ferais que ça. »

La religion, la société, l'État se méfient du sexe parce qu'ils voient en lui, à juste titre, le seul rival à leur taille. La méfiance qu'il suscite, les interdictions qu'il déclenche, les obscénités et les ravages dont il est l'occasion, l'ombre où il se déploie accroissent encore son pouvoir. Le sexe est tout-puissant lorsqu'il est manifeste – et peut-être plus puissant encore lorsqu'il se cache aux autres et à lui-même et qu'il travaille par en dessous les esprits et les corps. Le sexe a ses héros, ses victimes, ses artistes, ses délinquants, son cinéma, ses listes noires, ses estampes et ses instruments, son index et son enfer. Il est capable de se changer en rêves, en crimes, en souffrance, en folie, en langage, en œuvres d'art, en calembours et en divan, en souvenir et en oubli, en esprit de conquête ou en odeur de sainteté. En argent, aussi. Et en exploitation. Spécialisée ou non, la littérature est toute pleine de ces métamorphoses. Il est même capable de se transformer en amour.

L'AMOUR (bis)

« L'amour, écrit Céline, c'est l'infini mis à la portée des caniches. » Et Valéry :

Baisers, baves d'amour, basses béatitudes...

L'amour est un miracle. Mais c'est un miracle quotidien. C'est le plus répandu, le plus universel, le moins singulier des prodiges. Vous parlez, vous vous promenez, vous regardez n'importe quoi, vous écoutez distraitement, vous buvez quelque chose, vous levez soudain les yeux : le mal est fait. Vous ne vous appartenez plus. Vous appartenez à quelqu'un d'autre.

L'étrange est que le plus banal des motifs de stupeur soit aussi le plus violent. Plus encore que l'argent, la gloire, la santé, le pouvoir, qui sont si chers aux hommes, l'amour suffit, à lui seul, à faire basculer une vie dans le bonheur ou dans le malheur. Seul l'amour donne un sens à notre passage dans le tout – et peut-être d'ailleurs au tout. Il n'est personne sous le soleil qui, à un moment ou à un autre, n'ait été au moins effleuré par l'aile ardente de l'ange. Corneille, Corneille lui-même, non pas le Racine de Phèdre, de Bérénice ou d'Hermione, compromis jusqu'au cou dans les délires de la passion, mais Corneille, Corneille le Romain, Corneille l'implacable, le poète de l'honneur, le maniaque de la grandeur et du pouvoir suprême, est contraint, à bout de forces, de reconnaître que la gloire n'inspire que pitié au regard de l'amour :

> Et le moindre moment de bonheur souhaité
> Vaut mieux qu'une si froide et vaine éternité.

Si l'on parlait moins de l'amour, en parlerait-on autant ? Je veux dire que chacun de nous, peut-être, s'occuperait moins de l'amour si tout le monde, autour de nous, ne s'obstinait, à chaque instant, dans les livres, dans les films, dans la conversation, dans les silences aussi, dans les préoccupations de chaque jour, à en faire le centre de tout. Et pourtant, quoi d'autre ? De quoi d'autre, je vous prie, avez-vous vraiment envie ? De maisons, de bijoux, de voitures, de pouvoir sur les autres, de vaine réputation, de rumeurs à faire pitié ? Qu'est-ce qui compte, dans une vie, sinon le peu d'amour qui vient soudain l'enflammer ?

Au moment de parler de l'amour, une espèce d'angoisse nous prend, que n'engendrent ni la pensée, ni le temps, ni le tout, ni même l'être, qui sont plus grands que l'amour, ou qui semblent plus grands que lui, mais qui finissent, j'imagine, par se confondre avec lui. L'amour n'est peut-être si puissant dans ce monde que parce qu'il est un autre nom de l'être et un autre nom du tout.

À condition de ne pas craindre le ridicule, il est permis, à la rigueur, de parler du temps après Bergson, après Kant, après saint Augustin dans le livre XI des *Confessions*, il est permis de parler de l'eau ou de l'air après Bachelard et quelques autres, de la loi, du secret, du cheval ou du langage dont beaucoup, avant nous, ont parlé mieux que nous. Mais parler de l'amour après Horace et Ronsard, après Racine et Goethe, après Stendhal et Proust, après Heine et Aragon !... Il n'est rien de si commun que de parler d'amour, il n'est rien de si rare que d'en parler comme il faut. L'envie nous vient soudain de nous taire et d'écouter les plus grands.

Aragon :

Oui, je n'ai pas honte de l'avouer, je ne pense à rien si ce n'est à l'amour.

ou :

Je suis plein du silence assourdissant d'aimer.

Stendhal :

L'amour a toujours été pour moi la plus grande affaire, ou plutôt la seule.

Chateaubriand :

L'amour ? Il est trompé, fugitif ou coupable.

Proust :

L'amour, c'est l'espace et le temps rendus sensibles au cœur.

ou :

J'appelle ici amour une torture réciproque.

Dante :

L'amor che muove il sole e l'altre stelle.

Apollinaire :

J'ai cueilli ce brin de bruyère
L'automne est morte souviens-t'en
Nous ne nous verrons plus sur terre
Odeur du temps brin de bruyère
Et souviens-toi que je t'attends

Saint Augustin :

Aime et fais ce que tu veux.

ou :

La mesure d'aimer Dieu, c'est Dieu même ; la mesure de cet amour, c'est de l'aimer sans mesure.

Goethe :

Von Suleika zu Suleika
Ist mein Kommen und mein Gehen.

ou :

Eh' es Allah nicht gefällt
Uns auf's neue zu vereinen,
Gibt mir Sonne, Mond und Welt
Nur Gelegenheit zu weinen.

Mallarmé :

Âme au si clair foyer tremblante de m'asseoir,
Pour revivre il suffit qu'à tes lèvres j'emprunte
Le souffle de mon nom murmuré tout un soir.

ou :

... Comme un casque guerrier d'impératrice enfant
Dont pour te figurer il tomberait des roses.

Auden :

If I were the Head of the Church or the State,
I'd powder my nose and just tell them to wait.
For love's more important and powerful than
Even a priest or a politician.

Tristan L'Hermite :

Veux-tu, par un doux privilège,
Me mettre au-dessus des humains ?
Fais-moi boire au creux de tes mains,
Si l'eau n'en dissout point la neige.

Vigny :

Que m'importe le jour ? que m'importe le monde ?
Je dirai qu'ils sont beaux quand tes yeux l'auront dit.

Quevedo :

Serán ceniza, mas tendrá sentido ;
Polvo serán, mas polvo enamorado.

Ronsard :

Je plante en ta faveur cet arbre de Cybèle,
Ce pin, où tes honneurs se liront tous les jours :
J'ai gravé sur le tronc nos noms et nos amours,
Qui croîtront à l'envi de l'écorce nouvelle.

ou :

Pour obsèques reçois mes larmes et mes pleurs,
Ce vase plein de lait, ce panier plein de fleurs,
Afin que, vif et mort, ton corps ne soit que roses.

Verlaine :

Sur votre jeune sein laissez rouler ma tête
Toute sonore encore de vos derniers baisers.
Laissez-la s'apaiser de la bonne tempête
Et que je dorme un peu puisque vous reposez.

Maynard :

Pour adoucir l'aigreur des peines que j'endure,
Je me plains aux rochers et demande conseil
À ces vieilles forêts dont l'épaisse verdure
Fait de si belles nuits en dépit du soleil.

L'âme pleine d'amour et de mélancolie,
Et couché sur des fleurs et sous des orangers,
J'ai montré ma blessure aux deux mers d'Italie
Et fait dire ton nom aux échos étrangers.

Si je voyais la fin de l'âge qui te reste,
Ma raison tomberait sous l'excès de mon deuil :
Je pleurerais sans cesse un malheur si funeste
Et ferais, jour et nuit, l'amour à ton cercueil.

Baudelaire :

Mère des souvenirs, maîtresse des maîtresses,
Ô toi, tous mes plaisirs ! ô toi, tous mes devoirs !
Tu te rappelleras la beauté des caresses,
La douceur du foyer et le charme des soirs.
Mère des souvenirs, maîtresse des maîtresses !

Les soirs illuminés par l'ardeur du charbon,
Et les soirs au balcon, voilés de vapeurs roses,
Que ton sein m'était doux ! Que ton cœur m'était bon !
Nous avons dit souvent d'impérissables choses
Les soirs illuminés par l'ardeur du charbon.

Que les soleils sont beaux dans les chaudes soirées !
Que l'espace est profond ! Que le cœur est puissant !
En me penchant vers toi, reine des adorées,
Je croyais respirer le parfum de ton sang.
Que les soleils sont beaux dans les chaudes soirées !

La nuit s'épaississait ainsi qu'une cloison,
Et mes yeux dans le noir devinaient tes prunelles,
Et je buvais ton souffle, ô douceur ! ô poison !
Et tes pieds s'endormaient dans mes mains fraternelles.
La nuit s'épaississait ainsi qu'une cloison.

Racine :

J'aimais, Seigneur, j'aimais : je voulais être aimée.

ou :

Pour jamais ! Ah ! Seigneur, songez-vous en vous-même
Combien ce mot cruel est affreux quand on aime ?
Dans un mois, dans un an, comment souffrirons-nous,
Seigneur, que tant de mers me séparent de vous,
Que le jour recommence et que le jour finisse
Sans que jamais Titus puisse voir Bérénice,
Sans que de tout le jour je puisse voir Titus ?
Mais quelle est mon erreur et que de soins perdus !
L'ingrat, de mon départ consolé par avance,
Daignera-t-il compter les jours de mon absence ?
Ces jours, si longs pour moi, lui paraîtront trop courts.

ou :

ŒNONE

Quel fruit tireront-ils de leurs vaines amours ?
Ils ne se verront plus.

PHÈDRE

Ils s'aimeront toujours.

L'AMOUR (suite)

L'amour est partout. L'amour est tout. Il est le moteur de ce tout dont vous lisez l'histoire. Il en est la cause et le lien et le cœur et le but. Le même mot d'amour sert à Dieu et à ses créatures. Aux pères, aux mères, aux enfants, aux frères et sœurs, aux amants. Dans des sens bien différents – et pourtant toujours dans le même : la brûlure, la passion, le bonheur fou et la souffrance sans fin. L'autre mis, de très loin, au-dessus de nous-même. La destruction enchantée de celui qui aime par celui qui est aimé. Et la fusion de l'un dans l'autre. Aimer, c'est s'abîmer dans l'amour. Plus encore que dans son amour pour une autre créature, l'homme s'anéantit dans son amour pour le Dieu qui l'a créé. Et Dieu lui-même se sacrifie dans son amour pour les hommes. Dieu devient un homme parce qu'il aime les hommes plus que tout, et d'abord plus que lui-même. Et c'est dans l'amour et seulement dans l'amour que le fils de l'homme peut se confondre avec le fils de Dieu.

Deux paradoxes de l'amour sautent aussitôt aux yeux. Le premier : l'amour est à la fois ce qu'il y a de plus individuel, de plus intérieur, de plus intime, de plus secret, à la limite de plus égoïste – qu'est-ce qu'on aime mieux que d'aimer ? – et il est ce qu'il y a de plus généreux et de plus universel ; l'amour règne partout au plus creux de chacun, l'amour enfouit le tout dans le cœur même des hommes. Le second : l'amour est si fort qu'il se détruit lui-même. Ce qu'il y a de plus profond en chacun d'entre nous, et même en Dieu, c'est le désir de se changer en un autre : qu'il soit humain ou divin, le rêve de tout amour est de mourir pour ce qu'il aime.

L'AMOUR (suite)

Par un autre paradoxe – car tout est paradoxe dans l'amour, comme tout est paradoxe dans le temps, dans la pensée et dans l'être –, l'amour est un absolu qui surgit du hasard. L'infini naît du fini. L'essentiel s'enracine dans l'accidentel. Le miracle sort du quotidien. On est prêt à mourir et on vit pour quelqu'un qu'on aurait pu et dû ne jamais rencontrer. Mais on le rencontre et tout se passe comme si les deux moitiés d'un même être coupé en deux par un mauvais démiurge avaient fini par se retrouver.

Vous tombez sur l'absolu dans un couloir de métro. Dans une épicerie de campagne. Sur une route de Syrie, du Jura, du Bengale, du Minas Gerais ou du Manitoba. Dans un bistrot, chez un copain, sur une piste de ski, dans une bibliothèque publique où vous êtes allé emprunter *L'Éducation sentimentale* ou *Le Vicomte de Bragelonne.* Il vous devient vite impossible d'aimer qui que ce soit d'autre, mais il vous aurait été très possible de prendre l'autobus au lieu de prendre le métro et d'aller chercher la veille ou le lendemain le livre dont vous aviez envie. L'aléatoire et l'insignifiant se changent en nécessité, et le hasard en destin. C'est au coin de la rue, comme une tuile, sans crier gare et sans faire ouf, que l'infini vous tombe dessus. L'infini, pour les hommes, a des allures de fini. L'absolu, dans l'espace et le temps, et bonjour à l'oncle Albert, est toujours relatif. La nécessité est frappée de hasard.

L'AMOUR (suite)

Rien de grand, écrit Hegel avec une ombre de platitude rachetée par le génie, ne se fait sans passion. La passion est ce que l'homme a de plus intime. Et c'est elle, pourtant, qui le jette hors de lui avec le plus de brutalité. Ce qui fait bouger les hommes, ce qui les fait agir et essayer de changer le monde, ce n'est pas la pensée, la raison, le doute, le sentiment : c'est la passion.

Les passions sont des mouvements irrésistibles de l'amour qui engagent jusqu'au corps et qui, de l'art et de l'histoire jusqu'à la navigation ou à l'argent qui enrichit le monde et qui le ruine, naissent des causes les plus diverses. La foi est une passion ; l'amour de la patrie est une passion ; l'avarice est une passion ; la haine est une passion ; l'ambition est une passion à laquelle l'ambitieux est capable de sacrifier tout le reste ; les champignons, les timbres-poste, l'opéra, l'aviation, le rugby, la peinture, le jeu, les jardins et presque n'importe quoi peut déclencher des passions. Aucune n'est aussi répandue ni aussi violente que l'amour d'une créature pour une autre créature. Au point que le mot passion tout court désigne par excellence la passion amoureuse comme le désir tout court désigne le désir sexuel.

Toutes les amours, grâce à Dieu, ne sont pas des passions.

Laissez-nous respirer. Promenons-nous dans les champs, asseyons-nous un instant aux terrasses des cafés. Les Précieuses avaient dressé une Carte du Tendre qui recensait les différents chemins capables de mener à l'amour : l'amitié, l'estime, la reconnaissance, l'inclination... Il y a des amours aussi calmes que les étangs de forêt un soir d'été sans air. Il n'est pas tout à fait exclu qu'elles rendent aussi heureux et qu'elles durent plus longtemps que les tempêtes de la passion. L'ennui est qu'à force de bonheur elles ignorent le malheur. Les hommes ont besoin de malheur. Ils le réclament. Ils le recherchent. Ils l'inventent s'il le faut. Tout homme poursuit son bonheur et le malheur, bien souvent, fait partie de son bonheur. La grandeur de la passion qui renverse tout sur son passage, c'est qu'elle tourne le dos au bonheur. Elle exalte celui qu'elle frappe, elle l'enivre, elle le rend fou et, à notre demande instante, pour mieux nous plaire, sur nos ordres les plus exprès, elle nous détruit.

L'AMOUR (suite)

Dans le système mis en place moitié par la nature de la passion et moitié par son exploitation dans une littérature qui tourne presque tout entière autour d'elle, l'amour heureux est moins fort, moins intéressant, moins romanesque en un mot, que les malheurs de l'amour. Ce qui plaît aux hommes par-dessus tout, ce sont les tribulations dont l'*Odyssée*, *Les Mille et Une Nuits*, *Les Trois Mousquetaires*, *La Traviata*, *Un amour de Swann*, *Tendre est la nuit*, *Le soleil se lève aussi* ou le *Genji-monogatari* fournissent, une fois pour toutes, les intrigues et le modèle. Grâce à quelques génies semés ici ou là à travers les langues et les continents, l'amour, ses ravissements et surtout ses désastres finissent par se confondre avec la littérature sous ses formes les plus diverses : poésie, roman, théâtre ou opéra, chroniques fleuves ou *haïkaï*, nouvelles brèves ou épopées. À défaut de souffrir soi-même, on regarde souffrir les autres. Pour celui qui écoute ou qui lit comme pour celui qui écrit, la recette est toujours la même : il s'agit de revivre, dans le calme du souvenir et de l'imagination, les tempêtes de la passion, de ses exaltations, de ses souffrances indicibles – et qui finissent pourtant par être dites.

« *Suave mari magno*... » Il est doux de voir les autres se

débattre dans la tempête : la formule de Lucrèce est la clé de toute littérature romanesque ou dramatique. Une tragédie, c'est une reine qui nous plaît parce qu'elle a des malheurs. Qu'il finisse bien, qu'il finisse mal – et plus souvent mal que bien –, un roman est d'abord une passion dévorante sur le modèle de Roméo et Juliette ou de Tristan et Iseult : « Non ce n'était pas du vin, c'était la passion, c'était l'âpre joie et la tristesse sans fin et la mort. »

Le paradigme du roman n'est pas la poursuite, plutôt comique, d'une personne qui n'aime pas par une personne qui aime la personne qui n'aime pas. Le paradigme de toute littérature romanesque, c'est une passion partagée, et pourtant impossible et d'avance condamnée. Selon une formule célèbre, l'amour en Occident, et sans doute ailleurs et partout, dans ce monde et dans l'autre, est réciproque et traversé. Même entre Dieu et les hommes, on dirait que l'amour a besoin, pour briller et brûler, de se heurter au monde, à la séparation, au mal, en une longue agonie qui est en même temps un salut.

C'est que la passion malheureuse est comme un résumé ponctuel et dramatique de cette histoire du tout à laquelle, vous et moi, nous nous sommes attachés. L'univers entier est comme détruit par la passion et il y disparaît. Tout converge en un seul point, porté à l'incandescence et d'un poids écrasant, à la façon du big bang. Tout est neuf, tout est sensible. Le monde se réduit à la douleur et il s'effondre en elle. L'espace et le temps se confondent avec un amour aux dimensions du tout. On voit bien pourquoi les médiocres auteurs de romans inutiles se cramponnent à la passion comme les avares à leur trésor. Ils sentent obscurément que la clé du tout est là, à portée de la main : le tout n'est qu'une passion infinie. Mais le Graal n'est pas donné à tout le monde. Sans même parler de la pureté qui manque à un héros aussi irréprochable que Lancelot du Lac, il faut, pour prétendre y atteindre, un courage à toute épreuve, un travail sans répit, une obstination de chaque instant, un anéantissement dans l'œuvre qui n'est pas le fait de chacun. À défaut du génie qui présente l'avantage de tout régler d'un seul coup, les mystères de la passion, avant de se livrer au magicien qui les supplie à genoux, veulent voir briller dans sa main une baguette faite d'un bois plus rare et plus précieux que le palissandre ou l'acajou et qu'on appelle le talent.

L'AMOUR (suite)

L'histoire d'une institution qui remonte à la nuit des temps, qui concerne tous les hommes, ou presque tous les hommes, y compris bien sûr les femmes, qui constitue le miroir le plus sûr de la société où elle se développe, qui a été attaquée et défendue avec ardeur et en vérité avec passion, et qui a encore, n'en doutons pas, de beaux jours devant elle, le mariage, ne se confond pas avec l'histoire de l'amour, mais elle la recoupe et l'illustre. Des milliers et des milliers de romans, de poèmes, de pièces de théâtre, de films, de manuels et d'essais, plus illisibles les uns que les autres, ont été écrits sur les rapports entre l'amour et le mariage. Et, malgré l'ennui d'un genre qui se répète sans pitié, le plus étrange est qu'ils semblent avoir eu du succès. C'est que la soif des hommes, et surtout des femmes, est pratiquement inextinguible pour ce miracle quotidien de l'amour qui leur est, à la fois, étranger et si proche, et dont chacun s'imagine, bien à tort, qu'il est capable de parler.

Entre le mariage et l'amour, toutes les combinaisons sont possibles et toutes ont été explorées avec plus ou moins de bonheur : l'amour qui précède le mariage, le mariage qui précède l'amour, le mariage qui tue l'amour ou qui, au contraire, le fait naître, l'amour qui demeure jusqu'au bout étranger au mariage qui se transforme alors en enfer, l'amour qui dure autant que le mariage, et souvent au-delà.

Sous une forme ou sous une autre, de *Madame de Clèves* à *Adolphe* et de *Phèdre* à *Madame Bovary*, pour ne citer que des chefs-d'œuvre aux bords desquels viennent se noyer tous ceux qui essaient, mais en vain, de les suivre au large et de les imiter, l'adultère vient donner, si l'on ose dire, un coup de collier au mariage, qui est une chaîne si lourde, écrit un humoriste, qu'il faut pour la porter être deux, souvent trois, parfois quatre, ou même plus. L'amour trompé et coupable constitue, pendant plusieurs siècles, le ressort romanesque le plus sûr et le plus constant, le plus génial parfois, souvent le plus médiocre et le plus lassant, presque toujours le plus inutile. Peut-être n'y aurait-il plus de roman depuis un siècle ou deux s'il n'y avait pas d'adultère. Sans doute n'y aurait-il plus de roman s'il n'y avait plus d'amour. À l'exception d'une avant-garde, ou d'une arrière-garde, qui lutte désespérément contre la prolifération cancéreuse des coups de théâtre de la passion et contre le déferlement du sirop sentimental, la littérature tout entière se confond avec un amour qui devient ce qu'il y a de plus bas après avoir été si longtemps ce qu'il y avait de plus beau.

Pour renouveler le sujet et tirer de la passion tout ce qu'on peut en tirer à la façon d'un citron qu'on n'en finirait pas de presser, les obstacles entre ceux qui s'aiment se multiplient à plaisir et se font chaque jour un peu plus imposants. Non contents de tomber amoureux de notre gendre ou de notre belle-mère, voilà, sous prétexte que Loth, ou Phèdre, ou Œdipe, ou le marquis de Sade, ou Balzac, ou Cléopâtre nous ont donné l'exemple, que nous brûlons pour notre sœur, pour notre frère, pour notre père ou mère, pour notre fils, pour notre fille, pour un abbé, pour une nonne, pour un membre du Sacré Collège, pour un fauve dans le désert, pour un poisson dans la mer, pour un objet familier de la garde-robe ou de la cuisine. N'importe quoi, et tout le reste. Pour ceux qui s'obstinent à en parler avec une sorte de rage, tout est bon dans la passion comme tout est bon dans le cochon. Mais la baguette d'acajou fait cruellement défaut.

Par un paradoxe merveilleux, il y a deux créations romanesques où l'amour joue – ou semble jouer – un rôle restreint jusqu'à l'inexistence. Ce sont celles qui fondent le roman moderne et qui lui montrent un chemin que tant de romanciers d'occasion ou du dimanche, fascinés par eux-mêmes et par les facilités d'un cœur qui réclame pourtant pour se livrer – voir Flaubert et voir Proust – beaucoup de travail et de sacrifices, et parfois toute une vie, se sont hâtés de ne pas suivre parce qu'il était trop ardu : *Pantagruel* et *Gargantua, Don Quichotte de la Manche*.

L'AMOUR (suite)

L'amour est ce qui se passe entre deux êtres qui s'aiment. Il lui arrive de s'interroger, de se demander s'il mérite le nom dont il se pare. Se poser la question, c'est déjà y répondre. L'amour, quand il surgit, ne se laisse pas ignorer. Il emporte tout sur son passage. Avant de se détruire lui-même, il détruit tout ce qui n'est pas lui. La passion est comme Attila : elle ravage le terrain sur lequel elle a le bonheur et le malheur de s'abattre. Ce n'est pas tout à fait par hasard qu'on parle – un peu trop souvent – des feux de la passion : la passion met le feu aux corps, aux cœurs, aux âmes et elle brûle ses vaisseaux. La passion n'a pas d'autre politique que celle de la terre brûlée. Selon la formule terrible de Proust, on n'aime plus personne dès qu'on aime.

La passion mobilise à son profit toutes les ressources de l'individu dont elle s'est emparée : non seulement le corps, bien entendu, qu'elle réduit en esclavage et auquel elle ne laisse plus rien que les larmes pour pleurer, mais la pensée, la volonté, la liberté, le langage. La passion parle son malheur, son bonheur aussi, bien sûr, mais surtout son malheur, avec des mots de feu. Le monologue intérieur, si cher à la littérature et souvent si artificiel, retrouve dans la passion d'où il sort toute sa nécessité : la victime de la passion sent les mots se former malgré elle dans son cœur et dans sa tête. Elle prononce en silence, et parfois à haute voix, comme Phèdre, comme Roméo, pour le bonheur et la gloire de Shakespeare ou de Racine, toute la gamme sans fin des discours amoureux.

L'amour est un discours qui n'en finit jamais. Jamais muet, écrit Giraudoux, n'a pu séduire qui que ce soit. Entre la parole et l'amour, il y a des liens si forts que, dans la religion chrétienne, Dieu, qui n'est qu'amour, va jusqu'à se faire verbe. Comme le langage, comme la religion – le mot même vient de *lier* –, l'amour fait courir entre les créatures un lien d'autant plus fort qu'il n'est pas matériel.

Il ne faudrait pas creuser très loin pour soutenir que, si tout amour, et surtout dans le malheur, est un discours de feu qui se passe parfois de paroles, toute littérature, en revanche, n'est qu'un amour murmuré, une passion changée en mots, un chagrin dominé et régi par la grammaire. Il n'y a de littérature que parce que les hommes parlent, qu'ils souffrent et qu'ils aiment. La Bible, le Coran, l'*Éthique* de Spinoza, les *Oraisons funèbres* de Bossuet, l'*Histoire de France* de Michelet, pour ne rien dire, bien entendu, de Leopardi ou de Heine, d'Oscar Wilde ou des deux Lawrence – D.H., celui des femmes, et T.E., celui des hommes –, de Proust, de Goethe, de Péguy, d'Hemingway, ne nous parlent que de souffrances et ne nous parlent que d'amour. Rabelais et Cervantès, et Joyce, et Kafka, qui ne parlent guère d'amour, ne parlent que d'amour – mais d'un amour qui se cache sous l'invention des mots. On peint avec des couleurs et non avec des idées. On écrit avec des mots, non avec des sentiments. L'art du roman consiste à dissimuler du chagrin sous la syntaxe et de l'amour sous les mots. Toute littérature qui ne relève pas de l'amour ne relève pas de la littérature. Ce qui ne signifie pas, bien entendu, que toute littérature qui relève de l'amour relève, du même coup, de la littérature.

L'AMOUR (suite et fin)

L'amour court dans les champs entre les coquelicots. Il s'embarque pour les îles. Il peuple cantiques et chansons. Il s'enferme dans les livres et il suffit qu'il les touche pour les changer en chefs-d'œuvre, et souvent en navets. Il s'installe dans les villes, il écume les banques et les baraques foraines, il règne dans les églises et dans les maisons closes, il n'a ni Dieu ni maître. Il est léger et lourd, il enchante et il tue. Rien n'est délicieux comme l'amour, rien n'est navrant comme lui. Vous le poursuivez, il s'enfuit ; vous le fuyez, il rapplique. C'est une fille perdue, c'est un mauvais garçon, c'est un notaire de province, un psychiatre devenu fou, un confesseur hors de lui, un marchand d'armes, un bellâtre, une dame d'œuvre de chair, un maniaque et un saint.

De l'amour comme de l'être, on peut dire n'importe quoi. Il est la contradiction et la simplicité mêmes. Tout est vrai. Tout est faux. Le premier amour est toujours le plus beau. Le dernier amour est toujours le plus beau. On pardonne tout à l'amour. On ne pardonne rien à l'amour. La présence crée l'amour, et l'absence le renforce. L'amour n'existe que parce qu'on en parle. Il existe encore mieux quand on n'en parle pas. L'amour est un honneur et l'amour n'est qu'un plaisir. Plus encore qu'en mathématique, on ne sait jamais, en amour, si ce qu'on dit est vrai, ni même de quoi on parle. L'amour est un paradoxe et un malentendu qui donnent son sens au tout.

L'amour frappe le roi. Et il frappe le valet. Il frappe comme un sourd. Et il frappe en aveugle. Il sème la grandeur et l'abrutissement, l'élévation et la bassesse. L'amour, comme la Joconde, a vu défiler devant lui, au pas de charge, en rangs serrés, des bataillons de sottises. Et il est ce qu'il y a de plus grand et de plus beau au monde. Il est le tout lui-même.

L'homme est d'abord amour. Le monde continue parce qu'il n'est composé que d'enfants, éternelles recrues du temps en train de passer, qui sont le fruit de l'amour. L'amour est l'étoffe dont est fait l'univers. L'histoire n'a de sens que par le pardon qui est irruption de l'amour dans le mal et le temps. L'être est amour. Dieu est amour. Nous pourrions clore ici une brève histoire du tout qui semble avoir atteint avec l'amour et dans l'amour, non pas son but – quelle présomption ! – mais sa fin.

LA PAROLE EST AU LECTEUR

Un bon livre est celui où l'auteur est présent tout entier. Rien ne ressemble plus à Racine que Phèdre et Bérénice emportées par leur passion et par leur désespoir. Rien de plus cornélien que *Le Cid* où l'amour est un honneur et où l'honneur est aimé. Derrière chaque page de *Pantagruel* et de *Gargantua* résonne le rire de Rabelais. *À la recherche du temps perdu* offre un Proust plus achevé, un Proust plus proche de Proust que le brouillon de *Jean Santeuil.* La brève histoire du tout que vous êtes en train de parcourir, je n'ai pu l'écrire qu'avec le peu que je sais de ce monde où j'ai eu la chance, ou le chagrin, et personne ne sait pourquoi, de tomber un beau jour pour le meilleur et pour le pire. C'est ce qui fait son prix, s'il en a un. C'est ce qui lui impose aussi ses limites.

Quand j'écris que la pensée est d'autant plus puissante qu'elle se met plus en doute, quand je décris l'amour comme acharné à une perte qui se confond avec son triomphe, c'est ma propre expérience, ce sont mes propres idées sur le tout que je propose à mon lecteur. Il n'est pas impossible, il est même très probable, et il est à souhaiter, que ce lecteur ait d'autres idées et une autre expérience. Quand on raconte au lecteur l'histoire d'un ambitieux qui arrive d'Angoulême pour conquérir Paris ou celle d'un précepteur qui séduit ses élèves ou la mère de ses élèves, il lui est difficile d'intervenir dans un récit qui lui est extérieur et d'y changer quoi que ce soit. Sur le tout, au contraire, chacun a sa propre idée et sa propre expérience. Chacun croit en un Dieu ou n'y croit pas. Souvent avec indifférence, avec une sorte de légèreté. Parfois avec passion et avec violence. Chacun rit, pense, parle, écrit. Chacun a connu le bonheur et les souffrances d'aimer. Chacun a respiré l'air dont j'ai dit quelques mots, s'est plongé dans l'eau fraîche par une journée brûlante d'été, a caressé d'une main distraite un chien ou un chat en train de s'étirer à ses pieds, a senti passer en lui et sur lui l'ombre implacable d'un temps qui ne s'arrête jamais de courir. Il serait très surprenant que le lecteur, pour bienveillant qu'il soit, ait sur le tout les mêmes vues que l'auteur.

Collectif et éphémère, un art comme le cinéma a pour vocation d'entraîner le spectateur, pieds et poings liés, sur des chemins tracés à l'avance, parcourus à vive allure et dont il est interdit de s'écarter si peu que ce soit. La grandeur des livres, qu'on peut prendre et laisser, reprendre indéfiniment, consulter, discuter, rejeter et reprendre encore, est de ne pas imposer le spectacle qu'ils proposent. Comme le cinéma, la littérature a pour ambition de retenir captifs ceux qui ont commencé à mettre un doigt dans l'engrenage du récit. Mais il y a plus de liberté dans la captivité du lecteur que dans celle du spectateur. Le spectateur est passif au cinéma, le lecteur est actif dans les livres. Sans doute le destin de Mme Bonacieux dans *Les Trois Mousquetaires* ou de Julien Sorel dans *Le Rouge et le Noir* nous tient-il autant à cœur que celui d'Ingrid Bergman, emprisonnée et empoisonnée dans *Notorious*, que nous appelons *Les Enchaînés*, par un ancien nazi rival de Cary Grant. Et nous sommes aussi impatients d'apprendre ce que va devenir Candide à la fin de ses aventures avec Mlle Cunégonde que de savoir si Gary Cooper sera capable de l'emporter sur les méchants qui le défient ou si Woody Allen finira, au bout du rouleau de la psychanalyse à la mode et de l'autodérision, par trouver quelque chose qui ressemble au bonheur. Mais notre capacité d'intervention est autrement efficace dans le monde des livres que dans celui des images. Tout est donné d'avance dans les images alors que c'est nous, dans les livres, qui décidons de presque tout : non seulement du physique de Fabrice del Dongo ou de mon amie Nane que nous imaginons et façonnons à notre guise, mais du rythme de notre lecture, qui nous permet, à chaque instant, de revenir sur le récit, d'inventer des répliques qui ne sont pas prononcées, de sous-entendre des motifs et des complications sentimentales et de porter sur les héros des livres des jugements que l'allure frénétique des images n'autorise pas au cinéma. Les images défilent sans fin et toujours au même rythme. On peut rêver longtemps, un livre sur les genoux.

Ce qui est vrai pour *La Chartreuse de Parme* ou pour *Le Temps retrouvé* est encore bien plus vrai lorsqu'il s'agit de ce roman du tout dont nous sommes tous les héros et auquel le lecteur a autant de part que l'auteur. Les temps sont révolus où les opinions de ceux qui écrivent tombaient comme des décrets sur la tête de ceux qui lisent. À une époque où la libre discussion devient la règle dans les affaires publiques, il serait paradoxal que la littérature échappe seule à ce jeu d'interaction et à ce dialogue entre les différents acteurs d'une aventure intellectuelle. Aussi le moment est-il venu de donner la parole au lecteur pour qu'il verse à son tour au dossier du tout les fruits de son expérience et de sa réflexion. Sur l'air, sur les chats, sur l'origine, sur l'amour, sur le temps et sur Dieu, qu'il veuille bien inscrire ici les remarques qui lui sont venues au fur et à mesure de sa lecture. Qu'il se souvienne, qu'elle se souvienne de ses premières amours, de ses premiers chagrins, de ce qui lui est arrivé avant-hier ou hier, de ce qu'il ou elle attend pour demain, de ces doutes obscurs qui se glissent dans la pensée, des rires, du bonheur, du chagrin, des espérances. Que cette brève histoire du tout soit, comme elle doit l'être, l'histoire de tous autant que la mienne. Que les lignes qui suivent appartiennent enfin, pour la première fois sans doute dans l'histoire de la littérature, et peut-être pour une des dernières s'il est vrai que les livres sont appelés à disparaître devant l'image dans le siècle qui vient, plus au lecteur qu'à l'auteur.

Monologue de l'homme

Rien ne m'embête comme ces gens qui s'obstinent à parler de moi. Qui parle de moi ? C'est moi. Qui parle des hommes ? Ce sont les hommes. Chefs-d'œuvre après chefs-d'œuvre, et cathédrales après temples, et statues après tableaux, et maximes, architecture, romans, opéras, tragédies, comédies, Mémoires, poèmes mêlés, ils n'en finissent jamais de tracer mon portrait et, moi, je suis déjà ailleurs. Je suis toujours un peu là et je suis toujours ailleurs. Les humanistes me cassent les pieds. Je ne suis pas humaniste. Je suis un homme. Je chasse, je peins, je fais la guerre, je construis des outils, je donne des ordres, je baise, j'adore mes dieux, j'obéis, je joue, je mange, je ris, je m'en vais sur la mer, je pleure, je me révolte, j'achète et je vends des armes, des tapis, des bijoux, des maisons, j'imite les autres et je m'en distingue, je dors, je chante, je marche, j'ai des souvenirs et je bois pour essayer d'oublier. Je fais toujours la même chose, et toujours autre chose.

Je change très vite. Je change très peu. Je change très peu et très vite. Tout ce qu'on raconte sur moi est déjà dépassé. Les hommes sont toujours des hommes et ils ne sont jamais ce qu'ils sont. Vous voyez ce que je veux dire ? Les puissants se retrouvent esclaves, les barbares se retrouvent princes. Vous êtes en haut, vous êtes en bas ; vous êtes ici, vous êtes là. On me voit avec une massue, traînant une femme par les cheveux, et aux commandes d'un Mirage ou devant un ordinateur. Je suis toujours le même et toujours différent. On a longtemps assuré que les juifs seraient n'importe quoi, des philosophes, des marchands, des musiciens, des banquiers, mais jamais des paysans et jamais des soldats. Ils sont devenus des paysans et ils sont devenus des soldats. Surtout quand il s'agit des hommes, ne dites jamais *jamais*. Les hommes sont toujours autre chose que ce qu'on croit qu'ils sont. Et ils ne se changent pas en autruches, en dés à coudre, en rochers sous-marins, en équerres, ni en pots de chambre. C'est parce que les hommes ne sont pas des équerres et qu'ils ne sont pas des pots de chambre qu'il est difficile d'en parler.

Je suis un homme. Je suis tous les hommes. Je suis chacun de tous les hommes. Je suis un des quatre-vingts milliards d'êtres humains qui sont passés sur cette Terre. À tâtons. Sans savoir. Incapables de deviner ce qui les avait jetés dans la vie, incapables de deviner à quoi ils allaient servir avant de disparaître. Enfouis dans le plaisir, dans les souffrances, dans les ténèbres, dans le désir. J'ai beaucoup aimé la vie qui n'a jamais cessé de me taper sur la tête. Tout le monde est mort autour de moi. Et moi aussi, je mourrai. Mais je continuerai encore, dans les siècles des siècles, sous la forme d'autres hommes, qui seront très différents de ceux qui m'ont précédé, très différents aussi de ceux qui les suivront, mais qui seront toujours des hommes. Jusqu'à ce qu'il n'y ait plus d'hommes du tout. Parce que les hommes, qui ont commencé, finiront bien par finir.

Rien ne me paraît plus simple, plus naturel, plus normal que d'être un homme. L'idée qu'il n'y a rien de plus étrange, rien de plus inouï qu'un homme ne me passe guère par l'esprit. Je veux bien m'interroger sur mes relations avec les autres, sur mes petits mécanismes, sur le sommeil et les rêves, sur la nourriture, sur le pouvoir, sur mes dessins le long des murs, sur mes passions et mes délires, sur ce que j'aime, sur ce que je crains, sur l'argent et le sexe, sur mes machines et sur mes dieux – je m'interroge très peu sur moi, sur ma nécessité inutile, sur ce que je fais dans le tout, ni sur le tout lui-même. « Mais qu'est-ce que je fais là ? » n'est pas ma formule favorite. Je me demande plutôt : « Comment gagner cet argent ? » ou : « Comment plaire à cette femme ? » ou : « Comme conquérir ce pouvoir ? » ou, dans le meilleur des cas : « Comment rendre cette fleur, cette passion, ce mouvement de tête, ce chant d'oiseau ? » Il n'est même pas exclu que l'argent, la femme – ou l'homme –, le pouvoir, la fleur, la passion, le mouvement de tête, le chant d'oiseau ne soient là que pour m'empêcher de me poser la question : « Mais qu'est-ce que je fais là ? » Le tout n'est peut-être rien d'autre qu'une sorte d'immense conspiration pour m'interdire d'y penser.

J'aurais pu être autre chose. J'aurais pu ne pas être. Il aurait pu se faire que rien n'existe du tout. Il aurait pu se faire aussi que quelque chose existe et que je n'y figure pas. Il se trouve que quelque chose existe que je peux appeler le tout et que j'y figure et même que j'en suis le centre ou que je crois en être le centre et la seule partie un peu sûre. Il y a un tout, et je le pense. Pour que je ne passe pas mon temps à penser seulement au tout, on a semé autour de moi, avec un succès éclatant auquel je ne cesse de prêter la main, toutes les tentations de la nature, de la curiosité, du sexe, de la science et de l'art, du plaisir et de la souffrance, du pouvoir et de l'argent : autant de facettes du tout pour me cacher le tout.

Il est clair que le tout et moi, nous ne sommes pas clairs du tout. Le tout, à qui j'appartiens, est une énigme pour moi et je suis une énigme à moi-même. Je m'avance les yeux bandés. Je marche dans une histoire à laquelle je ne comprends rien. Je règne sur un univers dont j'ignore presque tout. Je ne sais ni ce que je fais, ni qui je suis, ni d'où je viens, ni où je vais, et je me débrouille assez bien. La vie n'est que souffrance et mort et je m'arrange pour être heureux. Ma gloire est sans égale et ma misère est sans nom. Le tout n'est que splendeur et je suis moins que rien.

Il m'arrive de faire de grandes choses dont les siècles se souviennent. Ces grandes choses, naturellement, sont mêlées d'ignominie. Elles sont pleines de sang, de violence, de mensonges et de mort. La plupart de ceux dont on apprend les noms aux enfants des écoles relèvent des tribunaux. Tuez deux hommes : en prison. Tuez-en deux cent mille : sur le trône et dans les livres. On dirait que la morale est un hochet pour demeurés, un trompe-couillons à l'usage exclusif de ceux qui ne sont pas montés assez haut dans le maniement des idées et des masses. Il y a un usage des hommes, un bon usage ou un mauvais, comme on voudra, qui suscite à la fois l'indignation et l'admiration et dont les règles, si évidentes, plongent en même temps dans la stupeur. Le tout prend, dans la vie des hommes, l'aspect étrange d'un système qui porte le nom d'histoire.

Ramsès II et Thoutmès III, Nabuchodonosor et Cyrus le Grand, César et Auguste, Ts'in Che Houang-ti et Robespierre, Henri VIII et Louis XI, Louis XIV et Napoléon, Frédéric II de Prusse et Catherine de Russie, pour ne rien dire de Caligula, de Néron, de Gengis Khān, de Tamerlan, de Staline ou de Hitler, sont d'abord des assassins de génie et des aventuriers qui ont mis leur fortune et leur gloire au-dessus d'une morale bonne pour les demeurés et les gagne-petit et qui vient elle-même on ne sait d'où. À l'étage du dessous, les richesses des princes, des mécènes, des fermiers généraux, des banquiers ont été édifiées avec des procédés qui auraient envoyé à l'échafaud de moins puissants et de moins habiles – et qui y ont souvent envoyé même les puissants et les habiles. Plusieurs choses mènent le tout : la mathématique, l'amour, le rêve, l'espérance, la religion – et l'argent. L'argent est pour les hommes le plus simple, le plus bas, le plus fort des motifs d'action. Toute histoire de la réussite est une histoire de l'infamie.

À l'infamie se mêle la grandeur. Il y a une façon de tuer et de voler qui s'inscrit dans l'histoire, qui la fait progresser et qui la constitue. Louis XI est un grand roi et César a du génie. Surtout, pas d'angélisme : Aśoka, Saladin, Saint Louis, Frédéric II Hohenstaufen, Jeanne d'Arc ou Henri IV ont du sang sur les mains, mais ils transfigurent tout ce qu'ils touchent à force de hauteur et de foi. De foi en quoi ? De foi. De foi tout court. Ce qu'il y a de plus malin, chez moi, c'est de croire à quelque chose. Et peut-être presque à n'importe quoi. J'ai fait de grandes choses avec Zeus, avec Junon, avec Jupiter, avec Zoroastre, avec Amon, avec Aton, avec Quetzalcóatl ou Huitzilopochtli, avec le Bouddha et avec Mahomet. Et de grandes choses contre eux. J'ai fait des choses immenses avec Jésus. Et de grandes choses contre lui. J'ai fait de grandes choses avec moi. Et de grandes choses contre moi. La matière première de l'homme, c'est l'homme. J'en ai tué beaucoup sous moi.

Ce que je n'arrive pas à savoir, c'est si je suis la fin et le but de toutes choses. Je commence à croire que je n'en suis pas la cause. Est-ce que j'en suis la fin ? J'ai un doute. Si je ne suis pas le début du tout, par quel miracle en serais-je la fin ? Si je n'en suis pas la cause, pourquoi en serais-je le centre ? Et si je n'en suis ni la cause, ni la fin, ni le centre, mais qu'est-ce que je suis donc ? J'ai quelquefois l'impression un peu pénible que le tout se moque de moi. Qu'il se sert de moi à des fins obscures. Qu'il me trimbale. Qu'il m'exploite. Qu'il ricane dans mon dos.

Quel que soit mon statut, une guerre est engagée entre le tout et moi. Je me venge de mon ignorance et de mon humiliation. Je le conquiers peu à peu. Je lui arrache ses secrets. Je le pousse dans ses retranchements. Il se défend contre moi. Je le grignote et je le vaincs.

J'ai été, à mes débuts, une mince partie de l'univers. Il y avait des pierres, de l'oxygène, des arbres, de l'air, de l'eau. Il y avait des poissons, des primates et quelque chose d'un peu flou qui allait devenir les hommes. Au bout de quelques millions d'années, après l'invention du feu, de l'agriculture, de la ville, de l'écriture, les choses ont basculé. Je l'ai emporté sur le tout. La direction de la planète est passée entre mes mains. Je suis devenu responsable de la Terre où j'habitais. Avant, je subissais le feu, les inondations, les famines, les tremblements de terre, la naissance des enfants. J'allais jusqu'à soumettre tout ce qui se passait autour de moi et en moi à la volonté arbitraire et toute-puissante des dieux. Maintenant, tout relève de moi. C'est un progrès. Est-ce un progrès ? Dès qu'il se passe quelque chose dans ce monde, les victimes se retournent vers moi. Quand l'eau déferle, c'est ma faute. Si les arbres disparaissent, c'est ma faute. La qualité de l'air, c'est ma faute. Et la survie de la planète ou sa disparition ne dépendent plus que de moi.

J'ai inversé les relations entre le tout et moi. Longtemps, j'ai obéi au tout. Désormais, il m'obéit. C'est un rêve. C'est un cauchemar. Il y a dans l'histoire un moment assez bref où une espèce d'équilibre finit par s'installer entre le tout et moi. Le tout règne encore. Mais je suis déjà assez puissant pour le défier avec succès. C'est l'époque des Grecs, de Socrate et d'Aristote, de la navigation d'Ulysse, des temples de Zeus et d'Athéna, de la naissance de la géométrie et de la tragédie. C'est le printemps de la mathématique et de la philosophie. Le tout me monte à la tête. Je suis, dans ce temps-là, une sorte de miracle, mais de miracle de la nature. Les dieux sont encore ailleurs, dans un Olympe lointain, mais ils prennent mon visage. Les dieux sont des espèces d'hommes. J'apprends avec patience à dominer la nature, mais en lui obéissant.

À peine les Grecs évanouis, un Dieu unique se fait homme. C'est-à-dire que l'homme se fait Dieu. Mystère parmi les mystères de la religion de Jésus-Christ, l'Incarnation annonce déjà de loin tout ce qui la combattra : l'humanisme, le progrès, les lumières, la raison et jusqu'à la révolution scientifique et industrielle. Tout, y compris Dieu lui-même, se met à tourner autour de l'homme. Le règne de l'homme s'annonce sous le couvert du règne de Dieu.

Mon histoire s'est longtemps confondue avec l'histoire du tout. L'histoire du tout, de plus en plus, se confondra avec la mienne. Me voilà responsable, non seulement de moi-même que je ne comprends pas tout à fait, mais d'un univers que je domine et que je ne comprends toujours pas. Je suis assez puissant pour décider de l'avenir d'un tout dont je ne connais ni les origines, ni la fin, ni le sens. On tomberait malade à moins. De responsabilité trop puissante, et pourtant impuissante. D'orgueil déchaîné et aveugle. D'incertitude. D'angoisse.

Je suis malade. On me soigne. Je ne suis rien d'autre qu'un animal malade. Génial, bien sûr. Et malade. Malade de la grande peste du tout. J'ai été malade dans mon corps parce que j'étais trop faible pour ce que j'avais de puissant. Maintenant je suis malade dans mon cœur et dans ma tête parce que je suis devenu trop puissant pour ce que j'ai toujours de faible. Les docteurs se pressent à mon chevet. Le Bouddha est un docteur. Maître Kong, ou K'ong-tseu, ou K'ong Fou-tseu, ou encore Kongfuzi, est un docteur, que nous appelons Confucius. Aristote est un docteur. Ibn

Khaldûn est un docteur. Avicenne est un docteur, et Averroès est un docteur. Saint Thomas d'Aquin est un docteur. Descartes est un docteur. Kant et Hegel sont des docteurs. De grands docteurs. Avec du génie. Karl Marx est un docteur. Et, comme son nom l'indique, le Dr Freud est un docteur. Ce sont de bons docteurs. C'est drôle : ils ne me guérissent pas. Je finis par me demander si je ne serai pas de plus en plus fort et si je ne resterai pas à jamais aussi faible.

Il n'y a pas seulement les docteurs. Il y a aussi les amuseurs. Ils essaient, souvent avec succès, de me faire penser à autre chose. C'est que je me laisse distraire avec beaucoup de facilité. Un rien m'occupe, un rien me distrait. Il y a des amuseurs du pouvoir, des amuseurs de l'argent, des amuseurs du savoir, des amuseurs de l'art, des amuseurs des mots. Je les ai aimés à la folie. Je les ai suivis dans des aventures toujours pareilles à elles-mêmes et toujours renouvelées. J'ai aimé l'or, les guerres, la peinture, l'architecture, et les livres.

Pendant quelques siècles très brefs, j'ai beaucoup aimé les livres. Ils m'apprenaient sur moi-même des choses que j'ignorais. Ils se souvenaient du passé, ils annonçaient l'avenir, ils me transportaient de bonheur et d'orgueil. C'est par les livres et dans les livres que j'ai découvert le tout. Il m'est arrivé de croire que les livres allaient durer toujours.

Quelques-uns, parmi ces amuseurs, allaient plus loin que l'amusement. Mon génie – j'ai du génie – s'est donné libre cours dans des tableaux, dans des statues, dans des mélodies, dans des poèmes où un peu du tout affleurait sous les formes, sous les couleurs, sous les notes et sous les mots.

L'enthousiasme me prenait. Il me soulevait au-dessus de moi-même. Je me souviens des premiers traits que j'ai tracés sur les parois des cavernes pour représenter des bisons et des rennes. Je me souviens des premiers sons modulés ou sifflés où j'essayais d'exprimer l'émotion que me procuraient le monde et le chant des oiseaux. J'ai beaucoup aimé les débuts. La beauté est au début et au terme des choses. Je me souviens de mes triomphes. Je me souviens de mes échecs – plus beaux peut-être que mes succès.

Je ne sais pas, je ne saurai jamais tant que je serai un homme, si un Dieu m'a créé. J'ai créé beaucoup de dieux. J'ai créé, Dieu me pardonne, j'ai créé Dieu lui-même. Le Dieu que j'ai créé, comment serait-il autre chose que le Dieu des hommes et du tout tel qu'il m'est donné de le voir ? Tout ce qui relève des hommes vient des hommes. Tout ce qui compte dans ce qui vient des hommes vise plus haut que les hommes.

J'ai été lâche. J'ai été cruel. J'ai été paresseux. Je me suis menti à moi-même. J'ai été avide d'argent et de pouvoir sur les autres. J'ai aussi essayé d'aller un peu plus loin. La beauté m'a beaucoup occupé. L'amour m'a beaucoup occupé. C'était la beauté des hommes, c'était l'amour des hommes. Les hommes sont des hommes. Mais ils peuvent rêver à autre chose.

J'ai beaucoup rêvé. Tout ce qu'il est possible de croire et d'espérer, je l'ai espéré et je l'ai cru. J'ai pensé que Dieu était mauvais, qu'il était indifférent, qu'il existait, qu'il n'existait pas, qu'il était la puissance et la bonté mêmes, qu'il était un rêve impossible, qu'il était moi-même ou qu'il était un autre, radicalement différent de tout ce que je pouvais imaginer.

Le monde m'a tourné la tête. Je regardais les étoiles au-dessus de moi, j'écoutais en moi-même déferler sans répit des torrents d'angoisse et d'espoir. J'essayais, souvent en vain, de temps en temps avec éclat, de traduire dans le marbre, sur des toiles ou du bois, dans des sons, dans des mots, ce que je ressentais. Je bondissais hors de moi. J'ai fait quelques chefs-d'œuvre qui dureront autant que moi.

Je suis un mélange de misère et de grandeur. Il n'est pas impossible que ce qu'il y a de plus grand en moi soit ce qu'il y a de plus misérable et que ce qu'il y a de plus misérable soit ce qu'il y a de plus grand. Mon seul chef-d'œuvre, c'est les enfants. Ma gloire, c'est mon chagrin. Mon échec, c'est mon succès. Mon triomphe, c'est d'être un homme parmi les autres hommes.

Tout ce que je fais n'est presque rien. Je n'en finis jamais de ne faire presque rien. Et, tout à coup, ce presque rien, quelques traits, quelques mots, quelques notes de musique, me rappelle qu'il y a un tout et que ce tout, c'est moi.

J'ai édifié des phares, des mausolées, des pyramides, des statues d'or et d'ivoire, des jardins suspendus, des barrages contre l'eau, des villes où s'entassaient des richesses, et des empires universels. Beaucoup sont morts pour cette puissance. Beaucoup sont morts pour cette beauté. Je me suis souvent demandé s'ils étaient morts pour rien.

Je n'ai jamais cessé d'avoir beaucoup de chagrin. Je n'ai jamais cessé de le changer en beauté. La beauté... Quelle beauté ? Qui est juge de la beauté ? Qu'est-ce qu'une beauté qui varie avec les époques et les lieux, qui change, qui s'évanouit ? Il n'y a de beauté que dans l'être et dans l'éternité. Je suis plongé dans l'existence, dans l'espace et dans le temps. Je suis prisonnier de moi-même. L'homme est la prison de l'homme. De temps en temps, il passe une main à travers les barreaux. Et mon génie éclate.

Il y a du génie et de la beauté dans le tout parce que je m'en souviens. Si je ne m'en souvenais plus, où irait le génie, où irait la beauté ? Le tout ne prend un sens que parce que je suis là pour le penser. Je suis devenu si puissant que je peux me détruire d'un seul coup et tout détruire en même temps pour que rien ne subsiste plus de ce que j'ai tant aimé. L'orgueil s'empare de moi. Dieu rit sous cape.

Je m'appelle Périclès, et Saadi et Hâfiz et Omar Khayyam,

et Giotto en train de peindre les fresques de la chapelle des Scrovegni à l'Arena de Padoue, et Mozart en train de transcrire de mémoire dans une auberge de Rome le *Miserere* d'Allegri entendu une seule fois, ou peut-être deux fois, le mercredi et le jeudi saints, sous les voûtes de la chapelle Sixtine où tonne le Jugement dernier. Je suis ce petit juif d'Henri Heine et cet inverti d'Oscar Wilde et ce drogué de Toulet qui écrivaient du fond de leur orgueil très humble et de leur désespoir des choses si simples, si profondes et si belles :

Sie sassen und tranken um Teetisch
Und sprachen von Liebe viel.
Die Herren waren ästhetisch,
Die Damen von zartem Gefühl.

Die Liebe muss sein platonisch,
Der dürre Hofrat sprach.
Die Herren lächelten ironisch,
Die Damen seufzeten : Ach !

ou :

Yet each man kills the thing he loves.
By each let this be heard.
Some do it with a bitter look,
Some with a flattering word.
The coward does it with a kiss,
The brave man with a sword!

Some killed their love when they are young
And some when they are old;
Some strangle with the hands of Lust,
Some with the hands of gold;
The kindest use a hnife, because
The dead so soon grow cold.

Some love too little, some too long,
Some sell and others buy,
Some do the deed with many tears,
And some without a sigh :
For each man kills the thing he loves,
Yet each man does not die.

ou :

Vous souvient-il de l'auberge
Et combien j'y fus galant ?
Vous étiez en piqué blanc :
On eût dit la Sainte Vierge.

Un chemineau navarrais
Nous joua de la guitare.
Ah ! que j'aime la Navarre,
Et l'amour, et le vin frais.

De l'auberge dans les Landes
Je rêve, et voudrais revoir
L'hôtesse au sombre mouchoir
Et la glycine en guirlandes.

Je suis un enfant qui pleure parce qu'il a perdu sa mère, parce que son père lui fait peur.

J'aurai tout de même vécu une aventure sans pareille. J'ai beau chercher autour de moi, je ne trouve rien qui me vaille. Rien qui vaille Abraham en train de tuer son fils pour l'offrir à son Dieu ou Moïse emporté par l'esprit dans une vision extatique qui lui dicte la loi sur une montagne perdue quelque part entre le désert et la mer, rien qui vaille Titien ou cette ganache de génie qui s'appelait Offenbach, rien qui vaille Rabelais ou Cervantès qui se sont tant moqués de moi et qui ont ajouté à ma gloire en me traînant dans la boue.

Rien qui vaille le clochard qui va dormir sous son pont.

Quelles vies j'aurai menées ! En Chine, au Mexique, entre les Alpes et la Sicile, au pied de l'Himalaya, à Bâmiyân, à Borobudur, à Ispahan, à Byzance ou à Berne, à Berne, oui, à Berne, et salut au génie, j'ai fait des choses stupéfiantes. En Grèce, en Égypte, à Babylone, à Samarkand, sur les bords de l'Indus ou du Gange, dans les sables d'Arabie, j'ai découvert le tout et des trésors pour toujours. J'ai inventé le zéro. J'ai peint des dieux et des femmes. J'ai fixé des idées sous forme de signes sur la pierre. J'ai couru sur les mers. J'ai édifié des temples. J'ai deviné ce que je pouvais des secrets enfouis du tout.

Je suis trop grand pour moi. Je suis petit et immense. Je suis moins qu'un arbre, qu'une montagne, qu'une tempête dans la nuit, qu'un tigre sur le point de bondir. Et je suis presque tout. Je suis le tout. Et je ne suis presque rien.

J'ai pitié de moi. Je suis fou d'orgueil. Je suis les autres autant que moi – et les autres sont encore moi. Quel roman que ma vie ! Des gens écrivent de petites choses sous le nom de romans où j'apparais successivement sous les traits d'un âne, d'un prêtre, d'un chevalier errant, d'un séducteur, d'un assassin, d'une femme hystérique et malheureuse, d'un arriviste, d'une courtisane, d'un snob fasciné par le temps. Mais le vrai roman, et le seul, c'est le roman du tout. Tous les livres, toutes les peintures, le *Persée* de Cellini, le *Don Juan* de Mozart, les pyramides d'Égypte et Saint-Pierre de Rome, le système de Newton et celui d'Einstein sont les copeaux du tout.

Mon mode de vie est bizarre. Je vis à travers la mort. Je meurs, et je renais. Je suis mon père et le père de mon père et le père du père de mon père. Et je suis mes enfants et les enfants de mes enfants. Une espèce d'éternité naît de ma succession. À force de mourir et de renaître, me voilà presque immortel. Le souvenir et l'espérance me font vivre au-delà de moi-même. Je ne cesse jamais d'être un fragment de moi-même. L'homme est un individu, et il est la masse infinie, ou apparemment infinie, de tous les hommes successifs, emportés dans le temps. Je suis le chapitre d'un livre, ou un paragraphe du chapitre, ou un mot dans le paragraphe, ou une lettre dans le mot – et le livre tout entier. J'essaie de déchiffrer le livre, de deviner ce qu'il raconte. J'échoue, et je recommence.

J'appelle ici Dieu le romancier du tout. C'est un fameux romancier. À l'imagination sans bornes et au style étincelant. Il n'écrit pas n'importe quoi. Ses personnages s'imposent à lui et il ne lui est plus permis, comme au temps où il rêvait sur eux avant d'avoir tracé son premier mot, d'en faire ce qu'il voudrait. Chaque ligne de son roman est commandée par ce qui précède et s'en va vers ce qui suit. On veut savoir ce qui va se passer, on essaie de se souvenir de la longue intrigue compliquée qui a mené jusqu'à nous. On se demande si Dieu aurait pu écrire autre chose. Mais le roman est si achevé qu'on n'en peut plus changer une seule virgule. Qui oserait changer une virgule à *Don Quichotte de la Manche* ou à *L'Éducation sentimentale* ? Je suis prisonnier de ce qui a été écrit avant moi.

Ce qu'il y a pourtant de plus beau dans le grand roman du tout, c'est que, par un paradoxe que je ne me charge pas d'expliquer, le chef-d'œuvre est écrit par ses personnages mêmes. L'auteur, c'est moi. C'est-à-dire vous. Le grand roman du tout, dont nous n'avons encore, vous et moi, écrit que les premières pages, est une œuvre collective.

Je me promène dans les villes, je me promène dans les champs. On me trouve en Chine, en Afrique, au pied des hautes falaises, dans les vallées du Tyrol, le long des fleuves et sur les lacs, dans les tombes où je dors et sur les champs de bataille. On me trouve à Java, au Mexique, dans le Périgord noir ou vert, chez Maxim's, dans les temples et dans les églises, dans les débits de boissons, au sommet des montagnes où je grimpe Dieu sait pourquoi et où je plante des drapeaux, à la Bourse, dans les bureaux, sur les champs de courses et chez les filles. Je suis les filles chez qui je vais, je suis le bourreau et la victime, je suis l'ennemi que je combats, je suis les autres autant que moi-même. Depuis toujours et pour toujours, je suis une part infime du tout et le tout tout entier.

Je ne peux pas vous dire tout ce que j'ai inventé. J'ai inventé l'ouvre-boîtes et le nouveau roman, la roue, le feu, la brouette, la musique polyphonique, le moteur à explosion, le collier de trait, la perspective, l'argument ontologique, l'Immaculée Conception, la patrie, le point d'honneur, le golf, le suicide, le calembour et le Nouveau Monde. Inutile et ridicule d'établir la moindre liste de ce que j'ai inventé. J'ai strictement tout inventé. C'est moi qui ai inventé l'amour, c'est moi qui ai inventé le big bang, c'est moi qui ai inventé ce qu'il y avait avant moi et ce qu'il y aura après moi, c'est moi qui ai inventé le tout, c'est moi qui ai inventé Dieu, et c'est moi qui lui ai donné son nom qu'on ne prononce qu'en tremblant. C'est moi qui ai inventé le temps et, en vérité, je vous le dis, c'est moi qui me suis inventé moi-même. C'est l'homme, peu à peu, qui s'est forgé l'idée de l'homme. Ce qu'on a pu nous emmerder avec cette idée-là, avec sa grandeur, avec ses droits, avec sa dignité ! J'ai tout inventé, mais pas tout à fait de toutes pièces. On – qui « on » ? – m'a donné quelque chose d'informe et j'en ai fait les arbres, la physique, la morale, l'économie comparée, *Water Music, La Naissance de Vénus*, et moi-même.

Héros du seul roman qui ait jamais été écrit, je suis, personne n'en doute, un personnage qui compte. Comme il y a des hommes de l'année, je suis l'homme de tous les temps ; comme il y a des héros de la science, du travail, de la patrie ou de l'Union soviétique, je suis le héros de l'univers et du tout. Je règne et je meurs. Je me souviens de moi-même. Mon génie me remplit d'orgueil. Mon insignifiance m'épouvante. Les larmes me viennent aux yeux. Je ris de tout et de moi. Je sors d'un je ne sais quoi que je découvre peu à peu. J'avance vers un je ne sais quoi que je construis de mes propres mains. Je n'en finis pas de me demander s'il y a un autre tout que le tout. Je pleure, je me lamente, je sifflote, l'air absent et les mains dans les poches, j'attends, sans trop y croire, des jours meilleurs et qui chantent, je regarde en arrière et ne vois pas grand-chose, je regarde en avant et je ne vois rien du tout. Et, en vous saluant, je me salue moi-même.

Le tout

LE TOUT SUR LE TOUT

Parvenu à ce point de la brève histoire du tout, le lecteur en état de veille aura peut-être remarqué que le mot *tout* autour duquel tournent ces pages est utilisé dans deux acceptions différentes. D'abord le tout est l'univers en expansion dans lequel nous vivons et dont notre Terre est une partie minuscule et beaucoup plus que minuscule, ou, si vous préférez, beaucoup moins que minuscule. C'est le monde au sens le plus large. C'est les fleurs dans les champs, c'est les dragons de Villars, c'est Arcturus et Bételgeuse, c'est la tarte des demoiselles Tatin aux pommes et à l'envers et *Le Cortège des Rois mages* de Benozzo Gozzoli sur les murs de la chapelle du palais Médicis, c'est l'Indus et le Gange et toutes les passions de l'amour qui nous font tant souffrir, c'est la lumière si pressée et la masse invisible et les nuages de Magellan et le Grand Attracteur, c'est la totalité de tout ce qui existe, non pas sous le soleil, mais, bien au-delà du Soleil, dans l'espace et le temps. Et puis le tout est bien autre chose, qui apparaît déjà aux premières lignes de l'histoire que vous lisez : le Tout, en ce sens-là, est au-delà du tout. Il est au-delà de l'univers. Il est au-delà des lois qui régissent tout ce qui existe. Il se confond avec l'être. Il se confond aussi avec le néant. Il se trouve des gens pour l'appeler Dieu et il s'en trouve aussi pour lui dénier la moindre réalité.

De ce Tout au-delà du tout, de ce Tout sur le tout, il est impossible de rien dire : ce dont on ne peut pas parler, mieux vaut le taire. Il est permis d'y croire. Il est permis de ne pas y croire. Les choses, dans l'univers, sont combinées de telle façon qu'elles peuvent mener, avec autant d'évidence d'un côté et de l'autre, à deux convictions radicalement opposées : qu'un Dieu est nécessaire et qu'un Dieu est inutile. Il est hors de question, en revanche, de nier l'existence du tout où nous vivons jour après jour. On peut soutenir, à la rigueur, qu'il ne s'agit que d'un rêve. Mais ce rêve est si constant, si cohérent, si fort, si plein de plaisirs et de souffrances qu'il prend tous les aspects de la réalité.

On ne s'échappe pas de ce tout. C'est lui qui, en un sens, nous montre du doigt l'autre Tout, dissimulé à nos yeux, lointain, hypothétique. C'est lui aussi qui nous empêche, en un sens différent, d'accéder à l'autre Tout, dont il n'est, pour certains, que la pâle émanation et qui, pour d'autres, n'est rien du tout. Depuis que les hommes sont capables d'exprimer ce qu'ils pensent, ils se partagent entre ceux qui ont la nostalgie de l'autre Tout, qui lui soumettent tout ce qui existe, qui ne vivent que pour le rejoindre dans son éternité, qui lui adressent des chants, des prières, de l'encens, des sacrifices, qui l'adorent sous les espèces de dieux variés et innombrables ou d'un Dieu unique aux noms divers, et ceux qui, se contentant de notre tout passager et ne cherchant rien au-delà, ne cessent de répéter les vers humains, trop humains, mais ailés, de Pindare : « Ô mon âme, n'aspire pas à la vie immortelle, mais épuise le champ du possible. »

UN LIEN CACHÉ

Notre tout, celui dont il est possible et permis de parler, est un système d'une prodigieuse cohérence. Le plus surprenant, c'est qu'il y ait comme une harmonie et une correspondance secrète entre les lois de l'univers et les lois de l'esprit. L'homme découvre le tout, perce ses mystères, avance en conquérant dans la connaissance de l'immense univers qui se déploie autour de nous, monte vers des espaces de plus en plus lointains, descend, à la façon d'un explorateur en train de découvrir des régions inconnues, dans les abîmes d'un infiniment petit qui est comme l'image inversée de l'infiniment grand. Et il s'imagine avec simplicité qu'il répand de la lumière sur de l'obscurité. Il n'est pourtant pas acquis d'avance que le destin de l'homme soit de connaître l'univers et que le destin de l'univers soit d'être connu par l'homme. La clé secrète de l'affaire, c'est que l'homme ne peut jeter ses filets sur le tout et lui imposer ses catégories logiques et ses structures mathématiques que parce que le tout se les laisse imposer. « Ce qu'il y a de plus incompréhensible, disait Einstein, c'est que le monde soit compréhensible. » Comment ne pas être tenté de sauter, peut-être avec un peu de hardiesse et de précipitation, un pas métaphysique, comment ne pas se laisser aller à rêver que l'homme était fait pour conquérir le tout et que le tout était fait pour être conquis par l'homme ?

Ne serait-ce que parce que l'homme est capable de penser le tout, il y a un lien caché, évident mais caché, entre l'homme et le tout. Il n'y a pas de rupture entre l'univers et l'homme qui en fait partie. Tout est lié dans le tout. L'attraction universelle et la gravitation ne sont que les conséquences et les symboles d'une cohérence et d'une unité qui rassemblent le tout, qui le font tenir ensemble, qui l'empêchent d'éclater et qui tissent un lien entre tout ce qui existe.

Ce lien est le tout même. C'est lui qui permet à l'homme de comprendre l'univers. C'est lui qui fait que la mathématique et les nombres sont à la fois, comme par miracle, dans la pensée de l'homme et dans la nature des choses. C'est lui qui inscrit les lois et leur nécessité dans l'espace et dans le temps. C'est lui qui est au cœur de l'amour qui jette les êtres l'un vers l'autre. C'est lui qui fait courir comme un fil invisible entre les étoiles et la pensée, entre le big bang et l'histoire, entre le tout et chacun de nous.

RASSEMBLER ET UNIR

Unir et rassembler, c'est la devise du tout. Rien n'échappe au tout, immense troupeau céleste, gardé par les chiens de la nécessité et par le berger de la loi dans les pâturages sans fin de l'espace et du temps.

Il y a, à travers le tout, comme une contagion de l'union et du rassemblement. Il y a, de l'univers à l'atome, une cascade de touts subalternes et successifs. Notre Galaxie est un tout. Notre système solaire est un tout. La Terre est un tout. Chacun de nos corps est un tout. Une molécule est un tout. Et l'atome est un tout, minuscule jusqu'à l'infime. Chacun de ces touts est immense ou très petit selon l'angle d'approche, selon l'échelle adoptée, selon l'image qu'on s'en fait. Chacun est relatif. Chacun est lié, au-dessus de lui ou au-dessous, à un autre tout qui l'englobe ou qui en est une fraction.

Rien de surprenant à voir l'homme chercher sans cesse à unir et à rassembler. Il s'efforce, lui aussi, à sa modeste échelle, de reconstituer un tout à sa mesure et aussi vaste que possible. L'histoire universelle est l'histoire d'ensembles successifs qui tendent vers l'unité : c'est une histoire de familles – sur le modèle d'Adam et Ève, de Caïn, d'Abel, ou de Noé plus tard –, de castes, comme en Inde, de tribus – les douze tribus d'Israël ou les tribus indiennes d'Amérique –, de peuples – les Goths, les Wisigoths, les Ostrogoths, les Hérules ou les Vandales, les Avars ou les Huns –, de nations, de royaumes et d'empires.

Dès le IVe millénaire, autour de Kish, autour d'Ourouk, autour d'Akkad, autour de Lagash, les Sumériens essaient, par le fer et le feu, par la mort, par la souffrance, par les tortures, par l'esclavage, par les veuves et les orphelins, les voies du Seigneur nous sont impénétrables, de constituer un ensemble. Et puis ce sera le tour des pharaons égyptiens, avec leur Ancien Empire à Memphis, leur Moyen Empire à Thèbes, et leur Nouvel Empire à l'ombre des deux géants, Thoutmès III et Ramsès II, avec les splendeurs de Karnak et de Louxor. Le tour aussi des Amorrites, à Mari, à Larsa, à Assur, à Babylone avec Hammourabi et son code. Le tour des Kassites et des Hittites autour d'Hattousas, aujourd'hui Boğazkale, le tour des Assyriens avec Sargon, Sennachérib et Assurbanipal, des Néo-Babyloniens, appelés aussi Chaldéens, avec Nabuchodonosor, qui détruit Jérusalem, des Perses et des Mèdes, avec Cyrus et Darius. Le tour enfin de tous les autres : les Étrusques en Italie, les Minoens en Crète, les Phéniciens qui inventent l'alphabet, l'hégémonie athénienne, Alexandre le Grand, Jules César et Auguste. Et Ts'in Che Houang-ti, premier empereur de la Chine.

L'empire, qui rassemble alors que le royaume sépare, est un thème constant, encore que tardif, de l'histoire universelle. Chacun recrée à son profit un tout plus ou moins vaste et plus ou moins durable. L'Empire romain sera le modèle de cette universalité qui vise et constitue l'ensemble du monde connu. Et, plus tard, l'Empire byzantin, le Saint Empire romain de nationalité germanique, les Mongols avec Gengis Khān et avec Tamerlan, l'empire des Aztèques ou des Incas, l'empire de Charles Quint sur lequel le soleil ne se couche jamais, l'empire en Inde des Grands Moghols avec Akbar et Aurangzeb, l'Empire ottoman qui menace jusqu'aux faubourgs de Vienne, l'Empire austro-hongrois, la vocation universelle de la Révolution française, relayée et niée à la fois par Napoléon Bonaparte et son Premier Empire, l'Empire britannique avec sa flotte sur toutes les mers, les toasts au roi ou à la reine à la fin des banquets et la cavalerie de Saint-Georges, le IIe Reich avec Bismarck et le IIIe avec Hitler, l'Union soviétique de Staline appuyée sur la machine du communisme international, et les États-Unis d'Amérique appuyés sur le dollar, sur le hamburger, sur le Coca-Cola, sur Walt Disney, sur l'*american way of life*, sur le jazz et le rock 'n' roll et sur quelque chose d'universel et d'informe qui ressemble de loin à la langue de Shakespeare.

Une mention spéciale doit être faite de trois peuples qui se sont voulus délibérément, comme presque tous les peuples, et qui ont été en effet, ce qui est plus rare, à un titre ou à un autre, au centre de l'univers et du tout : les Chinois, qui inventent le thé, la soie, le papier, la porcelaine pour imiter le jade, la poudre, la boussole, qui construisent la Grande Muraille, le monument le plus gigantesque de la planète entière, qui donnent à leur tout le nom éloquent d'empire du Milieu et qui finissent par représenter un être humain sur quatre ; les Grecs, fondateurs d'un empire maritime et culturel, qui inventent la géométrie, la mathématique, la philosophie, la tragédie, l'histoire, la démocratie, la loi civile et tout le reste et qui, héritiers des Égyptiens, sont à la source de ce que nous sommes ; les Juifs, qui ne constituent pas un empire, mais qui font beaucoup plus et beaucoup mieux en inventant le plus formidable de tous les ressorts de l'unité du tout : un Dieu unique, caché et tout-puissant, dont le nom secret et au-delà de notre tout ne peut même pas être prononcé.

L'Union européenne est, après le marxisme, le dernier avatar de la notion d'empire. Personne ne met en doute que, pour le meilleur ou pour le pire, au-delà des traditions religieuses et nationales, dépassées et désuètes pour les uns, très puissantes et très dignes d'un attachement nostalgique pour les autres, notre monde, si réduit au regard de l'univers, va vers un gouvernement planétaire. Il mettra, pour s'installer, quelques millénaires, ou, si l'histoire va très vite, peut-être seulement quelques siècles. C'est lui qui affrontera les problèmes d'une humanité aux prises avec l'espace et à la conquête de l'univers au-delà de notre planète reculée, provinciale et si délicieusement folklorique.

DISTINGUER ET NOMMER

Ne nous énervons pas. Non seulement le Tout au-delà du tout, mais notre tout lui-même n'est pas un objet de connaissance. C'est une nuit étoilée où toutes les vaches sont noires, c'est un vertige romanesque. Ce n'est pas un objet du savoir. L'escargot est un objet du savoir. La bataille d'Azincourt et le discours de la Saint-Crépin sont des objets du savoir. L'acide désoxyribonucléique est un objet du savoir. Dans une certaine mesure, l'ambition, l'amour, la foi sont des objets du savoir. Pour connaître et savoir, il s'agit d'abord de distinguer.

Notre tout lui-même naît d'une distinction originelle entre le néant et le tout. La Création est une distinction : elle distingue le tout du néant, elle distingue le jour de la nuit, elle distingue l'eau de la terre, elle distingue les uns des autres – et elle nomme – les animaux et les plantes, elle distingue l'homme de la nature et elle distingue la femme de l'homme. L'homme est lié à la nature et au tout comme les deux sexes sont liés l'un à l'autre. Mais ils sont, tous et chacun, distingués les uns des autres.

Distinguer, c'est nommer. Ce n'est pas par hasard que le Dieu unique des juifs ne peut pas être nommé : il est le tout indistinct dont il est interdit de rien dire. Dès qu'il se met, au contraire, à distinguer le tout du néant, Dieu se hâte de donner, ou de faire donner par Adam, des noms au Soleil, à la Terre, aux arbres, aux plantes, aux fruits, aux poissons et aux oiseaux, à toutes les espèces d'animaux, et à Ève. Il dit : « Que la lumière soit ! » Et la lumière fut. C'est la voix de Dieu qui fait surgir tout ce qui existe. Lui dont on ne peut pas parler, il se manifeste par la parole, il crée avec ses mots, il est le langage même : il distingue et il nomme. Dieu est verbe chez les chrétiens. Il se confond, chez les musulmans, avec les mots du Coran. Il est interdit, chez les juifs, de détruire ce qui est écrit parce que Dieu est dans les signes qui expriment sa parole. Le nom de Dieu est ineffable et Dieu est dans les mots.

Il n'y a de savoir que du fini et du défini. Il n'y a de connaissance qu'à travers le langage. Ce qui n'est pas distingué et ce qui n'est pas nommé ne peut pas être connu. Avant de vivre dans le tout qui n'est qu'un sujet de roman, nous vivons parmi les pommes et les poires, les williams, les passe-crassane, les doyennés du comice, les soldats-laboureurs, les beurré-hardy, parmi les chiens et les chats, qui s'appellent Médor ou Foutinou, sous la pluie et le soleil, dans le froid et dans le chaud, au fond de la Lozère, à Saint-Chély-d'Apcher, ou de la Mongolie, du côté d'Oulan-Bator, dans un siècle ou dans l'autre. Il y a la généalogie des reines de France. Il y a la grammaire et la syntaxe. Il y a, chez les Esquimaux, des mots innombrables pour désigner le blanc et ses subtiles variétés, le blanc de la neige, le blanc des ours, le blanc des nuages ou des glaciers. Il y a des mousses et des lichens. Il y a des spins et des quarks qui jettent un pont paradoxal et proprement enchanteur entre les particules élémentaires et la littérature. Il y a au fond de chacun de nous, lorsque nous nous laissons emporter par les eaux noires de la passion, des replis mystérieux et cruels où un dieu s'est caché. Il y a des endroits de notre pauvre cœur qui n'existent pas encore et où la douleur entre afin qu'ils soient. Ô mon âme, n'aspire donc pas au tout, mais épuise le champ des détails.

CROÎTRE

Que font les hommes ? Ils croissent et se multiplient. Que fait le passé ? Il croît. Que fait l'enfant ? Il croît. Que fait le tout ? Il croît. Depuis l'explosion d'une pointe d'épingle minuscule et brûlante où étaient déjà contenus, mais sous une forme virtuelle et à l'état latent, le baiser de Judas au jardin des Oliviers, le Saint Empire romain de nationalité germanique et la paire de longs gants noirs dont se dépouille lentement Rita Hayworth dans une scène célèbre de *Gilda*, l'univers n'a cessé de croître et de se développer. L'explosion primitive se poursuit sous nos yeux. Le tout n'est pas immobile. Le tout n'est que mouvement. Il est encore très jeune. Il étend son royaume vers de nouvelles frontières. Et nous, nous n'en finissons pas d'aller, l'espoir au cœur, vers de nouveaux triomphes et de nouvelles catastrophes qui viennent grossir l'histoire.

Nous savons déjà que la Galaxie à laquelle nous appartenons compte quelque chose comme cent milliards de soleils. Le tout, autant que nous sachions, est composé aujourd'hui d'une centaine de milliards de galaxies plus ou moins comparables en étendue à la nôtre : il y en a beaucoup de plus petites, il y en a aussi de plus grandes. Le calcul n'est pas très difficile à faire. Cent milliards multipliés par cent milliards : il y a dans le tout, sauf erreur ou omission, 10 000 000 000 000 000 000 000 d'objets célestes brillants qu'on peut appeler étoiles ou soleils. En gros, bien entendu. Sans compter les planètes, les trous noirs, les quasars et toute une foule d'objets enchanteurs et célestes qui font le bonheur de nos astrophysiciens. Et tout cela part dans tous les sens vers des objectifs inconnus. Un peu comme tous les enfants du monde grandissent depuis toujours – toujours signifie longtemps – vers des avenirs dont on ne sait rien mais qui se dérouleront pourtant selon la nécessité et la loi avant de finir à leur tour.

L'histoire aussi ne cesse de croître. Nous avons derrière nous, refrain, cinquante ou cent mille ans en notre propre compagnie, trois ou quatre millions d'années en compagnie de quelqu'un qui se met peu à peu à ressembler à ce que nous sommes, quatre milliards d'années en compagnie de la vie, cinq milliards d'années en compagnie du Soleil et de la Terre, dites-moi au moins, mes chers enfants, que je ne vous ennuie pas trop, quinze milliards d'années depuis la singularité exceptionnelle, et pour tout dire franchement unique, que constitue le big bang. Et n'allez pas me chipoter, je vous prie, sur quelques zéros en plus ou en moins. Je ne m'arrête pas aux détails. Je veux seulement rappeler, au cas, improbable, où vous l'auriez oublié, que, toujours en mouvement, le tout bouge et s'étend et que le temps s'accroît du même pas que l'espace.

Le tout s'accroît parce que, de seconde en seconde, vous changez vous-même, vous qui lisez ces lignes, dans votre corps et dans votre esprit. Vous n'êtes pas aujourd'hui ce que vous étiez aux jours de votre enfance, vous n'êtes pas aujourd'hui ce que vous étiez hier ou avant-hier. Vous ne cessez de croître en même temps que le tout, que le passé, que l'histoire.

Les hommes ont crû aussi en nombre. Je ne sais pas, à vrai dire, s'il y a jamais eu un temps où ils étaient seulement deux à s'appeler Adam et Ève. Mais il y a eu une époque, à coup sûr, où ils étaient très peu nombreux. Selon de récentes théories, qui seront peut-être contestées demain, comme le big bang lui-même, par de nouvelles découvertes, ils n'étaient pas plus de dix mille il y a quelque quatre cent mille ans. Une longue période s'écoule – très brève, bien entendu, au regard de l'univers, mais très longue à nos yeux – où le nombre total des hommes sur la planète ne dépasse pas quelques millions. De quoi peupler aujourd'hui une ville de moyenne importance. Les hommes, en ces temps-là, étaient assez fragiles. Je crois qu'il est permis de dire que leurs droits n'étaient guère reconnus. Ils se débrouillaient comme ils pouvaient à l'ombre du tout d'où ils sortaient. Le moindre souffle eût réussi, et sans la moindre peine, à les détruire tous d'un seul coup. Par je ne sais quel miracle, ils ont réussi à survivre. Et ils se sont multipliés.

Tout ce qui s'est produit dans le tout depuis leur apparition, et c'est assez bizarre, semble aller dans leur sens. Quatre-vingts milliards d'êtres humains, encore un à-peu-près, un peu plus, un peu moins, se sont succédé sur la Terre depuis ses origines. Ces quatre-vingts milliards-là – il y a les deux Testaments, il y a les trois Grâces et il y a les trois Parques, il y a les Trois Mousquetaires qui étaient quatre, comme vous le savez, il y a les trois Consuls et les cinq Directeurs, il y a les Quatre Fils Aymon et les cinq parties du monde, il y a les Sept Dormants d'Éphèse et *Les Sept contre Thèbes* et les Sept Sages de la Grèce et les Sept Merveilles du monde et les sept péchés capitaux, il y a les huit croisades et il y a les neuf Muses, que personne ne connaît, il y a les dix plaies d'Égypte et les Dix à Venise, il y a les douze travaux d'Hercule et les douze apôtres du Christ et les douze mois de l'année, il y a l'*Histoire des Treize* de Balzac, il y a les vingt-trois d'Aragon :

> Ils étaient vingt et trois quand les fusils fleurirent
> Vingt et trois étrangers et nos frères pourtant...,

il y a le combat des Trente et la guerre de Trente Ans, il y a la guerre de Cent Ans, il y a le Conseil des Cinq-Cents, il y a les Mille de Garibaldi, il y a *Les Mille et Une Nuits*, il y a les mille et trois maîtresses de Don Juan – *mille e tre* – dans le catalogue de Leporello, il y a l'expédition des Dix Mille, il y a *Le Million* de Marco Polo, qu'on appelle aussi *Le Livre des merveilles du monde*, il y a le milliard ou le milliard et demi de Chinois qui s'accroît chaque année de l'équivalent de la population de la France, il y a aujourd'hui sur la planète cinq ou six milliards d'habitants, il y a eu, des milliards et des milliards de fois, deux êtres qui étaient tout l'un pour l'autre et qui ont répété sans se lasser une histoire éternelle : cette fois-ci nous parlons de l'histoire des quatre-vingts milliards –, ces quatre-vingts milliards-là n'auront pas chômé avant de s'en aller.

DISPARAÎTRE

Ce qu'il y a de si amusant dans le tout, et de sinistre bien entendu, ce qu'il y a de désespérant et de si consolant, ce qui fait le charme et l'intérêt de l'histoire que je vous raconte et que vous connaissez déjà puisque c'est la vôtre, c'est que nous y croissons – et que, par malheur, et par bonheur aussi, nous y disparaissons. Et je soutiendrais volontiers, je n'en sais rien, bien sûr, mais je parierais ma chemise, que le tout lui-même, fatigué d'avoir crû pendant tant de millions et de millions de millénaires, finira par disparaître.

Nous croissons, chacun de nous, et puis nous diminuons jusqu'à nous effacer. Est-ce que nous savons, ce qui s'appelle savoir, que nous allons mourir ? Non, nous ne le savons pas. Tout ce que nous savons, c'est que tous les hommes, avant nous, ont fini par disparaître. S'il y en avait dix, ou vingt, ou une petite centaine, il n'est pas sûr du tout que nous en tirerions des conséquences. Mais quatre-vingts milliards d'hommes qui ont fini par mourir avant nous : voilà qui donne à réfléchir. Nous croyons que le soleil se lèvera demain parce qu'il se lève sur le monde depuis quelque chose comme mille ou deux mille milliards de matins. Nous sommes bien obligés de croire que nous finirons par mourir puisque quatre-vingts milliards de vivants, sans aucune exception, nous ont donné cet exemple dont nous nous passerions.

Les hommes croissent en taille, en nombre, en pouvoir, en savoir – et ils meurent. Les hommes meurent – et ils survivent et ils croissent. Ils s'épanouissent et ils s'évanouissent. Ils s'évanouissent, ils s'épanouissent. Si vous imaginez qu'ils disparaissent, je vous assure qu'ils continuent. Si vous imaginez que vous continuerez, je vous assure que vous disparaîtrez. Les hommes meurent et les enfants naissent. Les hommes disparaissent et les hommes continuent. Pour un bout de temps, au moins. La seule forme d'immortalité relative que nous puissions connaître, c'est la permanence dans le temps des générations successives. Les vivants cessent de vivre et la vie se poursuit : tout cela est simple et banal. Et pourtant stupéfiant. À l'être venu d'ailleurs que nous avons déjà évoqué et qui ne saurait rien du tout de ce qui se passe sur cette Terre, le système de la vie paraîtrait prodigieux jusqu'à l'invraisemblable.

Nous savons que nous mourrons parce que tous les hommes sont toujours morts : je crois que le tout disparaîtra parce que tout, dans le tout, a toujours disparu. Le tout croît. Il est jeune. Comment ne finirait-il pas, lui aussi, un beau jour, quand il sera vieux, par disparaître à son tour ?

Apparaître, augmenter, rester présent et stable et comme en équilibre pendant quelques secondes ou quelques minutes pour les éphémères, quelques jours pour les roses, quelques années pour les jardiniers et pour les hommes en général, quelques siècles pour les institutions les plus solides et les plus chanceuses, quelques millions de millénaires pour les objets célestes, décliner, disparaître : c'est la trame du tout, son intrigue la plus constante. C'est la carrière de l'univers, de la nature, de la vie, de l'homme, de ses œuvres sans exception. Chacun commence à savoir que les fortunes, les empires, les systèmes, les religions s'établissent, se développent, se débattent contre le déclin qui se dissimule, masqué, dans les origines mêmes, et finissent par rouler dans le linceul de pourpre où dorment les dieux morts. L'empire d'Occident tombe. L'Empire byzantin s'effondre. L'empire de Russie se désagrège. L'empire d'Autriche s'écroule. Tout ce qui sort de l'esprit et de la main de l'homme est construit sur le vide.

Et grave ces mots sur le sable :
Le rêve de l'homme est semblable
Aux illusions de la mer.

Moïse et Alexandre et Alaric et Gengis Khān périssent en plein triomphe. Zeus et Mithra s'évanouissent après avoir régné dans les cieux et sur les âmes de plusieurs millions d'hommes et de quelques génies. Bélisaire quête dans la rue, son casque de gloire à la main. Une des questions classiques en forme de canular que posaient à leurs bizuths, pour les plonger dans la terreur, les normaliens de la Rue d'Ulm était : « Qu'arriva-t-il ensuite ? » Il n'y avait pas de quoi s'affoler. La réponse était simple : « Au bout de quelque temps, l'entreprise échoua » ou « Il finit par mourir ». Rien n'échoue comme le succès. Rien de tel, pour mourir, que les triomphes de la vie.

LE GRAND SOMMEIL

Espèce de morte,
De quels corridors
Pousses-tu la porte
Lorsque tu t'endors ?

Les hommes dorment beaucoup. Chaque nuit, pendant quelques heures, ils disparaissent du monde réel. Tout ce qui vit entre aussi, sur un rythme régulier, dans des périodes de sommeil où l'activité se réduit. Dormir est une des lois fondamentales du royaume de la vie. Les chevaux dorment, souvent d'un œil. Les chiens aussi. Les chats, nous les avons vus, passent leur temps à dormir, roulés en boule sous le soleil. La nature elle-même, la matière, les objets célestes ne se livrent pas constamment à un paroxysme d'énergie. L'hiver succède à l'été et les fleurs se rouvrent après s'être fermées. Plus on se rapproche de l'être, du tout, de l'espace et du temps, plus règne une stabilité qui permet la géométrie, la mathématique, la physique théorique, la conviction que le jour succédera à la nuit et que le rythme de l'avenir sera le même qu'aujourd'hui. Plus on descend vers la vie et vers l'homme, plus l'alternance se manifeste entre le sommeil et la veille, entre le repos et l'activité. Comme le Soleil lui-même, et comme toutes les étoiles à la vie si violemment agitée, les volcans, les grands fleuves, les torrents de montagne, la pluie, la neige, le vent, la tempête, la chaleur et la sécheresse passent par des phases d'activité et des phases de rémission. Il leur arrive de se reposer et il leur arrive de se déchaîner. Parfois, on dirait qu'ils s'apaisent, et soudain ils se manifestent avec une ardeur renouvelée par leur apparente somnolence. La violence et le calme ne cessent jamais d'alterner. Même le Déluge a une fin.

Parce qu'elle est l'œuvre des hommes, l'histoire surtout semble souvent s'endormir avant de connaître soudain des réveils inattendus et brutaux. Pendant de longues années, dans des coins, dans des régions, dans des pays, sur des continents entiers de la planète, il ne se passe presque rien. Tout dort, les hasards, les drames, les conflits, les passions.

Les réveils de l'histoire après ses assoupissements sont le plus souvent l'occasion de grands bouleversements. Hasard ou dessein secret, l'histoire est faite de nœuds où se joue son destin. Il y a eu un nœud voilà trois millions d'années avec l'apparition des outils en Afrique. Il y a eu un nœud voilà un million et demi d'années avec l'outillage de pierre taillée symétrique. Il y a eu un sacré nœud aux alentours d'un demi-million d'années avec la découverte et la maîtrise du feu. Aux alentours de cent mille ans avec la sépulture des morts. Aux alentours de quarante mille ans avec les premières peintures rupestres. Aux alentours de vingt mille ans avec l'agriculture et les établissements sédentaires qui succèdent au nomadisme des chasseurs cueilleurs de fruits. Aux alentours de cinq mille ans avec l'invention de l'écriture.

Il y a un nœud de l'histoire autour du ve siècle avant le Christ, avec l'enseignement de Confucius en Chine et la naissance du Bouddha en Inde et l'explosion du génie de la Grèce. Il y en a un autre, dans les quelques années qui entourent le point de départ de notre ère, avec César et Auguste, et les débuts de l'Empire romain, et la venue de Jésus sur cette Terre, qui bouleverse à ce point l'ordre des choses qu'un calendrier nouveau se met en place dans le monde. Il y en a un vers la fin du XVe siècle avec, aux deux bouts de la Méditerranée qui est encore le centre du tout, deux événements apparemment contradictoires : à l'est, la prise symbolique de Constantinople par les Turcs et la chute de l'Empire byzantin, héritier direct de l'Empire romain d'Occident, abattu par l'islam ; à l'ouest, la prise de Grenade, dernier vestige musulman en Espagne, par les Rois Très Catholiques. Un enchaînement prodigieux fait succéder presque immédiatement à la chute de Grenade et de son roi maure Abû Abd-Allâh, que nous appelons Boabdil, un autre événement, plus considérable encore : le 12 octobre 1492, au terme de la plus prodigieuse expédition de tous les temps, qui ne sait avec précision ni ce qu'elle cherche, ni où elle va, ni ce qu'elle trouve, Christophe Colomb découvre l'Amérique. De ce jour précis datent le lent déclin de Venise, encore pleine de gloire et de richesses, de palais et d'églises, de peintres et de courtisanes, le passage à l'arrière-plan, dans une histoire universelle qui bascule d'un seul coup, de toute la Méditerranée, l'irrésistible ascension de l'océan Atlantique vers un centre du tout qui se déplacera plus tard vers l'océan Pacifique. À la même époque, l'invention de l'imprimerie ouvre la voie à la Renaissance, à Jules II et à Léon X, à l'Arioste, à Machiavel, au Tasse, à la fondation du Collège de France, à Rabelais, à Ronsard, à du Bellay, à la Pléiade, à Montaigne un peu plus tard. Surgissent en même temps, dans une Italie qui succède à la Grèce de Périclès, un Donatello, un Luca della Robbia, un Fra Angelico, un Léonard de Vinci, un Raphaël, un Michel-Ange, un Bramante, un Benvenuto Cellini et tant d'autres qui accumulent dans un coin restreint d'un continent déjà usé par le génie plus de richesses et de beauté qu'il n'y en a jamais eu à la surface de la Terre. Les choses, dans le tout, mettent beaucoup de temps à disparaître et elles camouflent leur retraite sous une recrudescence de splendeur. Venise éblouit encore le monde pendant de longues années. Et, au moment même où elle se prépare à laisser la place à d'autres et à reculer devant l'Amérique, l'Europe tout entière monte vers un des âges les plus éclatants de l'histoire. Rien ne brille comme une décadence, rien de plus séduisant qu'un déclin. Un quatrième nœud se situe évidemment à la fin du XVIIIe siècle, avec la Révolution française, la naissance de l'État moderne, la fin du classicisme et de l'Ancien Régime et les débuts d'un romantisme qui allait bouleverser pendant deux siècles la sensibilité et les mœurs.

L'histoire, autour des hommes, n'est pas toujours aussi agitée. Elle se calme, elle s'endort, elle suit des voies toutes tracées, elle va son petit bonhomme de chemin. Les hommes aiment les batailles, les grandes causes pour lesquelles ils s'enflamment, les révolutions et les bouleversements. Ils aiment aussi le repos, la paix, le bonheur sans histoire, le grand sommeil des passions et des cœurs.

Le grand sommeil ne se contente pas de la nature et de l'histoire. Il y a un autre sommeil, plus définitif encore, qui est au cœur de la vie de chacun, qui est sa fin et sa raison d'être : c'est la mort. L'homme est un être pour la mort. Tout meurt. Les hommes meurent aussi. Le sommeil est une petite mort. La mort est le grand sommeil. Comment les hommes ne s'interrogeraient-ils pas sur la durée et le sens de ce grand sommeil ? Ils voient la nature s'endormir et la nature ressusciter. Ils voient l'histoire s'endormir et l'histoire se réveiller. Pourquoi la mort des hommes, qui jouissent dans l'univers de privilèges si éclatants, ne serait-elle pas, à son tour, une espèce de sommeil dont il serait possible de se réveiller ailleurs ?

Il n'est pas exclu que le lecteur de la longue histoire du tout se moque éperdument du big bang, de la lumière, de l'air, de l'eau, de la peinture, de la religion, du cheval et de la liberté. Qu'il se moque du tout et de sa croissance, et des nœuds de l'histoire. Il n'est pas exclu qu'il se moque, pauvre insensé, de l'amour et de l'être. Il est peu probable qu'il se moque de sa propre mort. Il essaie de ne pas y penser, il la camoufle sous le plaisir, sous le ski, sous le pouvoir, sous l'argent, sous le poker et la pétanque, sous tous les hochets de la vie. Il plastronne, bien sûr. Il boit du gin. Il joue au golf. Il s'occupe de sa voiture et de ses vêtements qui marquent son rang social. Il distribue des médailles ou il en reçoit. Il joue à la Bourse et au loto. Il gagne des batailles et il en perd. La mort, qu'il le veuille ou non, finira bien, un beau matin, ou peut-être un triste soir, au-delà des jours et des nuits et du grand roman du tout, par lui tomber dessus. Par vous tomber dessus. Et par me tomber dessus.

> Quand nous pénétrerons la gueule ed' de travers
> dans l'empire des morts
> avecque nos verrues nos poux et nos cancers
> comme en ont tous les morts
> alors il nous faudra lugubres lampadaires
> s'éteindre comme morts
> et brusquement boucler le cercle élémentaire
> qui nous agrège aux morts

Parce qu'ils pensent l'infini et parce qu'ils sentent en eux quelque chose de très obscur, et peut-être de très clair, qu'ils appellent une âme, beaucoup d'hommes espèrent et croient qu'ils ne mourront pas tout entiers. Beaucoup sont convaincus qu'ils mourront comme les chats et comme les asphodèles. Mais d'autres, appuyés sur les promesses de leur Dieu ou de leurs prophètes et sur leurs livres saints, répétant les paroles sublimes, consolatrices et sacrées : « Mort, où est ta victoire ? » ou « Je suis le chemin, la vérité et la vie », s'imaginent, dans un monde où il n'y aura ni temps ni mal, assis à la droite du Père ou parmi les houris. La vie est une grande surprise. Pourquoi la mort n'en serait-elle pas une plus grande encore ?

« Mort à jamais ? » écrit Proust à propos de Bergotte abandonné par la vie sur un canapé circulaire en face de la *Vue de Delft* de Vermeer, prêtée par le musée de La Haye pour une exposition hollandaise, « Mort à jamais ? Qui peut le dire ? Certes, les expériences spirites pas plus que les dogmes religieux n'apportent de preuve que l'âme subsiste. Ce qu'on peut dire, c'est que tout se passe dans notre vie comme si nous y entrions avec le faix d'obligations contractées dans une vie antérieure ; il n'y a aucune raison dans nos conditions de vie sur cette terre pour que nous nous croyions obligés à faire le bien, à être délicats, même à être polis, ni pour l'artiste athée à ce qu'il se croie obligé de recommencer vingt fois un morceau dont l'admiration qu'il excitera importera peu à son corps mangé par les vers, comme le pan de mur jaune que peignit avec tant de science et de raffinement un artiste à jamais inconnu, à peine identifié sous le nom de Vermeer. Toutes ces obligations, qui n'ont pas leur sanction dans la vie présente, semblent appartenir à un monde différent, fondé sur la bonté, le scrupule, le sacrifice, un monde entièrement différent de celui-ci, et dont nous sortons avant de naître à cette terre, avant peut-être d'y retourner revivre sous l'empire de ces lois inconnues auxquelles nous avons obéi parce que nous en portions l'enseignement en nous, sans savoir qui les y avait tracées, ces lois dont tout travail profond de l'intelligence nous rapproche et qui sont invisibles seulement – et encore ! – pour les sots. De sorte que l'idée que Bergotte n'était pas mort à jamais est sans invraisemblance. »

Les uns s'imaginent que la mort est un grand sommeil pour toujours et pour une fois sans réveil :

Las ! hélas ! chaque hiver les ronces effeuillissent,
Puis de feuille nouvelle au printemps reverdissent.
Mais, sans revivre plus, une fois nous mourons !

Les autres s'imaginent qu'elle est un sommeil comme les autres et qu'ils se réveilleront ailleurs dans l'amour et dans l'être :

Fai que, pour moy, la Mort ne soit qu'un dous Sommeil
Où, l'Âme entre tes bras et le Corps dans la Poudre,
De l'éternel Matin j'atende le Réveil,

Que, sans craindre la Mort ni son noir apareil,
J'entre, au sortir du Jour qui luit sur l'Hémisfère,
Dans le Jour où les Saints n'ont que Toy pour Soleil.

En dépit de vos grandes espérances et de votre confiance aveugle en l'auteur, la brève histoire du tout n'apportera une réponse, j'ai le regret de vous le dire, ni aux uns ni aux autres. Parce qu'il s'agit d'une énigme. Parce qu'il s'agit d'un mystère. Parce qu'il s'agit d'un secret. Parce qu'il n'est au pouvoir de personne, de ce côté-ci de l'espace et du temps, de savoir ce qui s'endort dans le grand sommeil de la mort ni s'il y a en l'homme quelque chose d'éternel, de rattaché à l'être par des liens ignorés et de capable de se réveiller, de survivre et de rejoindre un autre Tout, plus vrai, plus fort, plus essentiel que le tout de notre finitude et de notre misère.

Espèce de morte,
De quels corridors
Pousses-tu la porte
Lorsque tu t'endors ?

DEMAIN

Si nous ne savons pas où nous allons, nous commençons à deviner d'où nous venons. Nous avons une idée de ceux dont nous descendons. Nous, les héros de ce roman historique, les Arsène Lupin de l'espace et du temps, les Trois Mousquetaires de la totalité, il est plus que probable que nous sommes nés en Afrique. Il est plus que probable que nous avons parmi nos ancêtres des primates, des poissons, des bactéries, et le big bang. La pensée est sortie de la vie, la vie est sortie de la matière.

Ce que nous ignorons, c'est l'avenir. Celui de chacun de nous. Et celui de nous tous. Des savants peuvent nous expliquer, vaille que vaille, parmi brumes et lacunes, ce que nous étions il y a deux millions d'années. Aucun savant n'est capable de nous prédire, même en gros, ce que nous serons dans deux cents ans.

Le métier de prophète est extrêmement difficile. Surtout en ce qui concerne l'avenir. Qui aurait pu deviner sous César ou Auguste, et même sous Trajan ou sous Hadrien, ce qui se passerait sous Alaric ? Qui aurait pu prédire en 1788 les événements de 92 – quatre ans plus tard – ou de 93 ? Et en 93, ceux de 1802 et de 1804 ? Et en 1805, ceux de 1815 ? Et en 1930, ceux de 1939 ? Et en 1939, ceux de 1940 et de 1944 ? La science nous en apprend chaque jour un peu plus sur notre passé. Comment dire quoi que ce soit sur un avenir plus imprévisible qu'une jeune fille de seize ans ?

Il y a pourtant dans notre passé, il y a pourtant dans notre présent un réseau d'événements et de réalités qui interdisent à notre avenir de ressembler à la guerre du feu, au palais de Dame Tartine ou au dernier cercle de l'Enfer tel que l'imagine *La Divine Comédie.* L'histoire, c'est ce qui empêche l'avenir d'être n'importe quoi. Il y a de l'impossible. Et il y a du possible.

LA FIN DE TOUT

Ce qui est possible, chacun le sait, on nous le répète jusqu'à plus soif, on nous en rebat les oreilles, c'est que les hommes se fassent sauter en faisant sauter leur planète. Fin de partie. Terminus. Tout le monde descend. On ferme. C'est la fin des haricots. L'histoire touche à son terme. On ne parle plus de rien puisqu'il n'y a plus personne pour en parler.

Ce qui se passe tous les jours en minuscule à la mort de chacun de nous, ce qui s'est passé en petit avec Troie, avec Carthage, avec Dresde et Coventry, avec des quartiers entiers de Stalingrad ou de Berlin, avec Hiroshima, se passe alors en grand avec la Terre et les hommes. La télévision, la pilule, le Concorde, le TGV, la bombe thermonucléaire bien entendu et quelques autres bricoles dont, avant qu'il soit trop tard, il est trop tôt pour parler, auront été leur chant du cygne. Ils auront duré un peu plus ou un peu moins de trois ou quatre millions d'années.

L'action se déroule en 2135, ou en 2451. Trois cents ans de plus ou de moins, qu'est-ce que vous voulez que ça nous fasse ? Elle se situe à Bogota, à Badgad, à Alma-Ata, à Hanoi. À New York. À Singapour. N'importe quand. N'importe où. Sur la Terre, en tout cas. Là où règnent les hommes. Dans la première moitié du IIIe millénaire après Jésus-Christ. La scène se décline en quatre versions.

I. Le pouvoir

Le Chef, le Führer, le Duce, le Caudillo, le Conducator, le Petit Père des peuples, le Líder Máximo, l'ayatollah, le colonel-président, le Bienfaiteur de la Patrie – les titres ne manquaient pas, ni les décorations – faisait nerveusement les cent pas dans l'enceinte du palais dont il avait ordonné la construction à grands frais, où il avait fait transporter les marbres et les œuvres d'art de la cathédrale et de l'ancien Parlement et qu'il ne quittait plus guère. Il s'arrêta quelques instants dans les jardins où s'élevaient les grands arbres qu'il avait fait venir de très loin et où l'eau coulait de bassin en bassin. Il caressa son chien, un labrador noir qui s'appelait Oméga. Il aimait les animaux. Beaucoup de photographies le représentaient, seul ou aux côtés de Victor Fischer ou de Marina, en compagnie d'une biche, d'un agneau de lait au biberon, d'un couple d'oursons qui avait attendri les amis des bêtes dans le monde entier, ou d'Oméga. Il venait d'apprendre que la Banque mondiale lui coupait ses crédits et que le Directoire de l'Union était en train de se réunir pour décider d'une action militaire immédiate destinée à l'éliminer.

Il y avait plus de trois ans déjà qu'une opération de cet ordre était envisagée. À force d'audace et de soumission, de défis et de propagande, de commissions versées au bon moment et au bon endroit et de menaces appuyées de quelques attentats à droite ou à gauche, il avait réussi à retarder l'issue fatale. Maintenant, elle était là. Il connaissait les moyens réunis par le Directoire. La nuit ne se passerait pas que le palais ne soit réduit en cendres.

Il restait plusieurs issues. La première était le suicide. Il l'écarta aussitôt. Un homme comme lui ne se suicidait pas. On ne se suicidait pas seul. Une autre hypothèse était de s'incliner. Le Directoire lui avait proposé la vie sauve, dix millions de dollars et une résidence dans la ville de son choix s'il renonçait au pouvoir. Il avait déjà refusé. Il ne voulait rien devoir à ces avocats et à ces diplomates qu'il haïssait et qu'il méprisait et dont la seule ambition était de l'assigner à résidence et à le maintenir sous bonne garde jusqu'à la fin de ses jours. Restait une dernière solution : c'était de s'enfuir avec Marina. Elle devrait abandonner ses deux mille sacs et ses trois mille paires de souliers. Lui pourrait changer de visage, rester libre, retrouver ses partisans, recommencer la lutte. Il joua quelques instants avec des images où revivait sa jeunesse. L'absurdité du projet lui apparut en un éclair. Il détenait un arsenal formidable, édifié en près de trente ans d'efforts et de sacrifices. Allait-il renoncer à cette puissance devenue soudain inutile pour tomber au rang de la foule anonyme ? Il fit appeler Victor Fischer.

Victor Fischer était le compagnon de toujours. C'était un psychopathe fiché par tous les services de police et de renseignements de la planète. Entre Victor Fischer et lui, il y avait, pour beaucoup de raisons que quelques-uns connaissaient, un pacte à la vie et à la mort. Ils échangèrent quelques mots. En moins de cinq minutes, le sort de la Terre et des hommes, qui avaient connu une si longue et si courte carrière, était scellé à jamais.

Entre dix heures cinq et dix heures cinquante, heure locale, les appareils décollèrent au nombre de trente-six. C'étaient des engins qui ne rappelaient que de très loin les avions de combat et de bombardement que vous avez connus. Douze d'entre eux furent abattus par les forces du Directoire. Il en resta vingt-quatre qui larguèrent leurs bombes sur les cinq continents. Une seule aurait suffi à détruire la moitié de la planète. Quatre des appareils interceptés eurent encore le temps de faire exploser en vol leur charge meurtrière. Un peu plus de douze milliards d'hommes et de femmes eurent la chance d'être exterminés sur-le-champ. Le reste périt en moins de trois semaines dans des souffrances cruelles. Le nom de Victor Fischer et celui de son chef bien-aimé étaient entrés dans l'histoire. Mais il n'y avait plus d'histoire.

II. *L'accident*

Après la série d'incidents que les autorités s'étaient efforcées, tant bien que mal, de cacher au grand public, mais qui avaient fait beaucoup de bruit dans tous les réseaux d'information électronique de la planète, l'Union avait pris des précautions rigoureuses. Elles n'avaient pas suffi à écarter tous les risques. De nouvelles études avaient été entamées et des propositions avaient été avancées. Au bout de dix-huit ans de discussions indéfiniment interrompues et reprises, un accord était intervenu sur l'éradication de tous les stocks atomiques et thermonucléaires. Leur destruction entraînait presque autant de problèmes, et peut-être plus, que leur conservation et leur contrôle. On avait fini par monter, sous la responsabilité de trois savants éminents, prix Nobel tous les trois, un système compliqué qui assurait l'anéantissement au même instant de toutes les forces de destruction de masse accumulées dans le monde. Leur inventaire avait demandé des années. On était parvenu, après beaucoup d'efforts, à les répertorier toutes et leur élimination constituait une victoire considérable pour ceux qui travaillaient à la paix et à la survie de l'humanité, menacée depuis des siècles par une catastrophe irréversible. L'aile de l'ange effleurait le monde. Les colombes triomphaient.

Les trois savants – le professeur Egon Schwarzepeter, le professeur Serguei Kazabakh et le professeur Tao Tö-king – disposaient, à quelques milliers de kilomètres de distance les uns des autres, d'un code confidentiel qui était le fruit de recherches très poussées et qui commandait la neutralisation des stocks. Il fallait que les trois terminaux fassent défiler en même temps, dans le même ordre, la même série de quatorze chiffres pour que la planète soit enfin débarrassée du cauchemar d'incertitude qui flottait au-dessus de sa tête depuis Hiroshima.

Un mardi 11 février, date inoubliable et pourtant oubliée dans l'histoire de l'humanité, à midi précis, heure de Greenwich, les trois hommes, après avoir réglé leurs horloges nucléaires et s'être concertés au vidéotéléphone, composèrent simultanément, au rythme rigoureux d'un signe par seconde, les quatorze chiffres salvateurs. L'opération se déroula avec une précision parfaite. Tout se passa comme prévu. À une seule exception près. Ou plutôt à trois fois deux.

Le luxe de précautions était extravagant. Toutes les erreurs de manipulation possibles avaient été prévues. Un chiffre de plus ou de moins, un chiffre faux à l'un des terminaux, une corrélation imparfaite entre les trois machines, une simple hésitation de la part d'un des trois contrôleurs, le moindre décalage dans le temps, la plus infime des anomalies suffisait à annuler l'opération. Ce qui se produisit est tellement invraisemblable que s'il était resté un seul homme sur la Terre capable de calculer les chances de l'erreur commise, il aurait pu rassurer largement les douze ou quinze milliards de victimes du mardi 11 février : le risque de catastrophe était de un sur quatre cent vingt-sept milliards de milliards. Autant dire nul.

Dans l'émotion de la solennité, chacun des trois savants se trompa deux fois avec beaucoup de fermeté. Ce qui était déjà invraisemblable. Mais quand vous saurez que chacun des trois hommes commit deux fois, au même instant, et deux fois sur le même chiffre, la même erreur que ses deux collègues, vous estimerez que le comble de l'inconcevable avait été dépassé. Mais il ne l'était pas encore. Le comble du malheur d'une humanité parvenue enfin, ou déjà, à son terme, c'est que la triple répétition inconcevable de la double erreur invraisemblable constituait la seule combinaison possible pour faire sauter tout ce qui pouvait sauter. Le hasard triomphait de la nécessité. La planète fut détruite d'un seul coup. Et il n'y eut personne pour établir que les chances d'une telle catastrophe, si improbable et si définitive, étaient de une sur quatre cent vingt-sept milliards de milliards. L'explosion n'était pas beaucoup plus improbable, en fin de compte, que l'explosion originelle du big bang ou les débuts de la vie : la fin, dans l'inimaginable, répétait le début.

III. La conspiration

Ils étaient neuf – dont deux femmes, plus brillantes, plus impitoyables que les sept autres – à contrôler la pieuvre qui, bien des siècles après les bandes de Sicile, de Chicago et de Moscou, avait succédé à la Mafia. Ils tenaient le commerce des armes, de la drogue, des rubis et de l'or. Ils sortaient d'une longue bataille de vingt ans, qu'ils n'avaient pas perdue, contre les forces de l'Union. Mais ce combat lui-même n'était rien au regard de la guerre qui faisait rage depuis six mois au sein même de l'Organisation : quatre, dont une des deux femmes, contre cinq, avec l'autre femme, Barbara, d'une beauté étourdissante.

Les quatre étaient les plus durs. Le plus âgé haïssait depuis toujours et méprisait les hommes. Le plus jeune souffrait d'une de ces maladies qui avaient succédé au sida et qui ne pardonnaient pas. La femme exécrait l'autre femme qui lui avait volé son seul amour. L'affaire prit très vite les allures d'une surenchère meurtrière. Les quatre firent tuer deux des cinq. Les cinq, devenus trois, firent sauter la salle, gardée par sept seconds couteaux, où se réunissaient les quatre – qui, eux aussi, à leur tour, se retrouvèrent à trois : le plus âgé, le plus jeune et la femme, ennemie de Barbara, qui s'appelait Natalia.

À l'enterrement des deux du groupe des cinq, les trois du groupe des quatre réussirent à faire massacrer par six acolytes déguisés en prêtres et en bedeaux deux autres du groupe des cinq qui se réduisit à un seul. Cet unique adversaire fit exécuter par un médecin à sa solde la seule femme du groupe des quatre qui descendit à deux. À deux contre un, la bataille tourna à l'aigre. Un des deux du groupe des quatre – le plus vieux – fut envoyé *ad patres* par l'unique survivant du groupe des cinq, qui manœuvra si bien que toute l'Organisation fut sur le point de lui tomber entre les mains.

Alors, le seul rescapé du groupe des quatre se mit soudain à voir rouge et, malade, menacé de mort, n'ayant plus rien à perdre, il déclencha le feu nucléaire dont l'Organisation disposait depuis plus de trente ans à la barbe de l'Union et dont il était le seul à avoir conservé le contrôle. L'unique survivant du groupe des cinq périt avec les quinze milliards d'hommes qui peuplaient la planète. Le dernier des quatre aussi. Grâce à un émule nucléaire d'Al Capone et de Lucky Luciano, l'aventure humaine, qui avait donné Socrate et le Bouddha, Michel-Ange et Mozart, *On purge bébé* et Einstein, basculait de la grandeur et de la gaieté dans la dérision et dans l'ignominie. Elle se terminait comme elle avait commencé : dans la boue. Sans l'attente. Sans l'avenir. Sans l'espérance.

IV. La folie

Le monde, c'était une chance, avait mieux fonctionné que prévu par les Cassandre de l'universel. Il était venu à bout des dictatures, des mafias, des famines, des inondations et des tremblements de terre. Le cancer avait été vaincu. Le Sud rattrapait le Nord. Il subsistait, naturellement, des motifs d'inquiétude et d'insatisfaction. Mais l'histoire ne se portait pas trop mal et les gens, qui avaient connu des siècles d'angoisse et de sang, se reprenaient à espérer.

Le chef de l'Union était un homme encore jeune, séduisant, sympathique, qui traînait tous les cœurs derrière lui. Il avait eu une enfance très dure, avec une mère trop tendre qui lui passait tout et qui était morte lorsqu'il avait six ans, et un père autoritaire jusqu'à la sauvagerie qui avait fini par se suicider. Des bruits avaient couru sur la responsabilité de son père dans la mort de sa mère. Le futur Président avait lui-même raconté son existence et mis les choses au point dans des Mémoires qui avaient fait couler des torrents de larmes à tous les âges, à toutes les classes, à toutes les professions et à toutes les croyances. Du coup, la littérature jouant encore, comme aux siècles passés, un grand rôle dans la politique, il avait été élu avec près de soixante-huit pour cent des suffrages et sa popularité, au lieu de décroître comme d'habitude, ne faisait qu'augmenter. La responsabilité du feu nucléaire, qui reposait entre ses mains, ne pouvait pas être confiée à une autorité plus digne d'estime et de respect.

L'existence du Président était transparente ainsi qu'aux plus beaux jours. Sa vie privée était irréprochable. Il n'était pas corrompu. Il n'avait pas d'autre ambition que la prospérité de l'Union. Il accomplissait toutes ses tâches avec rigueur et à la satisfaction générale. Personne autour de lui ne pouvait deviner ce qui le tourmentait en secret : il faisait chaque nuit d'abominables cauchemars.

Le matin, bourreau de travail rasé de frais, il se plongeait dans ses dossiers. Sa rapidité et sa justesse de décision forçaient l'admiration. Beaucoup pensaient qu'ils avaient la chance de participer à l'âge d'or de l'Union et de l'humanité. Lui remâchait ses cauchemars et n'en laissait rien paraître sur son visage énergique et loyal.

Peu à peu, la vie nocturne du Président imprégna toute sa vie diurne qui restait pourtant, aux yeux des autres, aussi efficace et aussi lisse que jamais. Il assistait en lui-même à une inversion qui finit par l'intéresser beaucoup plus que la politique à laquelle, depuis des années, il avait consacré tout son temps : obscure, insupportable, traversée d'horreurs sans nom qui étaient son secret, sa vie réelle se déroulait la nuit ; et il lui semblait qu'il rêvait, entre honneurs et devoir, sa vie publique, officielle et trop claire.

Peut-être, s'il avait parlé à quelqu'un, l'histoire à venir du monde eût-elle pris un autre tour. Je veux dire que peut-être il y en aurait encore eu une. Mais il n'avait personne à qui parler. Il n'avait pas le temps et tous autour de lui auraient juré que personne n'était plus normal que le Président.

Si un historien ou un journaliste avait pu fouiller, comme ils savent le faire, dans les décisions du Président durant une certaine semaine d'une fin d'été particulièrement torride et éprouvante, il aurait découvert toute une série de mesures qui révélaient à la fois une volonté de confiscation de tous les pouvoirs et un déséquilibre croissant qui finissait par toucher au délire. La folie du Président n'aurait pas pu être cachée très longtemps à ses proches. Elle le fut pourtant jusqu'à l'instant décisif où, après avoir assassiné coup sur coup de sa main son conseiller militaire et son chef d'état-major général et composé lui-même tous les codes successifs et secrets qui débloquaient l'accès au feu nucléaire, il appuya simultanément, dans les deux mallettes de cuir noir qui ne quittaient jamais ses défunts subordonnés, sur un certain bouton rouge. Après, il n'était plus question, pour qui que ce fût, de soigner le Président.

LE TOUT NE JOUE PAS AUX DÉS

Dans un avenir plus ou moins proche, ni l'hypothèse d'un fou, ni l'hypothèse d'un accident, ni l'hypothèse d'un dictateur aux abois, ni l'hypothèse d'une organisation criminelle qui aurait réussi à se doter d'un arsenal nucléaire capable de faire sauter la planète ne sont invraisemblables. Ce qui est invraisemblable, c'est qu'un individu ou un groupe d'individus réussissent à mettre fin à l'aventure des hommes : les temps ne sont pas venus de la fin de notre monde. Ils viendront, naturellement. Mais dans quelques millions d'années – ou plutôt quelques milliards. Et ce ne sont pas les hommes qui siffleront la fin de partie. Le monde mourra de sa belle mort.

Ce sont moins des raisons techniques que des raisons métaphysiques qui empêchent la vie et la Terre de disparaître demain par hasard ou par accident. L'univers ne va pas à vau-l'eau. Il ne part pas dans toutes les directions, il ne fait pas n'importe quoi, le soleil ne se lève pas à l'ouest, la Terre ne se met pas soudain à tourner dans l'autre sens. Le tout n'est pas un ivrogne, il n'est pas une girouette capable de changer à tout bout de vent d'inspiration et d'avis. Le tout, surgi de l'être, n'est pas à la merci de la folie des hommes.

Les hommes agiront toujours plus sur le tout. Ils n'en viendront pas à bout. Ils ne viendront même pas à bout de leur propre existence avant que le terme n'en soit venu. Il y a un plan de l'univers où la nécessité l'emporte de très loin sur le hasard qui n'en est qu'un sous-produit. Et les hommes en font partie.

Ils ne savent rien, bien entendu, du plan de l'univers. Ils sont capables, tout au plus, de soupçonner qu'il y en a un. Ils ne peuvent rien en deviner. Sauf peut-être une chose, déjà de nature à flatter leur orgueil : c'est qu'ils y jouent un rôle. Ce rôle est à la fois nécessaire et limité.

Ils n'y jouent aucun rôle pendant quinze milliards d'années. Ils ne jouent aucun rôle dans le big bang. Ils ne jouent aucun rôle, je baisse la tête, quel chagrin et quelle honte, dans les origines de l'univers. Ils ne jouent aucun rôle, ô rage ! ô désespoir ! dans leur propre surgissement. S'ils descendent de quelque chose, ce n'est pas d'eux-mêmes, mais des animaux, de la vie, de la matière, des étoiles. La vie sort de la matière. La vie, écrit Cioran, est le kitsch de la matière. En un sens, ils sont plus près des animaux et des étoiles que de leurs rêves pleins d'orgueil : car ils ne sont pas cause d'eux-mêmes et ils naissent d'autre chose à travers la vie, la matière, la soupe primitive et la poussière céleste.

Mais, soudain, ou plutôt peu à peu, coup de théâtre dans le roman, il est temps, ça traîne un peu, cette misère de leur destin se retourne en leur faveur. Tous ces milliards d'années qui languissent sans les hommes sont une attente de l'homme. Ils le préparent, ils l'annoncent. Les mécanismes de l'univers sont réglés, dès l'origine, avec une précision hallucinante, pour permettre le surgissement de la matière et de la vie. La longue durée, les grands espaces, nous le savons déjà, débouchent lentement sur l'homme. Et, nous le savons aussi, l'homme donne enfin un sens au tout.

Oh ! un sens encore bien obscur et dont il ne peut presque

rien dire. Mais enfin, il nomme le tout, il sait qu'il lui appartient, il le domine en s'y soumettant, il tisse des liens avec lui. Et d'abord et avant tout, il s'interroge sur lui. Si les hommes disparaissaient soudain, le tout ne rimerait plus à rien. Il en reviendrait à l'état où il était il y a quelques millions d'années. Il continuerait peut-être à exister, mais il n'y aurait plus personne, et même pas lui-même, pour savoir qu'il existe et pour parler de lui. Il n'aurait plus aucun sens.

On notera, notez, notez, jeunes gens, que les moyens de détruire l'humanité sont fournis précisément au moment où l'humanité ne peut plus être détruite. Comme il aurait été facile d'anéantir tous les hommes quand ils étaient quelques centaines ou quelques dizaines de milliers, au lieu de quelques milliards ! La moindre épidémie, un simple tremblement de terre, un bon déluge, tenez, qui n'aurait pas eu la faiblesse de s'arrêter en si bon chemin, y auraient très bien pourvu. Mais tant qu'il est encore possible de détruire d'un seul coup l'humanité entière, on dirait que le tout se garde bien d'y toucher. Tous les complots contre l'homme et sa pensée finissent par échouer. Ils arrivent trop tard. Ils ne vont pas jusqu'au bout. Ils n'atteignent pas leur but. Les hommes résistent et survivent. Rien n'est soumis comme les hommes à toutes les malédictions et à tous les dangers et, par un miracle inexpliqué, ils ne cessent jamais d'en triompher. Le peuple élu, c'est nous.

La destruction en masse pointe le bout de son nez quand elle n'est déjà plus capable d'anéantir tous les hommes. Ce n'est pas que les hommes ne disposent pas désormais, dans leur folie savante, de quoi tout faire sauter. Mais il restera toujours dans un coin de la planète, dans un atelier de banlieue, dans un collège perdu au fin fond de la brousse, dans un couvent perché au sommet d'une montagne, de quoi faire repartir l'humanité afin que le tout ne soit pas réduit à la triste condition d'orphelin de son sens. Un dessin dans un journal représentait naguère un paysage dévasté par une catastrophe nucléaire. Dans un coin, deux hommes en haillons essaient de tirer une étincelle d'un morceau de bois ou d'un silex. « Voilà déjà, soupire un troisième qui les regarde s'agiter, voilà déjà qu'ils recommencent. »

L'avenir, n'en doutez pas, nous prépare des catastrophes dont nous n'avons aucune idée. Nous pleurerons des larmes de sang. Mais les hommes continueront. Le tout ne joue pas aux dés.

CAR ILS NE SAVENT PAS CE QU'ILS FONT

Les hommes continueront. Mais qui s'imagine encore que le progrès – ah ! le mot est lâché, on l'attendait celui-là, avec ses gros sabots et sa quincaillerie hors d'usage – les comblera de bonheur ? Autant et plus que jamais, ils vivront dans l'angoisse et dans l'incertitude. On pourra bien faire tout ce qu'on voudra, enterrer ou détruire les bombes, interdire les expériences et l'enseignement de la fission nucléaire, arrêter et fusiller les théoriciens et les praticiens de la physique atomique, les moyens de destruction sont à jamais parmi nous. Et il est très douteux que personne ne s'en serve. On s'est servi de l'arbalète, proscrite comme trop meurtrière par le concile de Latran en 1179, condamnée par le pape comme diabolique et perfide. On s'est servi du canon. On s'est servi des gaz et des armes chimiques. On s'est servi de la bombe atomique. On trouvera mieux encore. Et on s'en servira.

Les décors où nous vivons ne sont pas là pour toujours. En doutez-vous, par hasard ? Sodome et Gomorrhe, et Troie, et Carthage se croyaient éternelles : elles ont été effacées de la surface de la Terre. New York aussi, et Paris, feront, un jour ou l'autre, des ruines très présentables que fouilleront des historiens et des archéologues. Et ils découvriront sur nous des choses peu vraisemblables.

La guerre n'est pas le seul moyen de faire périr les hommes et leurs œuvres. Il y a bien d'autres ressources : des rencontres, par exemple, avec des objets dégringolés du ciel que la science ne sera pas encore en état de détruire, ou des contagions intellectuelles, religieuses, mystiques, qui mèneraient comme par la main à des épidémies de suicides, dont nous avons déjà pu observer de très minces échantillons. Les progrès de la science permettent aussi d'imaginer des maladies qui laisseraient loin derrière elles tout ce que nous avons connu. Plus la science guérit, plus elle laisse aussi apparaître des formes nouvelles d'attaques contre la vie des hommes. Plus recherchées. Plus résistantes. La peste, le choléra, la tuberculose, la variole reculent. Le sida leur succède. Le sida sera vaincu, personne n'en doute. Et de nouveaux monstres apparaîtront, personne n'en doute non plus, pour tourmenter les hommes et pour les détruire.

Par leur pensée et leur action, les hommes accélèrent la marche du tout dans des proportions prodigieuses. Mais ils ne savent pas les conséquences de cette action et de cette pensée. Tout se répercute dans un univers clos et leur moindre intervention a sur le tout des effets dont personne n'est capable de mesurer l'ampleur. Chacun connaît l'histoire du papillon qui bat des ailes dans les forêts d'Amazonie et qui déclenche, de proche en proche, un typhon au Japon. La pensée des hommes est autrement puissante que les ailes des papillons, et autrement imprévisible. Elle bouleverse le tout et le conquiert, mais elle ne sait pas où elle va. « L'homme sait assez souvent ce qu'il a fait, écrit Paul Valéry, mais il ne sait jamais ce que fait ce qu'il a fait. »

Les hommes finissent par ne plus savoir, non seulement comme toujours ce qui va arriver, mais ce qu'il faut souhaiter. On nous assure que l'État, ressort de l'histoire des hommes depuis des millénaires, est appelé à dépérir et à disparaître. C'est bien possible. Pourquoi pas ? Il est possible aussi que se forge un pouvoir aux dimensions de la planète et plus contraignant que jamais : la démocratie nourrit en elle de formidables tyrannies. Il est assez vraisemblable qu'unifiés par la science et par le déferlement des images, les vêtements, les nourritures, les mœurs, les idées elles-mêmes se rapprochent jusqu'à se confondre dans une banalité universelle. Et il n'est pas impossible que se recréent un beau jour entre les hommes des distinctions encore imprévisibles et inimaginables : rien ne plaît à la pensée comme de s'opposer à l'inévitable et de finir par en triompher. Ce qui semble le plus probable, c'est que le savoir rende le monde de plus en plus complexe. Et que, déjà contesté dans le roman, dans la peinture, en philosophie, en histoire – les exemples viennent en foule à l'esprit –, le rôle de l'individu se mette du même coup à décliner devant la montée des machines, des équipes et des masses. C'est possible. Ce n'est pas sûr. Le rôle croissant des moyens d'information et de communication, le pavillon des glaces, au loin, des univers virtuels peuvent contribuer à écraser l'individu ou tourner au contraire à son avantage en mettant des bornes aux pouvoirs du Moloch. Là encore : on ne sait pas. Et pas de quoi sangloter ni pousser les hauts cris. Les hommes n'ont jamais cessé d'être les derniers des Romains, les derniers des Abencérages, les derniers des chevaliers, les derniers des doges, des empereurs ou des papes, les derniers des Mohicans. Et de se jeter vers autre chose qu'on ne connaît pas encore.

Nous savons que nous venons de loin, mais nous ne savons pas d'où. Nous savons que le tout n'a pas fini sa course, mais nous ne savons pas où il va. Nous savons que nous sommes dans le temps, mais le temps nous échappe. Nous savons qu'il y a de l'être, mais il est impossible de rien en dire. De l'avenir qui nous attend et que nous croyons édifier, nous ne savons presque rien, ou peut-être rien du tout. Le passé commande l'avenir, mais l'avenir ne manque pas de ruses pour n'en faire qu'à sa tête. Et, quel que soit l'avenir, les hommes s'en arrangeront.

« NOUS ALLONS VOIR DES CHOSES AUPRÈS DESQUELLES LES PASSÉES... »

Que savons-nous ? Nous savons que dans cinq milliards d'années, à quelque cent cinquante millions de kilomètres de nous, se produira une catastrophe autrement redoutable pour notre vieille planète que tous les déluges, les tremblements de terre, les guerres, les famines, les explosions du passé et de l'avenir : le Soleil cessera de briller.

Le Soleil nous éclaire et nous réchauffe. Il nous fournit, dans des limites très étroites, avec une précision rigoureuse, à quelques degrés centigrades près, la température exigée par la poursuite de la vie. Quand il sera hors d'usage, la Terre aussi sera hors d'usage. Ils auront duré, l'un et l'autre, l'astre et son satellite, quelque chose comme dix milliards d'années. Avec leurs chevaux, leurs livres, leurs outils, leurs machines de plus en plus perfectionnées, leur interrogation sur le tout, leur crainte de la mort et de l'au-delà, les hommes d'aujourd'hui se situent à peu près au milieu de la double et brillante carrière de notre belle étoile du jour et de sa planète minuscule, excentrée et privilégiée jusqu'au miracle.

Il n'est pas sûr que la vie sur la Terre puisse accompagner l'astre le plus éclatant de notre ciel jusqu'à sa fin inévitable. Vieux, comme la Terre elle-même, de cinq milliards d'années, le Soleil perd chaque jour entre deux cent cinquante et trois cents milliards de tonnes d'hydrogène. Du coup, son attraction sur les planètes diminue et la Terre s'éloigne du Soleil d'un mètre par an environ. On pourrait imaginer que, dans quelques centaines de millions d'années, la température de notre planète tombe du petit nombre de degrés suffisant pour que le froid rende toute vie impossible. L'activité interne du Soleil ne cesserait pourtant d'augmenter et il n'est pas impossible que, dans quelques centaines de millions d'années, la température moyenne de la Terre atteigne au contraire cent degrés.

Personne ne sait très bien, on le voit, ce qui attend notre planète dans un avenir plus ou moins lointain. La seule chose qui soit sûre, c'est que la vie, telle que nous la connaissons aujourd'hui, ne se poursuivra pas toujours sur la Terre puisque le Soleil s'éteindra.

Ce qui est douteux, en revanche, c'est que les hommes disparaissent avec la planète où ils sont apparus. On ne parle d'ailleurs ici des hommes que par un abus de langage. Il faudrait parler plutôt des créatures improbables qui leur auront succédé et dont personne ne sait rien. Il y a cinq milliards d'années, les hommes n'existaient pas. Il y avait une matière, un Soleil, une Terre, puis une vie qui leur a donné naissance. Dans cinq milliards d'années, les hommes n'existeront plus. Mais il y aura des choses ou des créatures indicibles à quoi ils auront donné naissance. Des êtres supérieurs peut-être. Ou peut-être des monstres. Ou peut-être à la fois, à nos yeux du moins, des êtres supérieurs *et* des monstres. L'histoire est de bout en bout nécessaire et de bout en bout imprévisible. Elle n'est qu'effets et conséquences, mais elle n'est qu'invention. Il était impossible à l'algue verte d'imaginer l'*Homo sapiens*. Il était impossible à l'homme de Cro-Magnon d'imaginer Aristote. Il était impossible aux auteurs de *Gilgamesh* ou du *Mahâbhârata* d'imaginer Freud et Einstein. Il nous est impossible d'imaginer les êtres qui sortiront de nous. Ces êtres, dont il nous est aussi impossible de parler que de Dieu, auront peut-être trouvé le moyen de remplacer le Soleil. Ou peut-être n'auront-ils plus besoin du Soleil. Ou peut-être auront-ils quitté la Terre pour se répandre dans le tout.

Tout ce que les hommes peuvent faire, ils le feront. « Maintenant, constate déjà la Genèse (XI, 6) avec une nuance de dépit et de vague inquiétude, rien ne les empêchera de faire tout ce qu'ils auront projeté. » Il est à peu près hors de doute que les hommes qui ont conquis la Lune finiront par conquérir, de proche en proche, l'univers tout entier. Ou presque tout entier. À supposer même que notre planète explose, par accident provoqué ou par inadvertance, à un moment quelconque du prochain millénaire, elle explosera trop tard pour détruire l'humanité : il y aura déjà des hommes ailleurs dans l'univers. Et quand la Terre mourra de sa mort naturelle, il y aura longtemps que les descendants des hommes seront partis pour le tout.

Après avoir tourné de plus en plus lentement autour d'elle-même et autour de son Soleil – les jours, qui n'étaient que de vingt et une heures il y a cinq cents millions d'années, s'allongeront encore et dureront toute une semaine, les années n'en finiront plus –, notre planète d'origine disparaîtra avec le Soleil dans cinq milliards d'années. Personne ne sait quand le tout disparaîtra à son tour – ni même s'il est appelé à jamais disparaître. Nous avons vu pourtant qu'un univers éternel n'est pas très vraisemblable puisqu'il ne se distinguerait plus ni de l'être ni de Dieu et que le temps s'y confondrait avec l'éternité au lieu d'être, comme il l'est, son image dégradée. Il n'est pas impossible que les êtres indicibles qui nous auront succédé accompagnent le tout jusqu'à sa fin fatale.

Cette fin, quand elle se produira, ne sera pas enchanteresse. Des étoiles s'éteindront. Les trous noirs s'étendront.

Des mondes nouveaux surgiront avant de disparaître à leur tour. « Nous allons voir des choses, écrivait le cardinal de Retz, auprès desquelles les passées n'étaient que verdures et pastourelles. » Il ne croyait pas si bien dire. Personne n'est capable d'imaginer ce que sera la fin du tout, beaucoup de milliards d'années après la fin de la Terre. Peut-être une fournaise ardente, peut-être un froid glacial, peut-être un immense trou noir qui transformera en spaghetti tout ce qu'il pourra attraper. Ceux qui descendront de nous pour affronter cette apocalypse, plus terrifiante encore que celle à laquelle saint Jean a attaché son nom, seront aussi différents de nous que nous le sommes nous-mêmes des bactéries, des algues bleues et de la soupe primitive. N'importe : il y a, loin devant nous, des naufrages en attente. La fin du tout, que nous ignorons, sera aussi violente que son début, que nous commençons à connaître. Il paraît que l'inconscient collectif souffre encore aujourd'hui des grandes terreurs du passé. L'avenir aussi mériterait ses cauchemars. À défaut de cauchemars, il y a, cachée dans le cœur de chaque homme, l'idée obscure d'un désastre que toutes les religions essaient de camoufler sous un voile d'espérance et de racheter par un salut. Le but premier de toute religion et de toute métaphysique est de donner un sens à la catastrophe des origines et d'en donner un autre – ou le même – à la catastrophe de la fin. De notre fin à chacun de nous. Et de la fin du tout.

LE DÉSIR

Dans la vie de chaque jour, franchement, la fin du tout, on s'en fiche. Sa fin inéluctable nous est à peu près aussi indifférente que ses lointaines origines. Même notre fin à chacun de nous, nous y pensons, grâce à Dieu, avec une légèreté sans doute coupable, avec une sorte de désinvolture dont nous nous en voudrons peut-être un jour, quand le temps sera venu. La vie s'occupe de la vie ; elle tourne le dos à la mort qu'elle essaie d'oublier.

S'il y a quelque chose qui nous accompagne tout au long de notre passage ici-bas, ce n'est pas la pensée de la mort ni de la fin, c'est un élan obscur vers l'existence que nous pouvons appeler le désir. Le désir est partout. Il chemine à travers le sexe, la volonté de pouvoir, le jeu, l'argent, le savoir, l'espérance. Il prend tous les visages. Il se dissimule sous le secret. Mais partout où de l'avenir succède à du passé, il est là, au travail. Au-delà, ou en deçà, des mystères du début et de la fin, le tout désire persévérer dans l'espace et le temps. L'homme désire aussi se survivre et prospérer. Le premier ordre donné à la vie par le Dieu de la Genèse est de prospérer dans l'existence et de se multiplier. Les hommes se sont multipliés. Et ils ont prospéré. Même quand le bonheur ne nous submerge pas, chacun de nous est un élan vers soi-même et vers autre chose.

Tout est désir dans le tout. Tout aspire à durer, à changer, à ne pas disparaître, à exercer une action, à atteindre un bonheur, souvent paradoxal – « Tous les hommes, écrit Pascal, recherchent d'être heureux. Cela est sans exception, quelques différents moyens qu'ils y emploient. C'est le motif de toutes les actions de tous les hommes, jusqu'à ceux qui vont se pendre » –, à se distinguer des autres et à se confondre avec eux. Il y a un désir de la matière à devenir de la vie. Il y a un désir de la Terre, nous l'avons déjà vu, à tourner autour du Soleil, il y a un désir des galaxies à s'éloigner les unes des autres, il y a un désir du temps à emporter l'univers, il y a un désir d'amour et il y a un désir de demain. Le soleil se lève, le soleil se couche et il soupire après le lieu d'où il se lèvera de nouveau. Si les hommes ne désiraient pas à la fois rester ce qu'ils sont et devenir autres que ce qu'ils sont, le monde s'arrêterait aussitôt.

Nous ne savons rien de demain, si ce n'est que le désir poursuivra sa carrière. Comme il le fait sans se lasser depuis des millions et des millions d'années, il nous poussera à survivre, il nous poussera à nous reproduire sous une forme ou sur une autre, il nous poussera à rester les mêmes et à persévérer dans l'existence, et il nous poussera à nous changer en autre chose. À nous changer en quoi ? Nous ne savons pas. Le grand secret de l'être n'en finit pas de se répandre sur un tout qui n'est qu'énigme et mystère. Le désir ne s'explique pas à lui-même. Il est obscur. Il est opaque. On dirait qu'après avoir mené jusqu'aux hommes un tout aveugle et muet, il mène les hommes vers autre chose, dans un flot de paroles et d'images qui, loin de répandre la lumière, ajoute encore aux ténèbres. Des ténèbres éclatantes où brillent le langage, la mathématique, la liberté, la révolte, la beauté ou le sens. Mais des ténèbres tout de même. « Nous sommes dans l'inconcevable, écrivait René Char, mais avec des repères éblouissants. »

QU'EST-CE QUE LA VÉRITÉ ?

Dans la vanité des jours qui n'en finissent jamais, espérance, lassitude, de se succéder et de se ressembler, il y a une demi-douzaine de choses, pas beaucoup plus, l'amour, par exemple, ou la curiosité, ou l'ambition, qui nous jettent hors de nous-mêmes et qui nous interdisent de nous étendre sur le sable le long de la mer ou dans l'herbe des jardins, à l'ombre des grands arbres, et d'attendre que le temps passe. Et parmi ces choses, il y en a une qui est capable, dans sa simplicité et dans sa violence, de nous contraindre à renoncer au plaisir, au pouvoir, à la richesse, à l'égoïsme, à l'indifférence, à toutes les tentations, souvent si fortes, de l'« à quoi bon ? ». À renoncer même au bonheur, et peut-être à le mépriser. Pour aller un peu vite et tout dire d'un seul mot, c'est la vérité.

La vérité est, dans l'univers inconcevable où nous sommes jetés malgré nous, le repère le plus éblouissant. Elle s'impose à nous avec une autorité surprenante dont on se demande d'où elle vient. Même pour les menteurs, les tièdes, les paresseux, les lâches, ceux qui traduisent, selon la formule d'André Gide, *numero deus impare gaudet* par « le nombre deux se réjouit d'être impair » et qui trouvent qu'il a bien raison, la vérité, tout le monde le sait, mais personne ne sait pourquoi, brille comme un soleil dans le monde des esprits.

La vérité, bien entendu, le lecteur de la brève histoire du tout qui a eu la patience de nous suivre jusqu'ici doit commencer à s'en douter, nous est à jamais interdite. Il n'y a pas de vérité pour les hommes dans l'espace et dans le temps. Comme notre justice, notre vérité bouge sans cesse, elle varie, elle change, elle se contredit avec allégresse. Il suffit d'attendre pour qu'elle se retrouve en miettes. Elle brille, elle meurt, elle renaît de ses cendres et elle jette mille feux avant de s'éteindre à nouveau. Elle n'aime rien tant que les masques, les fards, les déguisements, les jeux de miroirs. Elle est diverse et multiple. S'il y avait une vérité, et une seule, et que nous puissions y atteindre, les hommes seraient bien obligés de s'y soumettre sans hésitation ni murmures et de communier en elle. Les tensions se relâcheraient. Toute lutte s'évanouirait. La vie s'arrêterait. Et le monde. Il y a beaucoup de vérités et elles se combattent entre elles. La vérité est cachée. Et l'histoire se poursuit.

Ce qui exerce sur les hommes un attrait irrésistible et aussi inexplicable que le désir, la passion ou l'amour qui réussissent aussi à nous précipiter dans le monde mais sans nous détacher de nous-mêmes et de l'image, parfois paradoxale, que nous nous faisons de notre propre bonheur, ce n'est pas la vérité : c'est la recherche de la vérité. Nous savons dès le départ que cette recherche ne coïncidera jamais avec la vérité. Nous pouvons tomber, par hasard ou après beaucoup d'efforts, sur des fragments de vérité. Jamais sur la vérité. « Octave l'a emporté sur Antoine et sur Cléopâtre » peut être une vérité. « Il est cinq heures moins le quart » peut être une vérité. « Les trois angles d'un triangle sont égaux à deux droits » peut être une vérité. Mais il suffit de pousser un peu les idées et les mots pour constater que ces vérités sont liées à des systèmes, à des univers particuliers et partiels, à des points de référence, à un code, à un langage, et qu'elles ne concernent que de loin la vérité absolue qui ne nous appartient pas.

Chacun de nous n'est pourtant rien d'autre qu'un élan vers la vérité. Vers notre vérité, dont nous décidons à notre gré. Vers la vérité de ce qui existe, et vers quoi nous nous hâtons sans espoir et sans fin. Et vers la vérité de l'être, qui nous reste cachée. Nous ne parvenons jamais qu'à une vérité dégradée. Nous n'en continuons pas moins à chercher la vérité. En physique, en histoire, en philosophie, en amour, dans la vie quotidienne, la vie de chacun des hommes consiste à en savoir un peu plus sur ce que nous ne savons pas. Nous savons que cet effort ne sert pas à grand-chose. Mais les hommes n'ont pas le choix : il leur faut faire de petites choses dont le sens leur échappe. L'un tranche un nœud d'un coup d'épée, l'autre franchit une rivière, un autre regarde une pomme tomber, un autre encore se jette, à une époque obscure, dans un avion pour Londres.

De temps en temps, il semble aux hommes, aux pauvres hommes, qu'ils découvrent des cieux. La vérité les éblouit. Ils tombent à genoux devant elle et ils se soumettent à sa loi. Bouddha découvre des cieux sous un figuier pippala. Platon et Aristote découvrent des cieux en Grèce et ouvrent la voie royale où nous marchons encore. Alexandre le Grand découvre des cieux en Asie. Mahomet découvre des cieux dans les sables du désert. Masaccio et quelques autres découvrent des cieux dans la perspective. Christophe Colomb découvre par erreur des cieux nouveaux en Amérique. Descartes découvre des cieux dans le doute de la raison. Newton et Einstein découvrent des cieux dans la marche des étoiles. Michel-Ange et Mozart découvrent des cieux à jamais. Et chacun d'entre nous voit le ciel s'ouvrir dans un coup de tonnerre quand l'amour fond sur lui et que le monde flamboie.

Les hommes avancent vers quelque chose qui ne cesse jamais de reculer. Plus nous savons de choses et plus nous en ignorons. La vérité n'est pas une mine qu'on épuise peu à peu, un puits dont on voit le fond. C'est une course sans fin et une tâche infinie. On dirait que quelque chose de très grave et de très grand, caché derrière un rideau qui ne se lèvera jamais, se joue avec obstination et avec cruauté de nos espérances toujours déçues et toujours renaissantes.

C'est que les vérités successives qui s'offrent à nos efforts ne sont que les reflets de la vérité du tout. Le tout est la vérité même et nous lui courons après avec désespoir et maladresse. « Qu'est-ce que la vérité ? » demande, sous le règne de Tibère, un procurateur de Judée à un agitateur mystique qui se présente comme le Messie d'un peuple colonisé par les légions de César et comme le fils de Dieu. Et l'écho de cette question, qui contient toutes les autres, résonne encore dans le monde.

La vérité n'est pas seulement le contraire du mensonge, une adéquation entre la parole et la réalité, un accord de la pensée avec le monde et avec elle-même, l'exactitude de l'information, le moteur de la science, l'ambition de toute religion. Elle est le tout lui-même. Notre pensée et notre corps sont notre vérité. Le monde est notre vérité. L'univers est notre vérité. Ce sont des vérités aléatoires et approximatives. Parce qu'il n'y a que le tout, et l'être derrière le tout, pour être la vérité.

BEAUTÉ, MON BEAU SOUCI

La vie est supportable pour nous autres, les hommes, parce que nous parvenons à nous ménager, ici ou là, de temps en temps, dans une longue suite de malheurs et d'ennui, comme des plages de beauté. La beauté n'est pas la vérité : elle ne prend pas de grands airs, elle n'a pas de prétentions, elle traîne au coin de la rue. Elle est à peine métaphysique. Elle descend sans se faire prier à la réalité la plus quotidienne. Le beau se dégrade en joli, en charmant, en plaisant, en ravissant. Il se gonfle en sublime. Il s'arrange fort bien du plaisir, et parfois du plus bas. Une maison, une voiture, une fleur, une opération, une statue, une fortune, une femme, bien entendu – ou un homme, bien sûr –, peuvent être qualifiées de belles. Il n'y a de beauté que pour les hommes, mais, comme la vérité, la beauté semble le reflet de quelque chose dont nous ne savons rien.

Nous nous souvenons tous d'une silhouette de femme, d'une baie fermée sur elle-même en Méditerranée, d'une église de campagne, d'une peinture ou d'une mélodie attrapée par hasard, et qui nous ont paru belles. Un bonheur, parfois teinté de tristesse, vient se mêler à la beauté. Elle nous donne de la joie. Elle nous perce le cœur. Elle nous fait comme un signe qu'on ne comprend pas bien et qui montre autre chose.

La littérature tout entière, ou ce qui mérite ce nom, la peinture, la sculpture, la danse, la musique, tous les arts, mais aussi une journée de ski, une promenade en bateau entre les îles de la mer Égée ou sur les eaux du Nil, une nuit étoilée, un cyprès sous le soleil ont rapport avec la beauté. Ce n'est pas qu'ils se confondent avec elle : beaucoup d'autres éléments entrent dans leur composition et l'art lui-même n'a pas toujours la beauté comme unique ressort ni comme but exclusif. Mais la beauté – si difficile à cerner et à expliquer à qui n'en aurait aucune idée – est une promesse de bonheur qui se glisse un peu partout, selon des règles compliquées pour donner au tout sa dignité et son charme.

Le tout est la vérité même. Il est aussi la beauté même. Nos vérités de rencontre sont le reflet du tout et de sa vérité, comme la mobilité du temps n'est rien d'autre que l'image, passagère et mortelle, de l'immobile éternité. La beauté dégringole du tout à l'univers et de l'univers à notre monde dont quelques-uns essaient, souvent en vain, de temps en temps avec génie, de rendre comme ils peuvent la multiple splendeur. Il y a de la beauté dans les arbres, dans les nuages, dans les cristaux de la neige, dans les criques du Dodécanèse, dans un campo de Venise avec ses palais et ses ponts, dans les pommes de Cézanne ou dans *Le Mariage secret* de Cimarosa, dans l'*Éthique* de Spinoza ou dans *Le Temps retrouvé* parce que le tout est beau.

La beauté du tout nous échappe. Mais la mathématique, l'astrophysique, la géographie, l'histoire, l'art aussi, et l'amour, et le désir et le sexe, nous permettent de nous en faire une idée. Il y a, bien entendu, de la laideur dans la beauté parce qu'il y a du mal dans le monde. Les hommes contribuent plus que personne, si l'on ose dire, à la beauté du monde. Et plus que personne à sa laideur.

La beauté se promène. Elle erre, de-ci, de-là, à travers le

vaste monde. Elle descend dans un tableau, dans une symphonie, dans une page de roman, dans le soir qui tombe, dans une équation résolue, dans une fleur entre deux pierres. Elle s'attache à Rembrandt, à Bach, à Homère, à Shakespeare. Elle rôde dans les bordels et dans les rues obscures des ports où les marins la traquent. Elle s'élance à travers les cieux où, à défaut de Dieu, invisible et caché, et des cruels trous noirs que personne ne peut voir, les astronautes la rencontrent et la rencontreront sous les espèces des étoiles, des galaxies, des comètes et de cette planète bleue où, lancée par Orphée, par Platon, par des géomètres, par des architectes et des sculpteurs, des marins aussi peut-être, et des amoureux, l'idée de beauté a pris son vol un beau jour. Elle traîne dans les bons livres et à la corne des bois, dans les champs de lavande, sur la toile des peintres, dans les trompettes de Purcell ou de Haydn, sur la scène et sur les écrans, sur la mer déchaînée, au sommet des montagnes et dans le cœur des hommes.

En dépit des poètes avec leurs grands chapeaux, des esthètes, des mannequins et des top models avec leur sourire tragique à la une des magazines, des statues d'Aphrodite et de l'amant d'Hadrien, elle ne suffit pas, pauvre petite, à donner un sens à l'univers, si cruel et si dur, mais elle le rend vivable à ceux qui y habitent.

> Beauté, mon beau souci, de qui l'âme incertaine
> A comme l'océan son flux et son reflux :
> Pensez de vous résoudre à soulager ma peine,
> Ou je me vois résoudre à ne la souffrir plus.

Si le tout n'était pas beau, toute vie serait un enfer. Parce que le temps y règne, et le mal, le monde est très loin de se confondre avec un paradis. Mais, réduit en poudre et en miettes par le big bang primitif, un peu de bien et de beauté tombé des doigts de l'être et de l'éternité se mêle au temps et au mal. Un peu de beauté survit, à l'état de signes, dans le tourbillon de l'histoire, toute dégouttante de sang, de folies et de crimes. Vous, moi, nous tous, nous nous souvenons d'une beauté évanouie et cachée et, comme des enfants à la recherche des œufs de Pâques dissimulés par leurs parents sous les arbres du jardin, nous ne cessons jamais de la guetter, veilleurs du haut de la tour, en même temps que la vérité.

TOUT EST BIEN

Jusqu'à l'épreuve ultime que nous appelons la mort et qui nous fera quitter enfin la scène du théâtre qui nous a engagés, aucun de nous, ici-bas, n'échappe à la souffrance. Tout homme a vu le mur qui borne son destin. La vie est cruelle, et les hommes aussi. À beaucoup le monde ne donne jamais que des larmes. Et plus d'une fois dans la vie la plus riche, la plus heureuse, la plus comblée de succès, surgit le vœu sacrilège de n'être jamais né. Il y a du bonheur dans la vie et le bonheur lui-même s'achève en lassitude. Les hommes ne cessent jamais d'avoir peur. Des mécanismes obscurs nous rongent de l'intérieur. Être heureux est la forme la plus subtile d'un désespoir qui n'ose pas dire son nom. Vivre, c'est d'abord souffrir. Tout ce qui existe est plein de charmes et de délices. Tout ce qui existe est maudit et voué à la mort. Ce n'est pas la vie seulement qui est rongée par le temps. L'homme est, par excellence, un accident vaniteux et une passion inutile. L'univers tout entier, avec ses étoiles, ses planètes, ses galaxies et ses trous noirs, roule, les yeux bandés, vers sa fin inévitable.

Avec des succès divers, et jusqu'aux excès de l'orgueil et de la monstruosité, les hommes essaient de comprendre le tout et, si possible, de l'embellir. L'art, la science, la technique, la religion, la charité, la mystique, la drogue, le jeu, le suicide ou le sport sont des formes différentes de la course du rat dans le labyrinthe du tout.

Que faisons-nous, vous et moi, sinon tourner en rond, l'angoisse au ventre, dans nos incertitudes ? La brève histoire du tout n'a été rédigée, avec beaucoup de bonheur et le sourire aux lèvres, que dans le désespoir. Oh ! bien sûr, il nous arrive d'oublier. Nous oublions si souvent, nous camouflons si bien nos peurs et nos chagrins que c'est la gaieté qui est la règle, parce que nous savons vivre, et l'angoisse qui est l'exception. Nous nous intéressons si fort aux escargots, à l'algèbre, au verre filé, à la broderie, au rugby, à la pêche, à la bataille d'Andrinople, à la comptabilité en partie double, à la production de l'acier, à la culture du riz, aux lépreux, à l'argument ontologique, à la peinture à l'huile, aux tremblements de terre et au précambrien qu'ils finissent, grâce à Dieu, par dévorer notre temps. Nous sommes ingénieurs, historiens, postiers, mères de famille, cheminots ou mineurs. Et nous ne cherchons qu'à nous perdre dans ce que nous faisons. De temps en temps, pourtant, au coin de la rue, la nuit, à la lueur d'un réverbère ou sur le quai de la gare où nous guettons le train, devant trop de misère ou trop de beauté déchirante, le tout se rappelle à nous avec sa face de requin. Et nous nous tordons de douleur.

Nous ne savons rien. Nous sommes perdus. La mort rôde. Le tout ricane. « Je ne sais qui m'a mis au monde, écrit Pascal, ni ce que c'est que le monde, ni que moi-même ; je suis dans une ignorance terrible de toutes choses ; je ne sais ce que c'est que mon corps, que mes sens, que mon âme, et cette partie de moi qui pense ce que je dis, qui fait réflexion sur tout et sur elle-même, et ne se connaît non plus que tout le reste... Tout ce que je connais est que je dois bientôt mourir, mais ce que j'ignore le plus est cette mort même que je ne saurais éviter. » Jusque dans la beauté et le bonheur se glisse le coin de l'angoisse. Et le cri du fils de l'homme nous remonte, en pire, à la gorge : Mon Dieu, mon Dieu, toi qui n'es peut-être même pas, pourquoi nous as-tu abandonnés ?

Ce que nous allons devenir, ce que deviendra ce monde où nous avons vécu, d'où il vient, où il ira, personne ne peut le dire. Il n'y a qu'une chose de sûre : nous aurons été de ce monde dont nous ne savons rien. Le temps si bref d'aimer, d'avoir peur, de pleurer et de rire, au terme de mécanismes qui nous échappent à jamais, nous aurons surgi dans le tout. Avec des milliards d'autres, avec les hussards et les avoués, avec les platanes et les améthystes, l'azote, l'oxygène, les atomes, les galaxies, avec l'auberge « Au Chien qui fume » et le sabre de mon père, nous aurons, sourds et aveugles, géniaux, à demi idiots, fait partie de ce tout.

Il lui était impossible d'être autre qu'il n'a été. Sanglant, menteur, infâme, le monde où nous avons vécu est le meilleur des mondes pour la très bonne raison qu'il est le seul à exister. Car, dans le domaine au moins de l'existence et du temps, ce qui n'existe pas ne peut en aucun cas être meilleur que ce qui existe. Qu'il y ait ou qu'il n'y ait pas quelque chose hors de ce monde, ce monde est une merveille, et la merveille des merveilles est la seule merveille dont nous puissions parler. C'est un chagrin et une horreur et une couronne d'épines et une tache dans le néant et, à nos yeux d'aveugles, c'est la seule beauté et la vérité même.

Tout ce que nous pouvons faire, c'est chanter sa splendeur. Et nous la chantons. C'est bien d'avoir vécu. C'est bien d'être passé dans l'histoire et dans le temps. C'est bien d'avoir été un des quatre-vingts milliards d'hommes qui auront vu le soleil. C'est bien d'avoir été dans le sang, dans la souffrance, dans le mensonge et dans le mal. Rien n'effacera jamais, même pas Dieu, s'il est, ce passage éblouissant, illusion ou réalité, dans un temps aussi stupéfiant et aussi inexplicable que l'éternité même. J'aurai vécu. Et vous aussi. J'aurai été un homme. Et vous aussi. Je serai descendu, personne ne sait d'où, pour aller personne ne sait où, dans cette vie étrange qui nous paraît si simple. Et vous aussi. Nous aurons, vous et moi, été, la tête me tourne, une part infime du tout.

Comment le désespoir et la joie, comment l'angoisse et l'orgueil ne s'empareraient-ils pas de nous ? Nous sommes Alexandre et Platon, nous sommes Virgile et Titien, et tous les esclaves noirs qui passaient de Gorée dans les lointaines Amériques, et tous les juifs de la Shoah, nous sommes la plaie et le couteau, nous sommes le masque et la hache, nous sommes le chêne et le roseau, et la rose et le réséda et la pieuvre et la pierre et toute l'eau de la mer et tous les nuages du ciel. Un lien court entre nous, que nous appelons les hommes, et entre nous et les créatures, et entre la matière et la vie. Nous sommes, chacun de nous, les étoiles et la pensée. Le monde est un livre où nous sommes tous écrits et que nous écrivons tous.

Chaque vie est une aventure. Et chaque vie est un roman. Le tout est l'aventure de toutes les aventures. Et le roman de tous les romans. Le grand roman du tout dont vous lisez la brève histoire. Elle est toute faite d'une avalanche et d'un enchevêtrement de petites histoires sans fin dont quelques-unes sont grandes et qui nous occupent chaque jour.

On pourrait raconter ici n'importe quelle histoire des hommes, des animaux, de la nature ou des cieux. L'histoire, si belle, d'Alaric, enterré à Cosenza, en pleine conquête triomphale, sous les eaux d'un torrent, l'histoire d'Henri de Régnier :

> Ce long jour a fini par une lune jaune
> Qui monte mollement entre les peupliers
> Pendant que se répand parmi l'air qu'elle embaume
> L'odeur de l'eau qui dort entre les joncs mouillés...

Celle de Pierre Louÿs :

Plus tard, ô ma beauté, quand des nuits étrangères
Auront passé sur vous qui ne m'attendrez plus,
Quand d'autres, s'il se peut, amie aux mains légères,
Jaloux de mon prénom, toucheront vos pieds nus...

Et celle des trois sœurs Heredia, dont l'une fut la femme de Pierre et l'autre la femme d'Henri et la maîtresse de Pierre, l'histoire des trois sœurs Song dont l'une épousa Sun Yat-sen et l'autre Tchang Kaï-chek, l'histoire de Bianca Capello qui, après s'être enfuie à quinze ans de son palais de Venise pour s'installer à Florence avec son jeune amant, devient la maîtresse puis la femme du grand-duc, s'attire l'amour peut-être et en tout cas la haine de son beau-frère le cardinal et meurt empoisonnée, en même temps que son mari, par un gâteau préparé de ses propres mains pour se défaire de son beau-frère, l'histoire d'Urbain Grandier, de l'infâme Laubardemont et des possédées de Loudun, l'histoire de Vidocq, l'ancien bagnard devenu policier et chef de la Sûreté, l'histoire d'Aladin et de la lampe merveilleuse, l'histoire d'Ali Baba et des quarante voleurs ou de Sindbad le Marin, l'histoire des amours de Musset et de George Sand à Venise – « Adieu mes cheveux blonds, adieu mes blanches épaules, adieu tout ce que j'aimais, tout ce qui était à moi ! J'embrasserai maintenant, dans mes nuits ardentes, les troncs des sapins et les rochers dans les forêts en criant votre nom et quand j'aurai rêvé le plaisir, je tomberai évanouie sur la terre humide » –, celle des amours de Chateaubriand et de Pauline de Beaumont à Rome – « Elle mourut dans mes bras, désespérée et ravie » –, celle des amours de Nisus et d'Euryale, d'Héloïse et d'Abélard, d'Oscar Wilde et de lord Douglas, de Marceline Desbordes-Valmore et d'Henri de Latouche :

N'écris pas, je te crains ; j'ai peur de ma mémoire ;
Elle a gardé ta voix qui m'appelle souvent.
Ne montre pas l'eau vive à qui ne peut la boire.
Une chère écriture est un portrait vivant,
N'écris pas !

Celles du chevalier des Grieux et de Manon Lescaut, de Julien Sorel et de Mme de Rênal, de Théodora, fille d'un montreur d'ours, danseuse, prostituée, et de Justinien, empereur romain d'Orient, d'Humbert Humbert et de Lolita, de Lauren Bacall et d'Humphrey Bogart – « *If you need me, just whistle... You know how to whistle, don't you ?... You put your lips together, and you blow* » –, de Rhett Butler et de Scarlett O'Hara dans *Autant en emporte le vent*, de Michèle Morgan et de Jean Gabin dans *Quai des brumes*, de Simone Signoret et de Serge Reggiani dans *Casque d'or*, d'Ingrid Bergman et de Gary Cooper dans *Pour qui sonne le glas*, l'histoire fabuleuse de Tamerlan, l'histoire de Jean du Plan Carpin, de Magellan, de Cervantès qui perd un bras à Lépante avant d'écrire *Don Quichotte*, d'Alexandre Borgia, qui fut pape, de sa fille Lucrèce et de son fils César qui s'aimèrent et se haïrent, l'histoire, en veux-tu en voilà, de Yûssuf ibn Tâchfin, premier souverain almoravide, fondateur de Marrakech, ou de Muhammad ibn Tûmart et d'Abd al-Mûmin, premiers souverains almohades, origines d'une dynastie dont le déclin sera sonné par la victoire d'Alphonse VIII sur Muhammad al-Nasir à Las Navas de Tolosa, au nord de Jaén, en Espagne, l'histoire de Huian-tsang ou de Fa-hien, moines chinois et bouddhistes qui passent toute leur vie à partir pour l'Inde au prix des pires aventures dans les montagnes enneigées et dans les déserts brûlants et à en revenir porteurs de textes sacrés, l'histoire d'Œdipe, et de Jason, ou de Médée, ou d'Ulysse, père, bien avant Cervantès et Rabelais, de tous les romans qui nous font tout oublier, l'histoire de Salomon et de la reine de Saba, l'histoire de Cortés et de Moctezuma, l'histoire des mormons ou de la tribu perdue d'Israël, l'histoire d'Al Capone et de la Saint-Valentin, l'histoire de Lucky Luciano, parrain de la Mafia américaine, libérateur de la Sicile, l'histoire de Cicéron ou de Richard Sorge, espions au service de l'Allemagne nationale-socialiste ou de l'URSS, l'histoire de Benjamin Disraeli, premier comte Beaconsfield, israélite venu d'Orient, romancier à scandales, dandy spirituel et brillant, conservateur de génie, adversaire de Gladstone et favori de la reine à qui il donne un empire, l'histoire d'Alcibiade, de Regulus, de Jacques Cœur, de Bismarck, de Rudolf Hess, de Trotski, bourgeois juif déporté en Sibérie, théoricien de la révolution permanente, organisateur de l'Armée rouge, assassiné à Coyoacán, au Mexique, en 1940, par un agent du KGB du nom de Jacques Mornard, élevé aussitôt par Staline à la dignité de héros de l'Union soviétique, l'histoire de Pauline Dubuisson, ah ! la vie est trop dure, qui aimait et n'aimait pas, l'histoire du curé d'Uruffe, meurtrier de son enfant et de la mère de son enfant, l'histoire du duc de Choiseul-Praslin, assassin de sa femme par amour pour une gouvernante, l'histoire des frères Bulwer-Lytton ou de Lytton Strachey – « *All my family was threatened by incest ; as far as I am concerned, my sister was protected by her sex and my brother by his looks* » –, l'histoire fascinante des fourmis, des abeilles, des archéoptérix, descendants des reptiles et premiers des oiseaux qui conquièrent le ciel très tard – moins tard que les hommes, évidemment –, il y a cent cinquante millions d'années, des ours blancs sur la banquise, des loups sur la steppe, des castors dans leurs rivières, des oies sauvages, des saumons, des anguilles dans la mer des Sargasses, des mangoustes et des cobras, des orques, des scorpions qui se percent de leur propre dard quand tout espoir vient à manquer, des mantes religieuses qui dévorent leur mâle après l'amour, l'histoire pleine de mystère de la fin des diplodocus ou de l'homme de Neandertal, l'histoire de la vie, depuis les bactéries et la soupe primitive jusqu'à Picasso et à Julie, la fille de Jean-Paul et de Pascale, qui est née ce matin, l'histoire des trous noirs d'où la lumière n'a pas la force nécessaire pour pouvoir s'échapper, l'histoire du Soleil et de la Terre, l'histoire, encore hypothétique, du big bang fondateur et de l'univers très réel qui en découle pour nous produire et pour nous entourer, l'histoire enfin du tout que vous êtes en train de lire et qui contient toutes les autres.

La liste de ces histoires n'est pas limitative. Et elle est loin d'être close. On en dénicherait des milliers et des milliers dans le passé immédiat ou lointain et l'avenir nous en prépare de nouvelles que nous aurions beaucoup de mal à inventer de nous-mêmes. L'univers est une machine à créer du passé et à fournir des histoires. Et il en fournira jusqu'au bout. Aucune, j'imagine, n'a été aussi belle et ne sera jamais aussi belle que la courte histoire des hommes en train de prendre possession d'eux-mêmes et du monde autour d'eux depuis quelques dizaines, à l'extrême rigueur quelques centaines de milliers d'années. Il n'est pas impossible que je me trompe et que des merveilles inouïes, plus fabuleuses encore que tout ce que nous avons connu, soient tapies devant nous et au-delà de l'histoire des hommes. Je veux bien le croire, je le crois. Ce qui est sûr, en tout cas, c'est que l'homme est une ressource infinie et qu'il n'y a pas ailleurs de miracle plus troublant ni plus cohérent dans son invraisemblance que le tout où nous vivons.

Même s'il n'est qu'un rêve et une illusion, le monde est vrai. Avec toutes ses taches et ses défauts, le monde est beau. Nous nous promenons le long des fleuves et dans les vallées entre les montagnes. Nous traversons les forêts de sapins et de chênes. Nous marchons, enchantés, entre les cistes, les myrtes, les tamaris, les arbousiers. Nous entrons dans les jardins qui entourent les vieilles maisons. Il y a des champs de lavande et de hautes falaises blanches où les vagues viennent se briser. Entre la Terre et l'homme, un pacte s'est noué. Il a donné des vignes, des cyprès, des oliviers, des cultures en terrasse. Il a semé un peu partout des pyramides, des cathédrales, des monastères dans les vallées, des temples sur les collines, des palais de rêve au bord des lacs. Les îles nourrissent les songes et les villes les abritent.

Les villes parlent de commerce, de lois, de pouvoir, de conquêtes, de misère et d'ambition. Elles s'étendent le long de la mer ou dans le creux des fleuves. On y trouve des ponts, des églises, des places avec des drapeaux et de grands escaliers. Droits, coupés, à vis, à double révolution, en colimaçon, en fer à cheval, mécaniques ou roulants, il y a des escaliers à Todi et à Rome, à Montmartre, à Chambord et à Fontainebleau, à Teotihuacán et à Tikal, à Persépolis, à Ravello, à Amalfi, à Patmos et au mont Athos, à Bénarès sur les bords du Gange, à Venise avec le Bovolo, à Paris avec la tour Eiffel, au cœur des Pyramides et de la tour de Babel, le long de la Grande Muraille de Chine, dans *L'Impératrice rouge* où un amant les monte à cheval, dans *Le Cuirassé Potemkine* où une voiture d'enfant les dégringole marche à marche, dans *Les Enchaînés* où Ingrid Bergman et Cary Grant les descendent enlacés l'un à l'autre par une passion dévorante.

De pierre, de bois, de fils d'acier ou de lianes, couverts ou suspendus, transbordeurs ou romains, Euxin, d'Arcole, du Diable ou au Change, de bateaux ou aux ânes, des Soupirs ou des Arts, il y a des ponts sur le Gard, en Avignon, sur le Rhin, à Tancarville, à Honfleur, à San Francisco, à Venise, à Amsterdam, à Londres sur la Tamise, à Paris sur la Seine, à New

York, à Ronda et sur la rivière Kwaï, à Mostar et sur la Drina. Il y a partout des églises, des temples, des mosquées, des synagogues en l'honneur du Dieu inconnu et que les hommes se disputent. Il y a des places dans toutes les villes : la piazza Navona et la place du Capitole, la place Saint-Pierre et la place Saint-Marc, la place Rouge, la place Tienanmen, la place des Trois-Cultures, la place de la Concorde, la place Vendôme, la place des Vosges, Trafalgar Square et Piccadilly Circus, la place Stanislas à Nancy, la place des Quatre-Dauphins et la place d'Albertas à Aix-en-Provence, Djema el-Fna à Marrakech, Maydân Châh à Ispahan, la piazza del Comune à Crémone, la piazza del Popolo à Ascoli Piceno, la piazza Erbe à Vérone et la minuscule piazza Bra-Molinari derrière Sainte-Anastasie, où la princesse de Trébizonde – ah ! vous souvenez-vous ? – est peinte par Pisanello.

Voilà notre théâtre. Voilà la scène où les acteurs que nous sommes récitent, chaque matin et chaque soir, et tout au long du jour et des nuits, leurs répliques et leur rôle. La pièce est inégale. Il y a des chevilles, des temps morts, des trous, des tirades imbéciles, des fours, des passages faibles. Le tout n'est pas excellent dans ses moindres détails. Il n'est pas bon d'un bout à l'autre. On couperait bien des scènes entières, des guerres, des souffrances, des laideurs, des mensonges, des horreurs de toute sorte. Rien n'y fait : le tout est un chef-d'œuvre, composé de chefs-d'œuvre. La vie est un chef-d'œuvre. La nature est un chef-d'œuvre. Les cieux au-dessus de nous et la voûte étoilée sont des chefs-d'œuvre sans pareil. Il n'y a pas d'autre chef-d'œuvre que le chef-d'œuvre du tout et, dans le chef-d'œuvre du tout, chacun de nous est un chef-d'œuvre.

Le mal est dans le tout et dans chaque fragment du tout. Et, plus que nulle part ailleurs, il est d'abord en nous. Parce que nous ajoutons du mal au mal qui est dans le temps. Rien n'est plus fort que les hommes dans la beauté, dans le courage, dans la recherche de la vérité, dans le bien. Et rien n'est plus fort que les hommes dans la laideur, dans le crime, dans le mensonge et dans le mal. Les hommes sont à la fois le miracle et la tache, ils sont la faute et le pardon, ils excellent dans la grandeur comme ils excellent dans la bassesse.

C'est une drôle d'idée de s'imaginer qu'ils sont la cause et la fin du tout. C'est une drôle d'idée aussi de les mépriser et de les haïr. On les aime parce qu'ils sont la faute, et l'oubli, et la faiblesse, et l'erreur. Il serait trop facile de ne devoir aimer que ce qui est digne d'être aimé. C'est pour qu'il y ait du pardon qu'il y a du temps et du mal.

Le tout avec les hommes est le meilleur des romans, une pièce très réussie, un triomphe à jamais, un rêve pour un créateur. Si l'auteur d'une brève histoire du tout avait une idée derrière la tête, c'était de se moquer de l'humanisme et de faire l'éloge des hommes. Et du tout, bien entendu. La neige est belle. La mer est belle. Venise est belle. Maubeuge aussi. Le soleil est beau. Notre Galaxie est belle. Les autres galaxies, je les connais assez mal, doivent être très belles aussi. L'amour est beau. L'ambition des hommes est belle malgré ses délires et ses crimes. Avec ses délires et ses crimes. Le tout est la seule vérité que nous puissions espérer. Quand Platon nous adjure d'aller à la vérité de toute notre âme, c'est à la vérité du tout qu'il nous invite à nous consacrer. C'est-à-dire une vérité inépuisable – et pourtant limitée. Parce qu'il n'y en a pas d'autre pour nous qui sommes dans l'espace et dans le temps.

Nous souffrons. Le mal nous guette. La laideur nous submerge. Le mensonge, la lâcheté, la souffrance, la bassesse sont notre pain quotidien. Cette brève histoire du tout n'est pas à la hauteur de ses grandes ambitions et, pour beaucoup de raisons, il arrive, de temps en temps, à son auteur de se demander s'il n'aurait pas mieux fait de ne pas naître. Et, en tout cas, de ne pas écrire. N'importe. D'autres ont vécu. D'autres ont écrit. Il y a des hommes pour sauver les hommes et tout ce qu'il y a de médiocre et de mal est racheté par ce qu'il y a de bien. Il y a Racine :

Ô sagesse, ta parole
Fit éclore l'univers,
Posa sur un double pôle
La terre au milieu des mers.
Tu dis, et les cieux parurent,
Et tous les astres coururent
Dans leur ordre se placer.
Avant les siècles tu règnes ;
Et qui suis-je, que tu daignes
Jusqu'à moi te rabaisser ?

Et Toulet :

À Londres je connus Bella,
Princesse moins lointaine
Que son mari le capitaine
Qui n'était jamais là.

Et Leopardi. Et Hemingway. Il y a les Rocheuses et les Andes. Il y a des jacinthes et des coquelicots. Il y a la Méditerranée qui n'a pas toujours été là et qui finira bien par ne plus être là, mais qui, à la différence du mari de Bella, aura longtemps été là. Et, par bonheur, en même temps que nous. Il y a le passé. Et l'avenir. Il y a la crainte. Et l'espérance. Il y a la faute et le malheur. Il y a le pardon et l'amour. Tout est bien.

Monologue du tout

Ce qu'il y a de plus étrange avec moi, c'est qu'on ne sait pas pourquoi j'existe. Découvrir comment j'existe n'est déjà pas commode. Il arrive même à quelques-uns de se demander si j'existe. Si simples, si évidents, les hommes et l'être sont pleins de mystère. Et moi aussi.

Les hommes existent. Personne n'en doute. Il est très difficile de dire depuis quand ils existent. Ils existaient hier, avant-hier, au siècle dernier, au temps de Ronsard ou d'Horace, au temps de la guerre du feu et des premières sépultures. Il y a dix millions d'années, ils n'existaient pas encore. C'est autour de deux, de trois, de quatre millions d'années qu'ils commencent à exister et c'est précisément autour de ce temps-là qu'il est assez risqué de décider quand ils existent déjà et quand ils n'existent pas encore. Est-ce qu'ils se mettent à exister tout à coup par l'opération du Saint-Esprit, ou est-ce que des créatures qui ne sont pas des hommes se préparent, très lentement, à se changer en hommes ? On ne sait pas. On peut croire ce qu'on veut. Mais enfin, il y a eu des hommes hier, il y en aura demain – jusqu'à quand, ils ne savent pas : ils savent une foule de choses, mais ils ne savent ni quand ils commencent ni comment ils finiront – et il y en a aujourd'hui. Et, aujourd'hui au moins, ils se distinguent sans trop de peine de ce qui n'est pas un homme.

L'être, c'est plus difficile. Il n'est pas permis de dire qu'il existe comme existe une pierre, un papillon, une couleur – ou un homme. L'être est. Un point, c'est tout. On ne peut pas en dire grand-chose. On ne peut pas en parler. On ne peut rien en dire du tout. Sauf qu'il est : il faut bien qu'il soit puisqu'il y a quelque chose au lieu de rien. L'être est parce qu'il y a du temps, de l'espace, de la matière, de la vie, de la pensée, et un tout.

Le plus simple, en apparence, c'est moi. C'est le tout. Moins simple pourtant qu'il ne semble à première vue. Est-ce qu'il y a quelque chose qu'on a le droit d'appeler le tout et dont un exalté pourrait tenter d'écrire l'histoire ?

Qu'est-ce que je suis ? Disons d'abord, pour faire simple, et c'est déjà compliqué, que je suis l'ensemble de tout ce qui existe dans l'espace et dans le temps. Commençons toujours par là. Je suis la nature, et les choses, et les hommes, et leur histoire, et l'univers autour d'eux. Je suis la Galaxie dont font partie le Soleil, et la Lune, et la Terre, et les quelque cent milliards d'étoiles que vous appelez la Voie lactée. Je suis les cent milliards de galaxies qui, au-delà de la Voie lactée, et au même titre qu'elle, constituent l'univers. La Galaxie, la Voie lactée sont assez peu de chose dans l'ensemble de mon tout. La Terre est encore moins de chose. Elle ne serait rien du tout s'il n'y avait pas sur cette Terre, si ridicule dans son coin, quelque chose d'inouï que les hommes appellent la vie et, au sein de cette vie, quelque chose de plus inouï encore qu'ils appellent la pensée.

La pensée, qui se dresse en face de l'être avec un orgueil sans bornes et qui lui fait concurrence, n'est rien d'autre qu'un sous-produit de la vie, qui est un sous-produit de la Terre, qui est un sous-produit de mon tout. L'ennui est que je suis, en un sens, le sous-produit de ce sous-produit. Je suis l'effet de mon effet. Suivez le guide. Suivez le tout. Il n'y a de la pensée que parce qu'il y a un tout. Et il n'y a un tout que parce qu'il y a de la pensée.

On voit que je suis quelque chose de très curieux et de très amusant. Je suis quelque chose de tout à fait rigolo. Et, en fin de compte, d'assez simple : tout ce qui est, non pas sous le Soleil, tellement plus grand que votre Terre et si ridiculement minuscule, mais dans l'espace et dans le temps. C'est ici que les choses deviennent un peu plus difficiles : si je suis, c'est enfantin, tout ce qui est dans l'espace et dans le temps, y compris la matière, et la nature, et les gaz, et les atomes, et la lumière et le rayonnement, et l'énergie, et l'histoire, est-ce que je suis aussi et l'espace et le temps ?

Il ferait beau voir que la réponse fût non. Et il ne s'agit pas de dire que le tout fait partie de l'espace et du temps. C'est l'espace et le temps qui font partie de mon tout. Que le tout soit dans l'espace et dans le temps, ou que l'espace et le temps soient bien plutôt dans le tout, ils sont en tout cas inséparables les uns des autres. Je me confonds, en vérité, avec l'espace et le temps qui se confondent entre eux au point que – par un mystère un peu rude à comprendre et que les hommes, jusqu'à un personnage très comique qui portait le nom d'Einstein, ont été longs à percer – agir sur l'espace, c'est agir sur le temps : quelqu'un qui se déplacerait à toute allure dans l'espace vieillirait moins vite que quelqu'un d'immobile. Je suis comme ça, je n'y peux rien. S'il y a des choses hors de l'espace et du temps, elles ne relèvent pas de moi. Et s'il y a des choses hors de moi, elles ne relèvent ni de l'espace ni du temps qui sont ma nature même.

Les pensées, bien sûr, jusqu'aux plus ineptes, aux plus contradictoires, aux plus folles, les passions, les rêves, les sentiments les plus fugaces et les plus insaisissables, mais aussi le vide, les fantômes, les trous noirs, les miracles appartiennent à mon règne. Il n'y a que le néant qui échappe à mon tout. Parce que le néant n'est pas. Et que, puisqu'il n'est pas, il n'a de lien qu'avec l'être dont il est la réplique, le frère jumeau, l'envers et la négation.

Je ne suis ni l'être ni le néant. Je suis le tout. J'existe. Vous levez les yeux, vous regardez : tout ce que vous voyez de plus immense et de plus minuscule, c'est moi. Vous écoutez : c'est moi. Vous sentez, vous touchez, vous rêvez, vous imaginez, vous vous souvenez, vous attendez : c'est moi. Le passé, c'est moi. L'avenir, c'est encore moi. Et le présent, ah ! le présent, qui existe si fort et qui n'existe pas, c'est moi.

Les pigeons, c'est moi. Les malles d'osier, c'est moi. Le cinabre, c'est moi. La Horde d'or, c'est moi. Vous pouvez très bien supposer qu'il n'y a pas d'être du tout en dehors de mon tout. Je travaille à guichets fermés. Je fonctionne en circuit clos. Je me suffis à moi-même. Et ce qui existe en moi est assez exubérant pour camoufler tout être. Et pour combler le néant. Il y a le tout et il y a les hommes. On pourrait soutenir, à la rigueur, que le tout et les hommes sont l'alpha et l'oméga et qu'ils n'ont besoin pour exister de rien d'autre ni de personne. Le tout, c'est du solide. Et les hommes, c'est le fin du fin et c'est la fin des fins. Je contiens tous les hommes. Et chaque homme me contient. Ils appellent ça la conscience, le savoir, l'imagination, la pensée.

Il y a des hommes pour soutenir que je n'ai de réalité que dans la pensée des hommes. On les appelle des philosophes. Ils prétendent – pas tous : pas Aristote, pas saint Thomas, pas Spinoza, pas Karl Marx - que je ne surgis que dans leur tête. Aucun homme ne s'imagine que les hommes n'existent pas. Mais il y a des hommes pour s'imaginer que le tout n'existe pas. C'est très exagéré. Ce n'est pas les hommes qui créent le tout à partir du néant. C'est plutôt le tout, pour dire les choses un peu en gros, qui a créé les hommes à partir du néant. Entre moi et les hommes il y a un jeu réciproque que vous commencez à connaître et où chacun porte l'autre. Et nous existons tous les deux.

Il est aussi absurde de prétendre que je n'existe pas qu'il serait absurde de prétendre que vous, les hommes, n'existez pas. Vous savez bien que vous existez et vous savez que j'existe. Les bleus que vous recevez quand vous vous cognez au monde, c'est moi. La pluie, c'est moi. Le froid, c'est moi. Le soleil et ses coups, c'est moi. La souffrance, c'est moi. C'est vous, bien sûr, et c'est moi. La souffrance est un bon exemple de l'existence du tout et de votre propre existence. La souffrance, c'est vous et moi.

Je suis aussi le bonheur, la joie, le plaisir, et l'amour. Tout ce qu'il y a de bien, c'est moi. Tout ce qu'il y a de mal, c'est moi. Il y a du mal. Il y a du bien. Le bien et le mal sont mêlés dans le tout. Ce n'est pas chez moi qu'il faut chercher des jugements sans appel ni des certitudes à jamais. Il faut croire au tout et à rien : une espèce, si vous voulez, de scepticisme mystique. Et une indifférence passionnée. Le tout existe. Il est réel. Il n'arrête jamais de bouger et de rester le même. Il est tout. Et presque rien.

Le tout est un. Il est mobile et divers, il est changeant, il est multiple. Et il est un. Pour les hommes au moins, le Soleil est son symbole. Le Soleil bouge. Et ne bouge pas. Il se lève, il se couche, il disparaît, il revient. Il est ce qu'il y a de pire et ce qu'il y a de meilleur. Il brûle et il réchauffe. Il tue et il ressuscite. Il dessèche les rivières, il ravage les déserts et il fait mûrir le raisin dans les vignes alignées au fond des plaines calcaires, sablonneuses ou schisteuses ou au pied des collines. Il tombe dans la mer, il tourne autour des montagnes, il s'en va pour la nuit – et il est toujours là. Il est l'image de l'un, du bien, de la permanence, du salut.

Avec ses électrons, ses protons, ses neutrons, ses mésons, ses neutrinos par milliards qui ne cessent jamais de bombarder tout ce qui existe et ses quarks aux noms si poétiques – *up, down, étrange, charme, bottom* ou *top* –, échappés du *Finnegans Wake* de James Joyce, l'atome est une espèce de tout. Il y a des mondes dans l'atome comme il y a des mondes dans le tout. Et les uns tournent comme les autres, sous des lois comparables. L'homme est à mi-chemin entre l'univers et l'atome. L'atome lui paraît minuscule et l'univers, immense : ce que la Lune est à une bille, la bille l'est à l'atome. Mais, à un bout du tout, pour d'autres yeux que les nôtres, l'atome est un monde immense et l'univers, à l'autre bout, est un monde minuscule.

Je suis le tout. Je me décline en mille modes, en mille temps, en mille cas, en mille flexions, en mille désinences, en mille aspects invraisemblables, plus étranges les uns que les autres, et pourtant très réels. Je suis le quartz, le granit, le cristal de roche, l'hydrogène. Je suis la première seconde de l'univers, et le premier centième de seconde, et le premier millième, et le premier milliardième de milliardième de seconde juste après le big bang, et toutes les secondes, et les heures, et les jours, et les siècles, et les millions de millénaires qui lui ont succédé. Je suis les coccinelles, les mousquetaires du roi, les cuirassiers de Reichshoffen, le premier mort, et le dernier, de la guerre de 14, les anneaux de Saturne, la gare de Perpignan, la Madone Pesaro à l'un des autels du bas-côté de gauche de l'église des Frari, à Venise.

Je suis la haine, le doute, la structure, les couleurs, la destruction, les mirages. Je suis tous les griffons, les sphinx, les phénix, les sirènes, les centaures, les licornes, les chimères qui n'ont jamais existé que dans la tête des hommes. Je suis Ulysse, et le prêtre Jean, et Isaac Laquedem, et saint Georges et son dragon. Je suis le secret, et l'oubli, et le rêve, et le mensonge. Je suis le songe de Constantin, endormi en même temps sous sa tente au milieu de ses troupes et dans l'église des franciscains à Arezzo, en Toscane, et le songe de sainte Ursule, massacrée à Cologne et vivante parmi nous, étendue à jamais sur son lit de partout sous le regard d'un ange, de son chien, de Carpaccio qui la peint et de tous ceux qui traversent pour venir l'admirer le pont de bois sur le canal. Je suis ce qu'on sait et ce qu'on ne sait pas, ce qui a été et qui sera, ce qui n'a jamais vu le jour mais qui aurait pu le voir. Je suis le monde et son train. La souffance et la joie. La totalité du passé et tout ce qui n'a pas eu lieu encore mais qui aura lieu un jour ou l'autre. Je suis la fin des temps comme j'en suis le début. Je suis la négation, le contraire, le paradoxe, l'eau qui coule, le rire des hommes et leurs larmes, l'idée, chère aux sceptiques et aux philosophes de l'Angleterre d'avant Kant, que rien n'existe du monde qui nous entoure et que tout n'est qu'illusion, née dans l'esprit de ceux qui, inventant et créant à chaque instant l'univers, s'imaginent qu'ils l'observent.

Les hommes ne s'occupent guère de moi. Et je ne m'occupe guère d'eux. Chacun d'eux ne voit de moi que ce qui lui est le plus proche. Les cuisinières, leurs casseroles ; les militaires, leurs armes ; les ambitieux, leur pouvoir ; les amoureux, leur amour ; presque tous, leur santé, leur argent, leur famille et leurs biens.

L'histoire – leur histoire – a pris pour les hommes une formidable importance. Le tout s'est longtemps résumé pour eux à leurs enfants, à leurs forêts ou à leurs champs, à leur région, au passé dont ils se souvenaient. La nature, si décisive pendant des centaines et des centaines de millénaires pour ceux qu'elle abritait et menaçait à la fois, s'est lentement effacée. La place, dans l'imagination collective, de la Terre des hommes considérée comme un tout n'a pas cessé de croître : une Terre unifiée et uniformisée, de plus en plus présente grâce au savoir, de plus en plus abstraite aussi, couverte plutôt d'objets semblables les uns aux autres que de forêts et de légendes. Quatre millénaires après Abraham, un peu plus de trois millénaires après Moïse, deux millénaires et demi après Socrate, Confucius et le Bouddha, deux millénaires après le Christ, un millénaire et demi après Mahomet, comment ne pas voir que la grande affaire des millénaires à venir sera la conquête de mon espace par ceux à qui la Terre ne suffit plus depuis qu'elle est réduite à la dimension d'un village et qu'elle s'offre sans mystère à votre curiosité ?

Dans les millions de millénaires à venir, je serai la proie des hommes, ou de ceux qui leur succéderont. Ils ne me conquerront pas tout entier : je suis trop grand pour eux. Mais ils se répandront loin de la planète minuscule qui leur a donné naissance sous les rayons d'un Soleil qui leur fournit lumière et chaleur et qui en est arrivé à peu près à la moitié de son espérance de vie. Ils partiront pour des frontières trompeuses qui n'en finiront pas de s'éloigner à mesure que les hommes s'en rapprocheront et qu'ils n'atteindront jamais.

C'est une drôle d'idée de vouloir écrire mon histoire. Je ne suis pas pour les hommes un objet de savoir. Ils ne peuvent pas me connaître dans ma totalité. Il y a deux choses dans le tout qui sont trop grandes pour l'homme. La première, c'est le tout. Et la seconde, c'est l'homme.

L'homme est une ressource infinie parce qu'il est toujours capable de se retourner contre lui-même et de s'échapper à lui-même. Parce qu'il pense et parce qu'il est libre. Parce qu'il rit, parce qu'il doute, parce qu'il se moque de lui et des autres, parce qu'il règne par l'humour, par l'ironie, par le paradoxe et la négation. Et le tout aussi est une ressource infinie. Parce que, en lui comme en l'homme, il y a toujours un ailleurs.

Les hommes ont inventé un outil formidable pour l'emporter sur moi et pour me conquérir : c'est la science, c'est le savoir. Mais l'outil ne s'applique qu'à des secteurs restreints et déterminés de mon tout. Il ne leur est pas permis de tout savoir sur le tout. Tant que les hommes ne savaient rien, ils pouvaient encore aspirer à la belle illusion de tout savoir du tout. Dès qu'ils en ont su un peu plus, ils ont compris assez vite que l'espoir même de tout savoir sur moi leur serait interdit à jamais. Sous leurs mains trop avides, je me mets à fuir de toutes parts. En savoir toujours plus, c'est en savoir toujours moins.

Il y a dans mon tout comme des relents d'infini. Je suis immense et minuscule. Aux yeux de l'être, je le sais bien, mon immensité est minuscule. Mais, aux yeux de l'homme, tout ce que j'ai de plus minuscule est déjà une immensité. On peut me découper en tranches, en secteurs, en strates, en périodes, en règnes, en espèces, en familles, en disciplines : chacune des parts du gâteau est une infinité inépuisable. L'histoire n'en finit pas. Et l'homme, bien sûr, n'en finit pas. Tout nombre, si grand soit-il, peut être doublé en esprit, tout nombre, si petit soit-il, peut, à son tour, être divisé à l'infini. Dans n'importe quel tiroir de l'univers qui les entoure, les hommes peuvent monter vers le tout et descendre vers le rien sans jamais rencontrer ni le tout ni le rien. Au moins peut-on parler de ces secteurs et de leurs détails. Du tout lui-même, on ne peut rien dire. Plein comme un œuf, bourré jusqu'à la gueule, le tout est absent comme le néant. Pour vouloir écrire mon histoire, il faut être fou d'orgueil. Et une espèce d'imbécile.

Parlez-moi des arbres, du Moyen Âge, des trous noirs, de la lumière, de l'imparfait chez Flaubert, des navires chez Homère, du vert Véronèse et du rouge de Venise. Parlez-moi de Damas, de l'ozone, du radium, de la jalousie, du pouvoir, de l'argument ontologique, de la Crucifixion, du sacré, de l'interdit, de l'avenir. Parlez-moi de tout et de n'importe quoi. Mais ne me parlez pas de moi. Ne parlez pas du tout et ne parlez pas du néant. Parce qu'on ne peut rien dire du néant et qu'on ne peut rien dire du tout. La moindre histoire du tout est une insanité. Presque une obscénité. Presque un crime. Et une insignifiance. Mieux vaudrait pour l'auteur, s'il existait vraiment, n'avoir rien dit du tout.

Si personne ne peut rien dire du néant ni du tout, c'est que le tout comme le néant sont accrochés à l'être. Et l'être est au-delà des mots. Il appartient au silence. Le néant renvoie à l'être parce qu'il n'est rien d'autre que sa négation. Le tout renvoie à l'être parce qu'il est enraciné en lui. Le silence envahit le tout comme il envahit le néant et comme il envahit l'être.

L'être, qui est partout, qui est à l'origine et qui sera à la fin, est camouflé à chaque instant par le temps, par la matière, par la vie, par l'histoire qui ne sont là que pour ça. Il s'évanouit dans l'espace, dans le Soleil et les étoiles, dans la marche des astres, dans la propagation de la lumière, dans la structure d'une nature abandonnée à la loi, dans l'exubérance tumultueuse des événements et des choses. Il reparaît, caché, dans le tout et dans l'homme qui se répondent l'un à l'autre. Nous sommes, vous et moi, des signes obscurs de l'être et son reflet lointain. Nous sommes, vous et moi, à l'image même de l'être. Parce que vous êtes libres et que vous pensez. Et parce que je suis sorti de l'être qui m'a séparé du néant et que, secret comme l'être, je roulerai, impassible, de l'origine à la fin. Je suis l'impensable qu'on ne peut penser qu'en détail et vous êtes la pensée.

Je ne suis rien sans vous et vous n'êtes rien sans moi. Nous sommes les jouets articulés de l'être. Ses enfants délaissés et chéris. Ses jumeaux inséparables. Ses miroirs qui se reflètent. Ses échos alternés et ses chants amébées. Tout ce qui se passe en vous se passe aussi en moi. Et tout ce qui se passe en moi n'est connu que par vous. Je suis plus vieux que vous. Mais dès que j'ai été, j'ai été votre attente. J'étais de tout temps votre promesse et votre annonce. Vous avez longtemps été l'avenir du tout. Voilà que le tout est l'avenir de l'homme. Je ne sais pas plus que vous si nous irons ensemble jusqu'au terme des choses. Mais vous régnez sur moi qui vous ai mis au monde.

Vous êtes à moi. Je suis à vous. Que d'histoire encore nous aurons à vivre ensemble ! Regardons, vous et moi, ce que nous avons fait. La tête me tourne. Et le cœur. Un grand vertige me prend. Des crimes, bien sûr, des guerres, des mensonges, de faux serments, des désastres, des bassesses, des trahisons, des erreurs. Mais, de la voûte des cieux au colchique dans les prés et au bal musette aux carrefours des banlieues, pas mal de grandes choses et beaucoup de choses exquises ou vaguement inquiétantes qui donnent comme un air de fête et une gaieté un peu canaille à l'éternité implacable et toujours semblable à elle-même d'où nous sortons tous les deux.

Nous avançons, vous et moi, les yeux bandés dans le noir. Car nous ignorons d'où nous venons et nous ignorons où nous allons. Nous ne savons rien de ce qui nous attend. Vous l'emportez peu à peu sur mon immensité sans jamais m'épuiser. Je suis votre source et votre proie. Je ne sais pas ce que vous ferez de moi. Et vous ne savez pas ce que vous ferez de vous-même. Dieu veuille que ce soit bien et que, sous le Soleil ou ailleurs, nous nourrissions encore, vous et moi, d'une façon ou d'une autre, de formidables aventures et de grandes espérances !

Monologue de l'homme

Je suis un homme, et je m'en vante. Je passe mon temps à m'en vanter. Je me plais bien. Je m'admire. Tout le reste, je le regarde avec un peu de mépris. Les veaux, les fourmis, les hêtres pourpres, les seringas, les bolets, les mousses, les schistes, les quasars, leur sort me concerne, bien sûr, mais peut-être d'un peu loin. Ils ne sont pas de la famille. Selon une formule que j'emploie volontiers et qui traîne un peu partout dans mes œuvres immortelles qui finiront bien par mourir, ils n'ont pas d'âme et pas de conscience. Même la famille, je m'en méfie et, souvent, je la déteste. Il y a moi d'abord, et puis les autres hommes. Dans le meilleur des cas : les autres hommes. Dans le pire : je les massacre. Ce qui m'intéresse vraiment, c'est moi. Je suis, à moi tout seul, l'univers tout entier.

Je cours toute la journée. Même immobile, je cours. Je cours à travers le temps par le souvenir et le projet. Je cours à travers l'espace par l'imagination. Je ris, je joue, j'apprends, je me promène, je commande, je touche à tout, je chante. La vie est belle. Et sombre. J'ai inventé l'argent, la guerre, le service des postes, la nation, la révolution, le clergé, les règles du protocole et les farces et attrapes. De chacune de ces rubriques, je peux parler toute une vie : les ducs et pairs, la

Bourse, les missiles Sam et Exocet, le matérialisme historique et la dialectique de la nature, les grèves, les mirlitons.

Il y a le sexe. Il m'occupe au-delà de tout ce qu'on peut imaginer. Et quand je fais semblant de ne pas y penser, et que je prends l'air dégagé et comme un peu absent, il creuse au plus profond de moi-même ses galeries et ses mines d'où peut jaillir n'importe quoi. Je m'explique tout entier par le sexe comme je m'explique tout entier par l'histoire. Ou par la pensée. Ou par Dieu. Ou par l'argent. Ou par le pouvoir. Ou par le désir. Ou par la nécessité, mêlée d'un peu de hasard. Une de mes occupations favorites est, depuis déjà longtemps, de m'expliquer par des systèmes divers et qui excluent tous les autres. J'essaie d'agir sur le tout pour qu'il me soit favorable. Et je fais ce que je peux pour tenter de le comprendre. Et de me comprendre du même coup.

Je fais des choses immenses. Et des choses minuscules. Je me mouche, j'éternue, je mets un pied devant l'autre pour marcher dans la rue, je mange des crabes et des choux-fleurs, je pisse, je fume, je lis le journal, je déclenche en secret, un matin de printemps, le jour du solstice d'été ou une nuit de décembre, des massacres en série, je peins sans me lasser, sous le nom de Titien, de Véronèse ou du Tintoret, pour des églises de Venise, des présentations de la Vierge au Temple ou des repas chez Lévi, j'écris l'*Iliade* et l'*Odyssée, Die Phänomenologie des Geistes* ou *The Importance of Being Earnest*, un sonnet introuvable et fameux, aux rimes en *omphe*, en *eus* et en *ak*, composé en mon nom par un futur haut fonctionnaire du ministère français des Affaires étrangères qui aimait les lettres et qui s'appelait Philippe Berthelot :

ALEXANDRE À PERSÉPOLIS

Au-delà de l'Araxe où bourdonne le gromphe,
Il regardait sans voir, l'orgueilleux Basileus,
Au pied du granit rose où poudroyait le leuss,
La blanche floraison des étoiles du romphe.

Accoudé sur l'Homère au coffret chrysogonphe,
Revois-tu ta patrie, ô jeune fils de Zeus,
La plaine ensoleillée où roule l'Enipeus
Et le marbre doré des murailles de Gomphe ?

Non ! Le roi qu'a troublé l'ivresse de l'arak,
Sur la terrasse où croît un grêle azedarak,
Vers le ciel, ébloui du vol vibrant du gomphe,

Levant ses yeux rougis par l'orgie et le vin,
Sentait monter en lui comme un amer levain
L'invincible dégoût de l'éternel triomphe.

Ou de petites choses anonymes, à l'origine mystérieuse et à l'auteur ou aux auteurs inconnus, et qui méritent pourtant d'échapper à l'oubli en train de les guetter, comme cette

SALADE MYTHOLOGIQUE

Pénélope Énée de vous asseoir que je vous Archonte Ulysse-Troie.

C'était Léthé. Nous Phéniciens de Déjanire. Il n'était pas Tartare : une Eurydice, une heure Icare. Encore était Titan que Scylla Phénix.

Borée d'Homère Encelade, j'étais Achéron et je sentais

l'Éros se re-Bellérophon de mon Nestor-mac : peu s'Omphale-ût que je n'Eurotas et que je Médée Gorgias.

Pour être plus Cocyte, je prends mon Styx à Pomone d'Ajax : il Phallus voir comme j'é-Thémis ! Je Melpomène et m'a-Muse Icare d'heure aux Champs-Élysées et je vais rendre v-Isis-te Amathonte.

Par-Vénus devant sa Cambyse, je frappe à Saturne.

« Atrée ! » fit-elle.

Égérie. Car j'arrivais fort Atropos : elle avait mis sa Jupiter et a Lethé Anchise Persée en train d'Uranie. Ou Pluton, je crois Galatée en train de se Pollux l'Hélicon.

Sodome, je ne sais comment elle Cypris, mais après un Paphos sur Dédale Numides, Alphée le grand Icare et je lui Vulcain. Il n'était pas Aphrodite, ni Pharsale, mais Pollux, Apollon, a-Sémélé : je crois qu'elle Circé poils afin qu'ils Narcisse.

Ench-Antée de la voir Cybèle, je tombe à ses Junon, je l'Euterpe à bras-le-corps et je la Chloé sur la Pallas d'Ulysse. Là, j'Illisus Lycaon Hélène Énée et l'Abydos de son Pyrrhon et je lui fais Minos. Ça Minerve d'Eutrope et je Tityre mon Dardanus qui Satyre d'une Bellone. Elle me Prométhée de me Pompée la Pythagore et de me la s'Chloé jusqu'à ce que Janus l'Ovide, mais pas besoin qu'elle Léda pour qu'elle s'Eurydice.

« Par Zeus ! fit-elle, qu'elle Érèbe ! Phédon ! » Et comme je m'y prenais un peu bas : « Actéon ! Plus haut ! Laomédon ! » Bien que tout le Mont Hymette, l'Atrée n'était pas Thésée. Mais jamais je n'Érato l'Écho : faut Cassandre ou Calchas.

Cytho qu'elle Laocoon, voilà Castor et qu'elle en Rhadamante : « Orphée-le-moi ! »

J'Amphion, j'en fis Zeus, j'Amphitrite, j'en Tircis. C'est Baucis, mais je ne peux Alexis. Télémaque.

Que Cérès si j'avais Proserpine ! Ménélas, Junon Neptune.

Mais voilà qu'elle Saturne. Pan ! Je l'Hercule Troie fois sans qu'elle m'en Priape ni que Jupiter d'elle. « Hébé ! lui dis-je, si ç'Atlas, moi ça Morphée ! » Phallus-t-il que Janus dans mes Deucalion ! Je suis très Protée Polyphème.

Au plus fort de l'Ixion, je ne sais si elle Vesta ou si elle fit un Pégase, mais ce n'était pas parfumé Osiris : ça sentait Pluton le Chloris Dryade d'Amon Eaque ou l'Alcide Sylphe Hydre-ique.

« Phébé ! Lydie-je, nous Jason du Sphinx-ter ! Athénée Fatimide ! Tu n'es guère Polyphème. Faudra-t-il Ganymède un Python dans l'Arès mé-Diane d'Éphèse pour Phocée l'Uranus à Cythère ? Achille donc ! je re-Tityre mon Eupolis de Corinthe que ton Péluse. »

Alors, elle me Priape : « Oreste ! est-ce que je Thessalie ? » « Oh ! Lydie-je, je ne Verrès ça Caprée. »

Hécate jours Plutarque, voilà que mon Nestor : je Psyché d'Élam de rasoir. Que Phaéton en Parque-eille Cirque Constance ? On Centaure Lapithes de Harpies, il faut prép-Arès des m-Ixion et Phèdre des Ajax Ion. Tout cela n'est pas dé-Sisyphe et ne me servit Ariane. Omphalos-t-il qu'on me la Cupidon ? Agamemnon ! Après Simoïs d'un Andromède au Mercure, je suis par-Vénus à me guérir Lapithes.

Envoi

Passant, Sirène t'lo-blige, Némésis Ithaque
de Corinthe Calchas ou Callypige la Éole.

due sans doute à des carabins érudits et farceurs qui avaient le culte du mercure, du chlorhydrate d'ammoniac et de l'Antiquité classique ou, plus vraisemblablement, d'après quelques indices – la cambuse de Cambyse, la thurne de Saturne –, à des normaliens de la Rue d'Ulm, à Paris, vers la fin du XIXe ou le début du XXe siècle et d'immortelle mémoire.

Le danger, la maladie, la souffrance et la mort ne cessent de me guetter. Quand Théophile de Viau, un autre de mes noms successifs et innombrables, sous l'influence de Vanini, prêtre et philosophe brûlé vif à Toulouse – comme Giordano Bruno à Rome, sur le campo dei Fiori –, à l'âge de trente-quatre ans pour avoir mis en question l'immortalité de l'âme dans son *Amphitheatrum aeternae Providentiae*, s'oppose à Malherbe par son dédain des règles et s'essaie avec succès à des sonnets licencieux :

Phylis, tout est foutu, je meurs de la vérole ;
Elle exerce sur moi sa dernière rigueur :
Mon vit baisse la tête et n'a plus de vigueur ;
Un ulcère puant a gâté ma parole.

J'ai sué trente jours, j'ai vomi de la colle ;
Jamais de si grands maux n'eurent tant de longueur ;
L'esprit le plus constant fût mort à ma langueur
Et mon affliction n'a rien qui la console.

Mes amis plus secrets n'osent plus m'approcher,
Moi-même, en cet état, je n'ose me toucher.
Phylis, le mal me vient de vous avoir foutue.

Mon Dieu ! je me repens d'avoir si mal vécu
Et si votre courroux à ce coup ne me tue,
Je fais vœu désormais de ne foutre qu'en cul

– on le voit : c'était le bon temps –, il est, lui aussi, pour perversion sexuelle aggravée de sacrilège – « ... des vers indignes d'un chrestien tant en croïance qu'en saletez... » –, condamné au bûcher auquel il échappe par miracle.

Trois ou quatre siècles plus tard, je vous donne des

exemples, je ne peux pas tout vous dire, il faudrait l'éternité, et peut-être un peu plus, pour raconter le temps, je m'appelle Genet, Pilorge, Escudero, Desfourneaux. Voleur, légionnaire, déserteur et poète, Jean Genet rencontre à la prison de Saint-Brieuc un assassin de vingt ans qui porte le même nom que le secrétaire breton et roux du vicomte de Chateaubriand dont je parlerais volontiers – du secrétaire, pas du vicomte qui en exigerait beaucoup plus – pendant une heure ou deux : Pilorge.

Maurice Pilorge – celui de Chateaubriand s'appelait Hyacinthe – avait tué son amant Escudero. Il passa quarante jours, les chaînes aux pieds, et parfois aux poignets, dans la cellule des condamnés à mort. « Chaque fois, écrit Genet, que j'allais, grâce à la complicité d'un gardien ensorcelé par sa beauté, sa jeunesse et son agonie d'Apollon, de ma cellule à la sienne pour lui porter quelques cigarettes, levé tôt il fredonnait et me saluait ainsi, en souriant : *Salut, Jeannot-du-matin !* »

Le 17 mars 1939, à Saint-Brieuc – le surlendemain du jour où Hitler, car, il faut vous y faire, je m'appelle aussi Hitler, envoie ses troupes occuper Prague –, le bourreau Desfourneaux tranche la tête de Pilorge. Genet, à son tour, salue alors ainsi le souvenir de son ami Pilorge dont le corps et le visage radieux hantent ses nuits sans sommeil :

LE CONDAMNÉ À MORT

... Ne chante pas ce soir *Les Costauds de la Lune*.
Gamin d'or sois plutôt princesse d'une tour
Rêvant mélancolique à notre pauvre amour,
Ou sois le mousse blond qui veille à la grand'hune.

Il descend vers le soir pour chanter sur le pont
Parmi les matelots à genoux et nu-tête
L'*Ave Maris Stella.* Chaque marin tient prête
Sa verge qui bondit dans sa main de fripon.

Et c'est pour t'emmancher, beau mousse d'aventure,
Qu'ils bandent sous leurs frocs, les matelots musclés.
Mon amour, mon amour, voleras-tu les clés
Qui m'ouvriront le ciel où brille la mâture

D'où tu sèmes, royal, les blancs enchantements,
Ces neiges sur mon page, en ma prison muette :
L'épouvante, les morts dans les fleurs de violette,
La mort avec ses coqs ! Ses fantômes d'amants !...

Mordille tendrement ce paf qui bat ta joue,
Baise ma queue enflée, enfonce dans ton cou
Le paquet de ma bite avalé d'un seul coup,
Étrangle-toi d'amour, dégorge, et fais la moue !...

Ô viens mon beau soleil, ô viens ma nuit d'Espagne,
Arrive dans mes yeux qui seront morts demain.
Arrive, ouvre ma porte, apporte-moi ta main,
Mène-moi loin d'ici battre notre campagne...

Ô viens, mon ciel de rose, ô ma corbeille blonde !
Visite dans sa nuit ton condamné à mort.
Arrache-toi la chair, tue, escalade, mords,
Mais viens ! pose ta joue contre ma tête ronde...

Amour, viens sur ma bouche ! Amour ouvre tes portes !
Traverse les couloirs, descends, marche léger,
Vole dans l'escalier, plus souple qu'un berger,
Plus soutenu par l'air qu'un vol de feuilles mortes...

Élève-toi dans l'air de la lune, ô ma gosse,
Viens couler dans ma bouche un peu de sperme lourd
Qui roule de ta gorge à mes dents, mon Amour,
Pour féconder enfin nos adorables noces.

Colle ton corps ravi contre le mien qui meurt
D'enculer la plus tendre et douce des fripouilles.
En soupesant charmé tes rondes blondes couilles,
Mon vit de marbre noir t'enfile jusqu'au cœur.

Je brûle, je torture, je massacre, je viole avec sauvagerie tout ce qui me tombe sous la main, je monte à l'échafaud, je me livre à des batailles rangées, aux premières lueurs de l'aube, dans les rues écartées, je suis hanté par le sexe et l'argent, je tends des embuscades aux collecteurs d'impôts ou aux convoyeurs de fonds, je joue aux dés ou aux cartes dans des cabarets mal famés, des filles sur les genoux, des corps d'homme dans la tête, je bois du vin, de l'eau-de-vie ou de ces liqueurs colorées qui donnent un peu de bonheur à ceux qui n'en ont pas, je m'inflige des rêves obscurs pour oublier le monde réel, je me tue au petit matin après des nuits de chagrin et d'ivresse.

Je ne loue pas seulement avec exaltation la violence, l'échec, l'horreur des aubes amères et les fastes de l'abjection. Soutenu par toutes les forces de la communauté et de la tradition, je chante aussi avec splendeur la gloire de la Création et de son Créateur :

Salut donc, ô monde nouveau à mes yeux, ô monde maintenant total !
Ô credo entier des choses visibles et invisibles, je vous accepte avec un cœur catholique !

Où que je tourne la tête
J'envisage l'immense octave de la Création !
Le monde s'ouvre et, si large qu'en soit l'empan, mon regard le traverse d'un bout à l'autre.
Vous êtes pris et d'un bout du monde jusqu'à l'autre autour de vous
J'ai tendu l'immense rets de ma connaissance.
Comme la phrase qui prend aux cuivres
Gagne les bois et progressivement envahit les profondeurs de l'orchestre,
Ainsi du plus grand Ange qui vous voit jusqu'au caillou de la route et d'un bout de votre création jusqu'à l'autre,
Il ne cesse point continuité, non plus que de l'âme au corps ;
Ainsi l'eau continue l'esprit, et le supporte, et l'alimente,
Et entre
Toutes vos créatures jusqu'à vous il y a comme un lien liquide.

Ou je me célèbre moi-même et mes grandes aventures en des formules obscures, pleines de mémoire et de rites :

... ha ! toutes sortes d'hommes dans leurs voies et façons : mangeurs d'insectes, de fruits d'eau ; porteurs d'emplâtres, de richesses ! l'agriculteur et l'adalingue, l'acuponcteur et le saunier ; le péager, le forgeron ; marchands de sucre, de cannelle, de coupes à boire en métal blanc et de lampes de corne ; celui qui taille un vêtement de cuir, des sandales dans le bois et des boutons en formes d'olives ; celui qui donne à la terre ses façons ; et l'homme de nul métier : homme au faucon, homme à la flûte, homme aux abeilles ; celui qui tire son plaisir du timbre de sa voix, celui qui trouve son emploi dans la contemplation d'une pierre verte ; qui fait brûler pour son plaisir un feu d'écorces sur son toit ; et celui qui a fait des voyages et songe à repartir ; qui a vécu dans un pays de grandes pluies ; qui joue aux dés, aux osselets, au jeu des gobelets ; ou qui a déployé sur le sol ses tables à calcul ; celui qui a des vues sur l'emploi d'une calebasse ; celui qui mange des beignets, des vers de palmes, des framboises ; celui qui aime le goût de l'estragon ; celui qui rêve d'un poivron ; ou bien encore celui qui mâche d'une gomme fossile, qui porte une conque à son oreille, et celui qui épie le parfum de génie aux cassures fraîches de la pierre ; celui qui pense au corps de femme, homme libidineux ; celui qui voit son âme au reflet d'une lame ; l'homme versé dans les sciences, dans l'onomastique ; l'homme en faveur dans les conseils, celui qui nomme les fontaines, qui fait un don de sièges sous les arbres, de laines teintes pour les sages ; et fait sceller aux carrefours de très grands bols de bronze pour la soif... ha ! toutes sortes d'hommes dans leurs voies et façons, et soudain ! apparu dans ses vêtements du soir et tranchant à la ronde toutes questions de préséance, le Conteur qui prend place au pied du térébinthe...

Je baise, je fais la guerre, je suis roué ou pendu, je peins sur toile ou sur bois la Vierge et saint Sébastien, des baigneuses et des pommes, je sculpte le marbre ou la pierre, je me souviens et j'oublie, je m'obstine, je me contredis, j'écris des *Odes* aux uns ou aux autres, des *Éloges*, des *Amers*, des *Exil*, des *Anabase*, je sème des calembours et des contrepèteries, je piétine les faibles, et parfois les puissants, je prie pour l'âme des pécheurs et, souvent malgré moi, du côté des franciscains, des carmes déchaux, des dominicains, des jésuites comme des sanglants voyous qui, sous le masque de Cartouche, de Mandrin, de la bande à Bonnot ou de Bonnie and Clyde, attaquent les voyageurs et les forces de l'ordre à la porte des banques et des greniers à sel, je ne mets plus d'espérance que dans le mystère de la grâce et de la communion des saints. « Dès ce soir, dit le crucifié au larron à sa droite, tu seras avec moi dans la maison de mon Père. »

Personne ne sait ce que je deviens. Rien ne me plaît comme les surprises et de déjouer les prévisions. Les prostituées sont sauvées, les femmes fidèles trompent leur mari, les vaincus rentrent en vainqueurs dans les villes pavoisées, les menteurs mènent les peuples et les assassins couronnés sont couverts de lys et de fleurs d'oranger par les poètes lauréats. Vivre ne cesse jamais, pour les hommes, d'être une leçon de désespoir. Et les roses poussent dans le purin.

Le secret du tout, par opposition à l'être, c'est que, grâce aux hommes, le mal s'y change en bien, le bien s'y résout en mal, le beau s'y confond avec le laid et le laid avec le beau, l'immense y devient minuscule et le minuscule, immense, la vérité ne s'y livre qu'à travers le mensonge. Le plus Dieu de tous les hommes, le plus homme de tous les dieux, Jésus, à qui ses disciples, au temps de Tibère et de Néron, ont donné le nom de Christ, ne descend sur la Terre que pour incarner le paradoxe et la contradiction : il inverse, au nom de l'amour, les valeurs des puissants et des riches, il fait entrer dans son royaume qui n'est plus de ce monde les humbles et les pauvres, son échec est son triomphe et il règne sur le tout du haut de la croix d'infamie où l'ont cloué les bourreaux. Vie, où sont tes bonheurs ? Mort, où est ta victoire ?

Personne ne peut jurer que je sois vraiment libre. Mais comment ne pas voir que tout ce qui est possible dans le tout, jusqu'au plus incroyable et jusqu'à l'impossible, je serai capable de le faire ? Par mes propres forces ? Par mon propre choix ? Je ne sais pas. Je ne sais pas si je suis mon propre maître et le maître du tout ou si je suis l'instrument de quelque force inconnue et cachée qui, à travers moi, mène le tout où elle veut. Mais, emporté par la nécessité ou maître de moi-même, j'accomplirai mon destin.

Je suis, personne n'en doute, la plus belle histoire du tout. Le tout est magnifique, avec sa vie pleine de ressources, ses mécanismes minutieux, son Soleil, son énergie, et ses étoiles au loin. Je le suis plus que lui. Il est un miracle permanent et mystérieusement programmé. Je suis une source de liberté et d'invention sans fin. Il n'est d'histoire que de moi, d'élévation que de moi, de beauté et d'art que de moi, de savoir que de moi. Ce qu'ont fait les hommes depuis qu'ils existent, personne d'autre ne l'aurait fait. Il est permis d'aimer, et même à la folie, la lumière, les trous noirs, l'hydrogène, les lichens, les diplodocus et les ornithorynques. Il faut aimer les hommes. Parce qu'ils sont les seuls à écrire des romans, à les lire et, d'une certaine manière qu'il serait bien intéressant d'étudier en détail – et malgré la brève histoire du tout qui semble prouver le contraire –, à en fournir la matière.

Regardez-moi dans la rue, à Naples, à Pékin, à Lima, à Bamako, à Saint-Rémy-de-Provence, dans les champs, dans la forêt, sur la steppe, dans le désert, dans la neige, sur la mer. Je suis le plus foudroyant des spectacles du tout. Sous mon crâne, derrière mes yeux et ma bouche, si capables de mentir et de dissimuler, se cache l'image d'un tout qui n'appartient qu'à moi. Et à chacun de moi. Personne ne peut jurer que ces images innombrables soient identiques entre elles. Elles sont assez semblables pour que les hommes puissent parler entre eux et d'eux-mêmes et du tout.

Chantons un peu ici ma grandeur et ma gloire. Rien ne me remplace. Rien ne m'égale. « La réponse est l'homme à quelle que soit la question », écrit un des plus subtils et le plus ardent peut-être des miens. Si j'avais disparu aux temps où j'étais si faible, où je ne savais presque rien, où j'avais si peu d'outils, où j'étais si peu nombreux, que serait devenu le tout ? Voulez-vous, encore et toujours, que je vous raconte quelques-unes des aventures, merveilleuses et uniques, qui ont rendu les hommes inoubliables aux hommes ? Certaines sont vraies, comme nous disons, et d'autres ne le sont pas, mais la distance est mince entre un songe tout court et un songe dans un songe. Voilà trois millions d'années que je me sers d'outils. Voilà cinq cent mille ans, ou un peu plus, que je maîtrise le feu. Voilà cent mille ans que j'enterre mes morts. Voilà quarante mille ans que je grave sur des os et que je peins sur les murs.

Il y a Adam et Ève, et Caïn et son frère Abel, et Abraham et son fils ; et l'invention de l'écriture, quelque part, du côté du Tigre et de l'Euphrate ; et les Égyptiens qui ont presque tout fait : la guerre, des lois, des pyramides, des temples, des tombeaux et des dieux ; et les Grecs dont il est peut-être inutile de parler encore une fois, bien que je sache que je leur dois tout ; et Odoacre et ses Hérules, et Théodoric et ses Ostrogoths, et le banquet de Ravenne où, en nombre égal, Ostrogoths et Hérules sont assis, pour faire la paix, les uns aux côtés des autres et où un convive sur deux est poignardé par son voisin, et Amalasonte, au si beau nom, qui est la fille de Théodoric et qui est étranglée par son mari Théodat ; et Asoka et ses colonnes aux inscriptions bouddhistes ; et Ts'in Che Houang-ti et sa Grande Muraille et ses livres jetés au feu ; et Omar et ses Arabes qui l'emportent sur les Perses et qui, vêtus de loques sur des chameaux somptueux pour mieux montrer aux Infidèles que les hommes ne sont rien et que leur Dieu peut tout, entrent à Jérusalem avant de donner au monde la splendeur du zéro, de l'algèbre et des jardins andalous ; et Gengis Khān qui massacre « tous les êtres vivants jusqu'aux chiens et aux chats » – « Le ciel s'est lassé des sentiments d'arrogance et de luxe poussés à l'extrême par la Chine. Moi, je demeure dans la région du Nord où l'homme a des dispositions qui empêchent les convoitises et les désirs de prendre naissance : je reviens à la simplicité et je retourne à la pureté » – et dont les redoutables escadrons se confondent quelque temps, dans l'esprit embrumé des croisés pleins d'illusions, avec ceux du prêtre Jean, et Tamerlan et Bâtû Khān et Hûlagû et Kubilai, et tous les autres encore, suivis de leurs Mongols, de leurs Ouïgours, de leurs Turcs, de leurs Tatars, de leurs Hsi-Hsia, de leurs Chinois, de leurs Vénitiens aussi, et de leur Horde d'or...

Voilà déjà que je me perds dans le jardin du tout cultivé par les hommes et aux sentiers qui bifurquent. Le désir, l'amour, le crime, l'inceste, la découverte du monde, la mathématique, la beauté, les longs desseins, la philosophie, la guerre nous envahissent de partout. L'étrier nous réclame, la boussole, la chevalerie, la perspective, la machine à vapeur, la révolution et l'inconscient, les manipulations génétiques et les mondes virtuels. Dante descend avec Virgile jusqu'au fond de l'enfer. Don Quichotte et Gargantua ricanent dans leur coin. Karl Marx, Charles Darwin et le bon Dr Freud échangent toasts et bourrades avec Pablo Picasso et avec André Breton : ils savent que leur heure va venir et qu'ils brilleront dans le tout avant, comme tous les autres, de s'effacer peu à peu. Dans le grand stade du tout, Ératosthène et Hipparque passent le ballon à Ptolémée qui le passe à Copernic qui le passe à Tycho Brahé qui, malgré sa vessie qui le fait beaucoup souffrir, le passe à Kepler qui le passe à Galilée qui hésite et tombe et récolte un carton rouge mais réussit tout de même à le passer à Newton qui le passe à Herschel qui le passe à Le Verrier qui, les yeux fermés, performance plutôt rare, le passe à Galle qui le passe à Einstein. But ! Le stade entier se lève et applaudit longuement.

On aperçoit dans la foule lady Macbeth et Othello, tous les deux, bizarre rencontre ou signe d'intelligence, un mouchoir à la main, froissé et défroissé entre des doigts nerveux, les trois filles du roi Lear, intimes et brouillées autour de leur père en petite voiture, Bérénice, l'air chaviré – de mauvaises nouvelles de Rome, peut-être, ou peut-être de Palestine ? –, don Juan, toujours beau et toujours séduisant, entre Manon Lescaut et Mme de Merteuil, Rameau et son neveu, Cunégonde défigurée et flanquée de Candide, l'abbé de Rancé en tenue de chasse et la duchesse de Montbazon, belle à damner un saint, la princesse de Clèves, Tom Jones, le comte Mosca et Fabrice del Dongo, la belle Esther, un peu égarée, entre l'abbé Vautrin et Julien de Rubempré, les Trois Mousquetaires, qui sont quatre, Mme Bovary, enchantée d'être là et qui envoie des baisers à René et à Werther, les deux benêts mélancoliques, la larme au coin de l'œil, Charles Swann et Odette, d'une élégance redoutable, un catleya au corsage, le baron de Charlus et Oriane de Guermantes, plus allurée que jamais, Julien Sorel et Mathilde de La Mole, surveillés de loin par Mme de Rênal, Gilles, Adolphe, Aurélien, Angelo, Leopold Bloom, Jerphanion et Jallez, les frères Karamazov, le capitaine Achab et le capitaine Nemo, lord Jim, le prince André et le prince Muichkine, Nana, mon amie Nane, Bel-Ami, Bertram Wooster, abruti comme d'habitude et qui se pousse un peu sous son haut-de-forme gris, accompagné de Jeeves à distance respectueuse.

Tout tourne autour de moi. Hors de moi, presque rien : une routine terne, une vie obscure. Avec moi, du mouvement, une gaieté folle, des larmes, la démence, le poignard et la bombe, la fête à tous les étages, une surprise permanente et sans cesse renouvelée, le rendez-vous d'une rose et d'une hache, des feux d'artifice dans le soir qui tombe et des matins de bonheur où vous vous jetez par la fenêtre. N'allez pas vous imaginer qu'il n'y en ait que pour les matamores et pour les dompteurs d'ours, pour les gribouilleurs et les peinturlureurs, pour les inventeurs du concours Lépine, pour les consuls et leurs licteurs, les empereurs et leur cortège. Je voyage incognito, je me dissimule sous le masque de la banalité, sous des vêtements d'emprunt, sous la routine des jours. Je suis n'importe qui : plus anonyme tu meurs.

Je recommence chaque matin la vie achevée hier soir. Dans les grottes, dans les cavernes, dans les demeures sur pilotis au-dessus des marécages, sous la tente dans le désert ou la yourte sur la steppe, au fond de l'igloo, dans les chambres sous la mansarde, dans les jardins publics, je mène, avant de me pendre, ou de monter à l'échafaud, ou de périr à la guerre, ou de me noyer dans un fleuve, ou de tomber d'un chêne, ou d'être mangé par les loups, ou de mourir dans mon lit du cancer ou de leucémie, une existence misérable, éclatante et banale de génie méconnu et de roi de mes douleurs. Les triomphes ne me manquent pas. Ce sont des triomphes de tous les jours : des rencontres, des vertiges, des baisers sous les porches ou le long des rivières, des soirs sous les tilleuls, et ils valent les bonheurs les plus enviés et les succès les plus rares. Ma vie de vendeuse ou de cantonnier vaut ma vie de banquier, de capitaine vainqueur, de diva, de courtisane, de souveraine de cour d'amour, de cardinal dans la pourpre. Le miracle, ce n'est pas le succès, fruit du hasard et de la chance : le miracle, c'est la vie.

Voilà ce que je suis : un miracle. À des milliards et des milliards d'exemplaires. C'est parce qu'il est si répandu que sa qualité de miracle est si peu reconnue et à peine célébrée. Un miracle si fréquent, est-ce encore un miracle ? Mais le tout est un miracle. La vie est un miracle. Et, plus que le tout et la vie, l'homme, qui est seul à penser le miracle et à le chanter dans ses œuvres, fût-ce en le niant et en le piétinant de fureur et d'orgueil, est le miracle des miracles.

Qu'est-ce que vous voulez que je vous dise : je suis le roi de la Création. Le tout sera un jour ma proie comme la Terre l'a été. Je connaîtrai tout ce qu'on peut connaître. Je ferai tout ce qu'on peut faire. J'épuiserai le champ du possible. L'impossible, j'en rêverai, sans jamais y atteindre. Je serai de plus en plus savant, de plus en plus puissant – et toujours un imbécile, assoiffé d'autre chose. Vous voyez le tableau ? Il y a de l'inconnu dans le tout, et nous pouvons le connaître. Et il y a de l'inconnu ailleurs, dans le Tout plus grand que le tout, et tant que je serai dans l'espace et dans le temps, je ne pourrai rien en savoir.

Est-ce que j'entre, en mourant et en quittant notre tout, dans un Tout plus grand que le tout ? C'est ce que je ne sais pas et que, dussé-je atteindre, dans des milliers et des milliers de millénaires, sinon jusqu'aux limites du tout qui ne sont pas de mon ressort, du moins aux galaxies les plus lointaines qui me paraissent aujourd'hui inaccessibles, je ne saurai jamais.

Ce qui me tourmente, comprenez-moi, je ne suis pas comme les autres, c'est que je sors des primates qui sortent des algues bleues qui sortent des amibes qui sortent de la soupe primitive qui sort de la matière qui est sortie du big bang. Si je trimbale en moi quelque chose qui ressemble à une âme immortelle, à quelle étape précise de mon histoire est-elle entrée en moi ? Et qu'est-ce qui me sépare de ceux qui m'ont précédé ? Personne ne s'imagine que les amibes ou les algues bleues ont quelque chose d'immortel. Les primates d'où je surgis n'étaient pas immortels. Si l'homme est immortel, d'une façon ou d'une autre, il faut bien qu'il le soit devenu à un moment de l'histoire. Et il ne peut pas l'être devenu peu à peu, insensiblement, comme les primates sont devenus des hommes. On voit bien comment la pensée, le rire, le chant, la position debout, le pouce opposé aux autres doigts, les circonvolutions du cerveau peuvent se développer peu à peu dans ce qu'on appelle, ou appellera, un homme. Et le constituer. L'âme immortelle, c'est autre chose : il est impossible d'être un peu immortel. Comme il est impossible à une femme d'attendre un peu un enfant. On est immortel ou on ne l'est pas. Comme une femme attend ou n'attend pas un enfant.

Si je suis immortel, je le suis devenu d'un seul coup. Puisque les espèces évoluent et se transforment l'une en l'autre, je sors nécessairement de créatures qui n'étaient pas immortelles. Si une âme immortelle habite mon corps mortel, il faut qu'elle ait été introduite dans mon enveloppe charnelle au moment même où l'homme se dégageait de l'animal. Et qu'une créature mortelle donne tout à coup le jour à un être immortel. Autant dire qu'il s'agit d'une nouvelle création et de l'irruption d'un Dieu créateur et tout-puissant au sein des mécanismes de la nécessité.

Il n'est pas impossible que tout ce qui a existé survive dans quelque chose qui ressemble à une mémoire du tout. Mais rien ne me distinguerait alors d'un orang-outan, d'une libellule, d'un asphodèle, d'un oursin. Et peut-être d'un bloc de granit ou de marbre. Si une âme immortelle ne meurt pas avec moi, il faut bien qu'elle me soit venue d'ailleurs pour me distinguer du primate qui m'a donné naissance. Si ce ferment d'éternité n'a pas été glissé en moi, je ne suis rien d'autre qu'une algue sur qui le temps a coulé.

Je me dis quelquefois que je suis autre chose qu'une algue avec du temps. Mais, franchement, je n'en sais rien. On se trompe beaucoup sur soi-même, tous les artistes le savent. Je suis un artiste ignorant de son art et ignorant de lui-même. J'ignore si quelque chose pourra survivre de moi lorsque ma main et mon cerveau seront changés en poussière et retournés à la terre.

Ce qui m'est le plus obscur, c'est moi. C'est ce qui se passera, ici même ou à côté, dans quelques dizaines d'années, ou peut-être demain ou après-demain, dans mon propre corps et avec mon esprit périssable : quand mon cœur cessera de battre, mon sang de circuler, mon pauvre cerveau de fonctionner et que je mourrai. Et que vous, vous mourrez, puisque vous n'êtes rien d'autre que moi.

Vous voyez comment est tricoté le tout, comme il est combiné, avec force et subtilité, pour que l'essentiel vous échappe ? Ce qui vous échappe est en vous. Ce qui vous échappe est en moi. Ce qui m'échappe est en moi. Qu'est-ce que vous voulez que je fasse ? Je fais une croix sur ce que je ne sais pas. Sur ce que je ne pourrai jamais savoir. J'essaie d'en savoir toujours plus sur le tout, sur ce que je peux savoir, sur les astres et sur les insectes, sur les totems et les tabous, sur le sida et la lèpre, sur les mécanismes du tout, des atomes, de mon propre cerveau – et j'essaie d'être heureux. Il y a beaucoup de voies pour être heureux. Tantôt je pense aux autres qui ne sont rien d'autre que moi et tantôt je ne pense qu'à moi, dans chacun de mes corps et de mes esprits qu'on appelle individus, en essayant d'oublier – c'est possible, et même facile – que je suis aussi les autres.

Je suis le roi du tout, sa couronne et sa fleur, sa fin, son dieu suprême. Tout aboutit à moi. Tout partira de moi. Je conquerrai le tout. Et j'abandonnerai l'être, dont je ne peux rien savoir, à ses rêveries inutiles et fumeuses et à ses coquecigrues. Il se cache ? Qu'il se cache. Je n'irai pas le chercher. Je ris, je suis puissant, je découvre et j'apprends, je fais l'amour et des livres, je cultive les roses et les beaux-arts, j'ai pitié des plus faibles : qu'est-ce qu'on me demande de plus ? Qu'est-ce que je peux faire de mieux ? J'en saurai plus demain qu'aujourd'hui. J'en sais aujourd'hui déjà bien plus qu'hier. Personne ne doute que l'avenir ne soit à moi. À qui serait-il donc s'il n'était pas à moi ? L'avenir m'intéresse parce que c'est là que j'ai l'intention de passer mes prochains jours et les années qui viennent et les millions de millénaires qui me restent encore à vivre. Je tâcherai d'en faire une citadelle de pouvoir, un palais de délices. J'irai plus loin dans l'espace. Je descendrai très bas dans les gouffres de la matière. Je me guérirai de mes maux. Je m'élèverai au-dessus de moi-même. Je découvrirai des choses inconnues, des domaines interdits, des sentiments nouveaux et des abîmes sans fin. Je serai plus grand et plus beau que je ne l'ai jamais été. Mon seul avenir, c'est moi-même : l'homme est l'avenir de l'homme.

Ma seule limite est le temps. Mon seul maître est le temps. Je ne parviendrai ni à le remonter, ni à l'arrêter, ni à le ralentir, ni à l'éviter. Je n'échapperai pas à la mort. Mais je domestiquerai le changement. Je lutterai contre la mort en la contournant. Je ne cesse de disparaître sous les espèces de l'individu. Je me survis à moi-même sous mes propres espèces, immuables et toujours nouvelles, sous les espèces de l'homme, et bientôt de ses créatures qui prendront son relais. Je viendrai à bout de la condition humaine. Je changerai la vie. Je me changerai moi-même. Je découvrirai le tout et je le soumettrai à mon pouvoir. Et j'inventerai un homme qui sera plus et mieux que l'homme.

Il ne m'est rien d'impossible parce que je suis l'esprit. Je pense le tout et je me pense moi-même. Je me détruirai s'il le faut pour me grandir encore. Je sais comment me nier pour m'affirmer plus fort. Peut-être, dans quelques milliards d'années, n'y aura-t-il plus d'hommes à la surface de la Terre. Mais quelque chose d'innommable, et d'encore innomé, entre le monstre et la merveille, entre la machine et l'esprit, et qui se répandra à travers l'espace. N'importe : ces créatures, ou ces créatures de créatures seront sorties de moi. Sous une forme ou sous une autre, je suis le point culminant de toute la Création. Personne ne fera beaucoup mieux que je n'ai fait sous les masques d'Homère ou de Michel-Ange, de Vivaldi ou d'Einstein, d'Abraham ou de Confucius, de Mahomet ou de Bouddha, et de ce roi crucifié dont le nom était Jésus, fils de Dieu peut-être, en tout cas fils de l'homme. Je ne ferai pas beaucoup mieux, mais je ferai autre chose. Je ferai du nouveau et de l'inconcevable.

Je suis l'homme. Je règne. Le tout est mon royaume. L'être – j'y reviens, il me hante, il m'obsède –, dont le temps est, au sein de notre tout, la manifestation la plus claire, je suis bien obligé, et peut-être dans les sanglots mais il est indigne des grandes âmes de faire part des troubles qu'elles éprouvent, de le passer par pertes et profits. Je l'honore, ici ou là, de temps en temps, dans mes moments d'émotion ou quand ma soif de pouvoir ou mon chagrin m'y contraignent. Mais, puisqu'il tient si fort à s'évanouir sous la vie et dans le tout et à se faire oublier, j'obéis à ses ordres : je l'oublie. Le tout m'occupe suffisamment. Le champ du possible est si vaste qu'il me permet d'ignorer l'éternel et l'infini qui ne sont pas de mon ressort. Le tout occulte et efface l'être. Le tout a détrôné l'être. Je détrônerai le tout.

Je chante ma propre gloire. Les oiseaux, la lumière, le soleil, le matin qui se lève, l'immensité des eaux, des montagnes, des espaces presque sans fin chantent la gloire du tout. Je chante, moi aussi, la gloire du tout d'où je sors. Je veux bien aller jusqu'à chanter la gloire de l'être d'où est sorti le tout. Mais c'est une gloire lointaine et abstraite. L'être règne peut-être. Mais il ne gouverne pas. Qui gouverne ? C'est moi. Chaque étape a dévoré celle qui l'a précédée. Le tout a dévoré l'être. J'ai dévoré le tout. Et je le dévorerai.

Gloire à moi ! Gloire à l'homme ! Le tout m'appartient. Ou il m'appartiendra. Je me vaincrai moi-même, car je suis plus grand que moi. Il n'est rien d'impossible à mon pouvoir souverain qui est celui de l'esprit. L'histoire du tout se confond avec les progrès d'une raison qui se confond avec moi. Je n'ai pas de maître et pas de rival. Il n'y a que moi pour parler de moi. Du tout, bien sûr, et de moi. Ce que j'ai fait déjà, et qui est prodigieux, n'est rien au regard de ce que je ferai demain. Il y a, dans le tout, d'innombrables merveilles. Mais la merveille des merveilles, et la seule merveille, c'est moi. Je n'ai besoin de personne. Il n'y a pas d'autre valeur que moi. Je suis la référence et le centre de l'univers qui est promis à ma domination. Dans le désespoir peut-être, mais dans le seul pouvoir et dans la seule grandeur possibles, je règne sur le tout et je règne sur moi. Honneur à l'homme, avenir du tout !

Monologue de l'être

Tout n'existe que par moi. Je soutiens à chaque instant et l'espace et le temps et le tout et les hommes. Il y a un tout parce qu'il y a de l'être. Il y a du temps parce qu'il y a de l'être. Il y a des hommes parce qu'il y a de l'être. Je vous aime, mes pauvres enfants, je vous admire et je vous aime, dans votre grandeur impuissante et dans votre désespoir, et j'ai pitié de vous qui avez été tirés du néant pour être jetés dans le tout. Dans un tout surgi de l'être et que vous ignorez et que, malgré tant d'orgueil et tant de vains efforts, vous ne cesserez jamais de poursuivre et pourtant d'ignorer. Car sur presque tout, pauvres, pauvres enfants, pauvres génies imbéciles, vous ne savez presque rien. Et sur le Tout, comme sur l'être, vous ne savez rien du tout.

Du même auteur (suite)

Aux Éditions J.-C. Lattès

MON DERNIER RÊVE SERA POUR VOUS
(Une biographie sentimentale de Chateaubriand).

JEAN QUI GROGNE ET JEAN QUI RIT.

LE VENT DU SOIR.

TOUS LES HOMMES EN SONT FOUS.

LE BONHEUR À SAN MINIATO.

Aux Éditions Grasset

TANT QUE VOUS PENSEREZ À MOI
(Entretiens avec Emmanuel Berl).

Achevé d'imprimer par la
Société Nouvelle Firmin-Didot
à Mesnil-sur-l'Estrée, le 6 mars 1996.
Dépôt légal : mars 1996.
1er dépôt légal : décembre 1995.
Numéro d'imprimeur : 33952.
Numéro d'éditeur : 58574.
ISBN 2-07-074439-6/Imprimé en France.

76224